U0557911

海外汉学研究新视野丛书

张宏生 主编

[美] 苏源熙 著
吉灵娟 编

如何之何

苏源熙自选集

南京大学出版社

《海外汉学研究新视野丛书》序
自序

《红楼梦》研究

署名时代:《红楼梦》是如何最终找到一个作者的
假语村言:张新之《红楼梦》评点中的倾向双重性
《红楼梦》内外的女性写作
不言而喻的句子:《红楼梦》第三十二回中的一个思考序列

中国与世界关联性研究

"中国与世界":一个传统主题的故事
近期英语世界的中国文学史
庞德与《华夏集》档案
翻译与死亡
1935年,梅兰芳在莫斯科:熟悉、不熟悉与陌生化

东亚文学研究

土尔扈特的回归,普希金的流放——诗人,帝国,游牧民族的命运
东亚文学史的比较研究:一份研究宣言
畸异主体——可渗透的边沿:类型学评论

附录 译渡、译创、译承:苏源熙对话张慧文

004
008

中国早期文献研究　017

"礼"异"乐"同——为什么对"乐"的阐释如此重要　018
《诗经》中的复沓、韵律和互换　036
为阴谋而读：康有为之经典复原　054

063

064
080
092
112

121

122
144
160
172
194

213

214
224
232

242

《海外汉学研究新视野丛书》序

张宏生

作为对中国文化的研究的一个重要组成部分，海外汉学已经有了数百年的历史。1949年以来，由于特殊的历史原因，海外汉学基本上真的孤悬海外，是一个非常邈远的存在。直到1978年以后，才真正进入中国学术界的视野，而尤以近30年来，关系更为密切。

在这一段时间里，海外汉学家的研究在中国已经得到一定程度的关注，先后有若干套丛书问世，如王元化主编《海外汉学丛书》、刘东主编《海外中国研究丛书》、郑培凯主编《近代海外汉学名著丛刊》等，促进了海内外学术界的交流。不过，这类出版物大多是以专著的形式展示出来的，而本丛书则收辑海外汉学家撰写的具有代表性的单篇论文，及相关的学术性文字，由其本人编纂成集，希望能够转换一个角度，展示海外汉学的特色。

专著当然是一个学者重要的学术代表作，往往能够体现出面对论题的宏观性、系统性思考，但大多只是其学术生涯中某一个特定时期的产物，而具有代表性的论文选集，则就可能体现出不同时期的风貌，为读者了解特定作者的整体学术发展，提供更为全面的信息。

一个学者，在其从事学术研究的不同历史时期，其思想的倾向，关注的重点，采取的方法等，可能是有所变化的。例如，西方的汉学家往往将一些新锐的理论，迅速移植到中国学研究领域，因此，他们跨越不同历史时期写作的论文，不仅是作者学术历程的某种见证，其中也很可能体现着不同历史时期的风貌，或者体现了学术风会的某些变化。即以文学领域的研究而言，从注重文本的细读分析，到进入特定语境来研究文本，进而追求多学科的交叉来思考文本的价值，就带有不同历史时期的痕迹。因此，一个学者不同时期的学术取向，也可以一定程度上看到时代的影子。

　　海外汉学的不断发展，说明了中国文化所具有的世界性意义。虽然海外汉学界和中国学术界，在研究对象的选择上，或许没有什么不同，但前者的研究，往往体现着特定的时代要求、文化背景、社会因素、学术脉络、观察立场、问题意识、理论建构等，因而使得其思路、角度和方法，以及与此相关所导致的结论上，显示出一定的独特性。当然，在一个全球化的时代，所谓"海外"，无论是地理空间，还是人员构成，都会有新的特点。随着学者彼此的交流越来越多，了解越来越深，也难免出现你中有我，我中有你的现象，不一定必然有截然不同的边界。关键在于学术的含量如何，在这个问题上，应该"无问西东"。《周易》中说："天下同归而殊途，一致而百虑。"既承认殊途，又看到一致，并通过对话，开拓更为多元的视角，启发更为广泛的思考，对于学术的发展来说，是非常重要的，也是非常有意义的。

自序

这本书收录了自1993年伊始，我在中国文学和文化各个研究领域所写的文章。其中一篇论文为1990年博士论文的补充，其他则是我近年研究工作的成果。可以说，这个集子收录的文章是非常具有代表性的。

我很感谢这本书的出版社令这些文章有机会出版。我也很感谢文章的译者，由于我自己做过许多翻译工作，所以更能体悟翻译对于这项研究的意义。翻译需要投入大量时间和精力，即便条件允许，困难仍然巨大，我担心文中艰深晦涩的句子会让译者感到头痛。一名好翻译，有时还得是一名好演员。他得让自己接受作者的脾气，对他的设计有同理心，甚至还要对原文缺失的语境进行适当的还原以令新的读者理解和接受。一件优秀的翻译作品当真是一份慷慨的馈赠啊！译者将自己的兴趣和趣味赠送给原作，预测作者可能被误解的方式，并采取措施防止这种误解发生。从这点来说，翻译又是一种保护行为，译者的工作维护、促进了他人的利益而不是自身的利益。

在本书中，所有收录的论文都具有翻译的性质：它们试图在中国文学文本与英语读者之间建立关联。直至今日，文学解释的必要性都存在，此必要性甚至不亚于一个世纪之前的耶稣会或光绪百日维新时期。对于英语世界的读者而言，大部分人是不熟悉中国文字的。如果不能通晓中文，几乎不可能理解中国文学对于西方的意义。我在研究中尝试去发现有意思的文学与文化现象，并希望将这样或那样的发现介绍给西方的读者。我所展示的也并非我自己的文学传统，而是中国文学本身的相貌，只不过我通过自身的理解和欣赏，将之内化，然后不断地去推广。我希望读者们不仅仅知道《红楼梦》是文学名著，康有为是著名革新家，我更希望他们知道其存在的价值。在介绍中国典籍和中国历史人物的时候，我向读者展示的正是这一点。相比起文献资料的价值，读者会在这本文集里获得我关于文学史的思考。他们会在阅读中发现，这些原本熟悉的文本经过外国学者解读之后所产生的新鲜感，而对新鲜的思维方式产生兴趣。我尝试去理解文本存在的争议，而这些争议本身可能会引起中国读者的兴趣。这也是思想与情感与另一个世界交流的案例。

如果要给这些文章分类，我认为它们可以归类为"东西比较文学"，但这样的分类不太令我满意。具体的文本、作者和读者总是要顶着巨大的风险。譬如说，《红楼梦》不只是一部亚洲文学巨著，我也不仅是一名西方读者。读者从我的阅读体悟中获得的是一种实验性阅读体验。这种阅读体验可能对于一些文本和读者来说比较适合，但不一定放之四海而皆准。在我个人的阅读经验里，最引起我关注的是《红楼梦》区别于其他文本的地方，它对我的影响，使得我可能变成一个不那么典型的"西方"读者。文学对一般性规律总是抗拒的。作为一种风格，作家们总要使得他们的语言和思想具有独特性。当读者成为作者时，他们也会从独特的情感角度来看待文本。

我在22岁时开始阅读中国诗歌，在此之前，我所阅读的语言学、文学、人类学、哲学的书籍，已经奠定了我的文学品味与思想基础。莎士比亚、福克纳、史蒂文斯、多恩、波德莱尔、林波、马勒梅、瓦莱里、埃斯库罗斯、卡里马库斯、卡图卢斯、福楼拜、笛卡尔、斯宾诺莎、莱布尼兹、索绪尔、维特根斯坦已经深深植根于我的灵魂。罗列这组人名没有特别的原因，我只是想说我尽可能广泛阅读所能找到的书籍。如果我喜欢，我还会尝试寻找更多同类的书籍。雅克·德里达（Jacques Derrida）、保罗·德·曼（Paul de Man）和所谓的解构主义学派（School of Destruction）以一种独特的方式将哲学文本诗化，并将诗化文本哲学化：他们坚持表达思想的语言，最终思想不再仅仅是思想，语言也不仅仅是语言。这与我的阅读习惯恰好相符。诗人们用巧妙的艺术技巧进行创造，以至于读者在解读中总是能有新的发现，哲学和语言学的学术训练帮助我在阅读中能够提出更有趣的问题。

我并没有深厚的中国学研究背景。我只记得很久以前我读到过林语堂先生写的《吾国与吾民》，书中的中国人给我留下深刻的印象，他们温良、智慧，具有强烈的道德感。同时，休斯翻译陆机的《文赋》又为我提供了另类思考写作的方式。但陆机的写作方式与亚里士多德和贺拉斯完全不同。程抱一（François Cheng）所著《中国诗语言研究——附唐诗选译》又进一步拉近我与这门外语的距离：汉语的词汇和语法，与我之前学过的外语都不同。为了更深入了解中国诗歌的创作过程，我利用从阅读英文、法文、希腊文和拉丁文文学和评论中学习的假设方法去研究。如果中国哲学不同于希腊哲学，那它必定有其特定的源头和发展条件，这些是我必须去了解的。因此，我开始为期一年的汉语学习，尝试翻译中文文本，在翻译中尽可能广泛阅读，并关注于20世纪80年代引人关注的有关中国文化本质和生存的辩论。

正如读者所见，我关注的兴趣点是比较研究。中国文化博大精深，对我而言，研究中国文化的意义在于发现它与其他文化的差异性、相似性，以及理解这种差异而带来的挑战。从耶稣会时代开始，欧洲人对翻译中国文学就很感兴趣。中国哲学中的关键词诸如"理""气"，在拉丁文或法文中会有这样的词吗？反过来说，欧洲宗教里的神、上帝或天主，汉语里会有这样的词吗？思考这些问题，我开始明白，比较研究的意义并不存在于被称为词的孤立数据中，一个词与其他词的关联赋予了该词更丰富的意义，如态度、语气、行为等。译者能做到的正是用自己的母语去体现另一种语言关联的意义。在具体的翻译实践中，我们一定会遇到母语与源语在语义表达上的冲突，甚至还会产生与其他外语在表达上的冲突，但是如果你并不指望超级完美翻译的话，光是这一切就已经是多么有趣且有意义的语言实验啊。

然而在汉学研究领域，比较的态度并不总是受到欢迎。我读研时发表的论文常常招来批评，认为我不应该把西方的理论与方法应用在中国传统文本的解读上。中国文本应该用中国本土的概念和思维方式去解读。当我的老师们提出这样的批评，我认为他们是非常真诚的。他们试图保护中文的阅读传统，使其免受外来文化的侵蚀。我的希腊文和拉丁文老师也常常表达类似的感受。平心而论，理论模型通常由于过分直接而显得粗糙，并且对上下文语境缺乏敏感性。事实上，用英文或法文所著的文学作品，情况也是这样的。我从来没有兴趣在中国文学（或者其他文学）找到关于解构主义、弗洛伊德主义、马克思主义、福柯主义、女权主义或者诸如此类理论的确凿证据。在我看来，理论与阅读之所以能够互动，正是因为二者的不完美：它们互相补充，相互启发。举个例子，在考察中国女性写作的历史时，我认为"什么是女性"这个问题非常有意义。没有一个文化传统能够准确回答这个问题，中国文学也无法回答，甚至产生更多的疑惑。例如："屈原是女性吗？"我们能否为"女性"一词赋予意义，根据这个意义，他可能就是女性呢？在明代，当女性诗人身份的狂热引发男扮女装的热潮，人们又对身份的归属产生了质疑，这又是什么原因呢？我认为，正确的答案并不是女性身份的真实性，而是"作为女人"在中国文学界去创造意义。或者，换言之，在研究翻译的历史案例时，我尝试不轻易判断翻译的对错，而是思考这样的翻译对谁能够意味着什么，原因是什么。读者会在本书中发现，书中的文章往往围绕一个问题展开，但这个问题没有绝对的答案，却有几个会带来争议的答案，而我乐意为这样的争议负责。

我尝试遵照汉学学科研究的规范，厘清研究对象的背景，辨析事实的真相，但做这些基础性工作之余，我对比较研究的兴趣更加浓厚，我喜欢继续讨论有趣的问题，而这些问题或许对汉学研究的读者或历史研究的读者吸引力不大。整本书中，每篇文章其实都相互混杂，我在想这部混杂着各种研究问题的书能为读者带来什么。一种依据文本时代和传统的阐释总归是有价值的，只不过探讨文本在传播过程中，被附加了另一种传统之后所发生的事情，似乎更有趣、更有研究的价值。有的时候比较研究会受到不太友好的批评，诸如："这些事物之间究竟有什么关联？"（假如这些事物指的是明代的海盗小说和菲利普·格拉斯的音乐。）我认为，当你将不同的事物进行比较的时候，他们之间的关联已经产生。比较的意义取决于你，研究的视角以及论证的方法会让这些比较产生价值。我常叮嘱我的学生，他们阅读的书与其思维的关联产生于他们实验性的阅读报告。文学知识，如果可以称之为一种事物，其实就是心灵的自省，通过文本的参与而得到升华。阅读过荀子和柳宗元之后，我便不再是那个阅读之前的我了，我变成了一个被纯粹文化浇筑过的混合体。

如果20世纪80年代的前辈们担心我过分使用西方理论而导致文本的曲解，那么当下的学术新人们操心的却是种族主义和东方主义的问题。这两种担心，尽管跟时代环境有关，却存在实在的关联。对作者和读者种族或民族背景的理解与接受的方法，假设我们最终都代表了这类或那类的文化价值观，即便我们宣扬"普世价值"，也只是对这些真实兴趣的暂时伪装罢了。就这样的思维方式而言，现代主义者维克多·塞加伦（Victor Segalen）和庞德（Ezra Pound）对中国诗歌的翻译和改编只能被视为"挪用"，对法国或美国诗歌荣誉自私的盗窃。我随时准备谈论翻译道德，萨义德公开批评的"东方"民族漫画确实是糟糕的先例，但是文本跨越语言或民族界限的事实并不等同于一辆偷来的自行车。最创新的事物，其实也是有它的源头，世界上不存在纯粹的创新，这一点我是早就否定过的。文化交融提供了可以沟通、交流和创新的空间，而无须回应文化属于谁的质疑。在这些文章里，我会提出与其他人不同的看法，那些被批评或贬低的个案，在我看来其实是有值得称道的地方。徐志摩对庄子、对波德莱尔的挪用简直就是天才的行动，使这两位作家都变成了旷世奇才。利玛窦为中国发明的基督教，其实并不是明朝天主教真理的绊脚石，而是一种新的宗教。（我在另一篇文章中提出过这个观点，但估计利玛窦不同意我的意见。）《毛诗序》也并没有曲解《诗经》民歌的性质，而是故意将其阐释为一种文化模式，这种文化模式为未来提供了方向。现在的亚洲国家文学传统，如果我们从文化交融的视角去看，其实都是建立在与已有的文学传统相互抵牾的基础上的，让我们从给定的范畴与新的研究材料中去发现新的关联，批评的创造性就产生于此。

赫拉克利特的残篇 D47 的内容是"整合：整体与非整体"，D50 的内容是"一种看不见的和谐：比看得见更和谐"。这位早期的古希腊哲学家了解一部哲学论著是如何运作的（尽管他生前并未见过），像这样的作品集汇集了不同时期、不同读者和不同目的的作品，看上去似乎缺乏整体与连贯，除了每个部分都不可避免地带有作者的痴迷与局限之外，这本书具备了计划外的整体性。我在研究过程中从不孤立地思考问题。我很幸运拥有一些师友，他们向我敞开智识的心扉，让我重新思考自以为了然的问题。学术的交流本身就是一种融合。至少我在研究过程中，曾经得益于他们的启发和讨论，在此我仅简单罗列一些学者的名字。五十年来，陈貌仁向我展示了敏思与想象对于解决棘手问题的力量；与保罗·法默（Paul Farmer）的探讨令我免于思维的懒惰；感谢余英时先生与孙康宜先生允许我加入他们的课堂讨论，令我受益良多；余国藩鼓励我静下心来读书；钱南秀与张隆溪经历过"文革"，与他们同窗共读的日子使我学到很多课堂之外的东西；刘东对中国文学的传承投入巨大精力，对我影响尤甚，让我在学术的道路上孜孜以求；葛兆光先生在学术领域的深耕细作对我影响甚巨。尽管学术研究常常是独立的，但与这些学者们的探讨，确实令我受益匪浅。

子曰："不曰'如之何，如之何'者，吾末如之何也已矣。"《论语》中，孔子的这句话被不断地引申，告诫人应当三思而后行。如季康子问："使民敬、忠以劝，如之何？"定公问曰："君使臣，臣事君，如之何？"哀公问于有若曰："年饥，用不足，如之何？""如之何"可以解释为"我这样做是否周全？"或"作为一个总领的原则，是否可行？"有的时候，"如之何"表达说话者希望获得解答的请求，请教别人怎么做才合适，做什么才有意义，如何做这件事等。简言之，保持对话确实是一种生活方式。"如之何"表达的是疑问，而不是陈述。事实上，我也是如此看待比较研究的：它从来不是第一个，也不是最后一个，而是一个通往更通透理解的平台。因此，我希望这本书能够带着我对中国文化瑰宝的憧憬与探求回到中国，实现学术交流和理解的目标。我们学术的对话仍在继续。

苏源熙
2021年8月于芝加哥
吉灵娟（杭州师范大学） 译

"礼"异"乐"同——为什么对"乐"的阐释如此重要　018
《诗经》中的复沓、韵律和互换　036
为阴谋而读:康有为之经典复原　054

中国早期文献研究

"礼"异"乐"同——为什么对"乐"的阐释如此重要

一

"乐"（music）是中国古代唯一真正获得"理论化"待遇的艺术，这一点已被很多论者精确认知。[1] 在流传下来的文本中，有关诗学的简论总是从"乐论"（musical theory）套用其整体框架和几乎全部的术语；绘画和雕刻只留下一些涵义模糊的逸事、奇闻；建筑只沦落为房屋和功能的总称；有关舞蹈和戏曲的鉴赏——毋庸说分析——就更是少得可怜。然而另一方面，当这些艺术门类或多或少地留下一些显示其实践的历代延亘的轨迹时，中国的古"乐"却从我们的视野中消失：某些因素或许会在出土的乐器、有关音律（tuning）的论文，以及对演奏的图画呈现中保留下来；但节奏（rhythms）、和声（harmonies）、旋律（melodies）这些元素却几乎只能留给我们想象。[2] 由是，对美学史家而言，中国的古"乐"呈现出一种复合性轮廓：即富丽又贫瘠，既丰满又干瘪——这一在规范化论述方面的主导性类型，在实际表达其自身的作品方面却可能位列最末。对于这样一具由"断片"拼凑成的遗体，很难说有什么结论可以从此推定。

那么为什么这门艺术会受到这样唯一的优遇，而又是以这样一种方式？中国存在乐论的原因其实与美学（aesthetics）无涉："乐"是以一种"礼"（ritual）的分支的身份进入智识阶层的讨论，"礼"是"乐"获得意义和重要性的唯一背景。我们无法把我们有关"艺术的构成"的认知作为理解这些音乐文本的单一视野；相反，一旦我们把殡葬（funerals）、宴请（hospitality）、献祭（sacrifice）、外交（diplomacy）都作为某种"艺术形式"来观照，"乐"便不再孤独——尽管"艺术"范畴本身已然奇异地改变。在任何情况下，我们都无法想象这样一种艺术观念的确当性：能够剔除掉"乐"，而将"礼"的其他面相归诸经济学家、宗教史学

---

[1] 译者注：文中有关乐论、诗论的易混淆关键词，译法如下——"乐"（music）；"音"（tone）；"声"（sound）；"言"（speech）；"音符"（note）；"语词"（word）。

[2] 迄今尚未发现有真正意义上的"乐谱"传世（最可能的"例外"是一批约在1994年出土的竹简，其中包括《孔子诗论》，现藏于上海博物馆；这批材料有待完整地公布）。在古代文本中保留下来的对于"乐"的演出和效果的评论，因为太少，亦不足以还原古"乐"的面貌。有关幸存材料和文字证据的阐述，参见 Lothar von Falkenhausen（罗泰），*Suspended Music: The Chime-Bells of the Chinese Bronze Age*（《悬浮的"乐"：中国铜器时代的编钟》），Berkeley: University of California Press, 1993）；Laurence Picken（毕铿），"The Shapes of the *Shi Jing* Song Texts and their Musical Implications," *Musica Asiatica* 1（《〈诗经〉歌词的形式与它们的音乐内涵》,《亚洲音乐》第1期），1977: 85–109；Jenny F. So, ed., *Music in the Age of Confucius*（《孔子时代的"乐"》）, Seattle: University of Washington Press, 2000）。

家、政治学家和社会学家的专业范畴。在古代中国，乐论写作与"乐"之外的各种领域，与音调（pitch）、音色（timbre）、和声、节奏、音量（volume）等等之外的各种经验，保持着最密切、最强有力的联系。事实上这正是一个至今悬疑的问题：这些音乐文本的作者，究竟是在个体实践的意义上真正精通"乐"，还是只在一般认同的意义上从他们理想的社会之"音"（"tone" of their society）自上而下地推导出种种"乐风"与"乐理"？

可以说，乐论写作就是这么一种奇特的行文方式——这种奇特既表现在它与其虚设主体（ostensible subject）的关系，又表现在它与整个二十世纪读者（中国和其他国家）的关系。这种写作的核心特征是一种对他物的言说（talking about something else），也即一种被古希腊、罗马人冠名为"寓言"（allegory）的文类。有意味的是，那些谈论中国古代音乐文本的人常常也效仿这些文本的姿态，随着它们一起趋向"寓言化"。但他们这种寓言化并非以文本为出发点——拿来言说"他物"的文本，继而通过这些文本再言说另外的"他物"——而更多是重蹈"元寓言"（original allegory）的旧轨，恢复它曾经的活力，而对其指涉的种种"他物"鲜有创造性的演绎。

二

《乐记》中载录的音乐理论是一种伦理学的（ethical）模式。[3]"凡音之起，由人心生也"[4]：因此作曲家创作的"音"表达了——在"表达"

[3] 参见 Aristotle, *Politics*, 8, 1339 b 20 –1340 a 11；Plato, *Republic*, book 7；相关论述参见 Warren D. Anderson, *Ethos and Education in Greek Music*（《希腊音乐中的世风和教育》，Cambridge: Harvard University Press, 1966）。此外，关于《乐记》本文及《乐记》与诗歌的关系，还可参考 Haun Saussy（苏源熙），*The Problem of a Chinese Aesthetic*（《中国审美，审美中国：一个文化之间的问题》，Stanford: Stanford University Press, 1993），pp. 85-101。苏源熙认为，《乐记》在"声"（sound）与"音"（tone）两个词汇间作出了某种方法论上的区分："声"仿佛是"乐"未经加工的原料；"音"则是"乐"经过提炼、系统化、规范化和伦理化后的成分。

[4] 朱彬（1753—1843）撰，饶钦农点校，《礼记训纂·乐记》，辑入"十三经清人注疏"（北京：中华书局，1988），卷2，页559。我之所以采用这个版本而非那个标准的《十三经注疏》版是因为此本有着更为丰富的注释和评点——它们中的大部分指导了我此处的翻译和阐释。有关《乐记》一章的历史，以及与此牵连的《荀子》《史记》中的相应章节，参见 Jeffrey K. Riegel（王安国），"Li chi," in Michael Loewe（鲁惟一），ed., *Early Chinese Texts: A Bibliographical Guide*（《古代中国文本：书籍解题指南》，Berkeley: Society for the Study of Early China, 1993），p. 296。译者注：汉语中的"古代中国"同时包含着英语中的两个词汇，"Early China"和"Medieval China"——前者对应的时段是先秦、两汉；后者对应的时段则是汉以后到明、清。所以，本文（正文及注释）中出现的"古代（中国）"通指先秦、两汉时期。
另外，一种与此平行的、有关"'乐'的特性和'乐'性的回应起于'人心'的状态"的说法还出现在近期出土的郭店文本《性自命出》中，参见《郭店楚墓竹简》（北京：文物出版社，1998），页180。我在这里要特别感谢普鸣（Michael Puett）对于这一相似之处的提示。

（express）这个词的学术史意义上——他们心中的所思所想。[5] "音"是情感的符号，它们与人的情感有着必要而灵活的关联："是故其哀心感者，其声噍以杀；其乐心感者，其声啴以缓；其喜心感者，其声发以散；其怒心感者，其声粗以厉；其敬心感者，其声直以廉；其爱心感者，其声和以柔。"（《乐记》，第559—560页）《乐记》中这些论述都聚焦于音色、节奏和表现的特性，这在现代（欧洲）音乐体系里也正被称作演出的"表达"层面。[6] "乐"表达的是一种社会风气（ethos），也就是那些处于潜势之中的特征、趋向、情态和运转状况。

> 是故治世之音安以乐，其政和。乱世之音怨以怒，其政乖。亡国之音哀以思，其民困。声音之道，与政通矣。（《乐记》，第560页）
>
> 凡音者，生于人心者也。乐者，通伦理者也。……是故审声以知音，审音以知乐，审乐以知政。（《乐记》，第562页）[7]

《乐记》指出，"乐"这样的符号表达是富于感染力的：当一群人听到同一种"声"（sound），他们就会被这种"声"的伦理学共鸣（ethical resonance）所影响，继而发生一种谐振——开始情志、意念上的同相"摆动"（vibrate）。这种符号学关联，作为大多数中国艺术论著中习惯性的"前理解"，对等地作用于"表达"和"接受"两个层面：聆听受虐或淫荡的音乐，会使聆听者也变得潜在地痛苦或兴奋；音乐的情感机制逐渐变得亲熟，甚至变成这些听众自己的一部分。

> 凡奸声感人而逆气应之，逆气成象而淫乐兴焉。正声感人而顺气应之，顺气成象而和乐兴焉。（《乐记》，第579页）

于是乎那些"君子"们——自孔子以降的礼

---

[5] 此处所谓"表达"在学术史层面的哲学意味，是指这个词经由一系列学者的积累所发展出的全部内涵——从斯宾诺莎（Spinoza）、莱布尼茨（Leibniz）、皮尔斯（Peirce），一直到苏珊·朗格（Susanne Langer）。

[6] 《乐记》中的这一段文字很特别：鉴于它联觉、通感／交感式的（synaesthetic）词汇选择和陈述方式，在中国古代（先秦两汉）的作品中是一件稀有的珍本——这是一种对于感官／感性体验的描摹，而非标准化、规范化的术语推演。不知道是否已经有人注意到如此的问题。像这样的段落值得我们搜集、聚合，并作进一步的分析。

[7] 译者注：原文所引为《乐记》英译，作者注云："改译自《中国审美，审美中国：一个文化之间的问题》，页86—88。"此处以《乐记》原本代译文；下同。

教传统的受益人——就可以接触所有的"乐"的表达,只要他们秉持那种警觉的、在必要的时候能够予以拒斥的精神。

> 是故君子反情以和其志,比类以成其行。奸声乱色,不留聪明;淫乐慝礼,不接心术;惰慢邪辟之气,不设于身体。使耳目鼻口心知百体皆由顺正以行其义。(《乐记》,第579—580页)

由此,音乐表达的是社会风气,是人们的情感方式;对大多数听众而言,它能施展天赋的魅惑,在他们自身之中诱导出那些它所表达的心灵状态;只有很少一部分人——特别是那些"有备而来"的听众(prepared listeners),他们试图借助对先圣意向的追摹来校正自我的反应——能聆听那些妖魅之乐(the Sirens),却不致成为妖魅蛊惑的牺牲品。

"礼"同样关涉着人们的情感机制。它规划出一整套模范性、约束性的行为,透过这些行为使人与人之间的关系(主与客,成人与孩童,上等人与下等人,男性与女性……)清晰可辨;鉴于在这些行为中已经设定了某种"正路"和"歧途",这些行为本身也就成为社会关系的征候:如果子女以潦草的仪式和微薄的花销殡葬他们的父母,如果客人没有得到主人应予的欢迎、宴请和谦恭的问候,这就是在某些地方出了错;倘若那种在确当的平衡状态下运行的生活方式亟须保持,那么就必定要作出某些修正和调整。在《乐记》看来,"乐"中各种"因子"(elements)的关系,正是对社会中各种"因子"的恰当关系的一个平行映射——"宫为君,商为臣,角为民,徵为事,羽为物。五者不乱,则无怗懘之音矣。""乐"的目的正在于建构一个"五色成文而不乱,八风从律而不奸"的宇宙(《乐记》,第581页),并从这个"乐的宇宙"(musical cosmos)出发,为人世提供一个标准的范型——一个对"礼"的理想的完美实践。[8]

"乐"镜照着"礼";但在这种镜照关系中也同时存在着一种悖反倾向:"乐统同,礼辨异。"(《乐记》,第585页)这一论述无须从传统的心理学角度阐释("乐"统摄一切和谐,它是一种人人

[8] 有关音乐性的和谐与社会性的和谐的关系(在现代,这是一种"批判"[critical]或曰"脱臼"[disjunct],而不再是"整一""一体"[unitary]的关系),参见Theodor W. Adorno, *Aesthetische Theorie, Gesammelte Schriften* 7 (《美学理论》, Frankfurt am Main: Suhrkamp, 1970)。

能懂的大同世界的言语,聆听"乐"的最好方式是同他人一起)。"乐"与"礼"的区别乃由其类比中得来:"礼"的首要关注点是区别各种预定的角色,并把相应的任务分派给每个出演角色的"人";"乐"的区别和安排却并非直接作用于"人",而是作用于那种种"感官的假想"——它们彼此的对待关系创造出模仿俗世的听觉幻象(auditory simulacrum),对这一片幻象,每位听众在理论上都享有权利平等的探访。比如,当我们进入客礼(guest ritual)时,只能作为"主人"或"客人"——两种身份不可能同时拥有;但当我们进入对"乐"的聆听时,却是作为身份同一的听众,"乐"的演出也正把我们所有这些听众当作一个整体,而并非种种阶层。

> 是故乐在宗庙之中,君臣上下同听之,则莫不和敬;在族长乡里之中,长幼同听之,则莫不和顺。(《乐记》,第602页)

如此,通过对角色体制的内化(interiorizing)和形式化,以及那种基于"大同"理想的范型演示,"乐"超越了社会对角色的配置。

"乐"是"礼"尽善尽美的实现,是弥除了真实的人际摩擦的"礼"的范型。"礼"往往是件不确定的事情,可能完成也可能无法完成——儿子未必孝顺父母,成年人或许找错了对象,门客有可能行刺他的主子,外交使节没准豪饮过度就搞砸了一次重要的演讲……[9] 然而,"乐"却是一座"差别"和"关系"(音调的序列,拍子和速度[tempi],"粗""噍"这样的感觉导向……,都被乐论引入更深的涵义)的象征性建筑;乐论的存在,一如《乐记》所证明,是为了保障这种"差别"和"关系"永不衰竭、永不朽腐的延续,并且预警那些可能导致它们堕落的影响。比较而言,这是一桩相对简单的任务——在各方面都要比维护

[9] 若想获知更多关于"礼"的灾难性事件,参见 John Austin, *How to Do Things With Words*(《如何用"语词"行事》), Cambridge, Mass.: Harvard University Press, 1962)。有关奥斯汀的冷幽默,参见 J. Hillis Miller, *Speech Acts in Literature*(《文学中的"语言行为"》), Stanford: Stanford University Press, 2001)。在此稍作说明:哲学家奥斯汀在《如何用"语词"行事》一书中,发明了"语言行为"的理论,并就两种语言进行了对照式的区分:一种是描写性的语言(constative language);另一种是行为性的语言(performative language)。后一种语言(比方说,"我答应明天到那儿去[I promise to be there tomorrow]",又或者"我宣布你们结为夫妇[I pronounce you man and wife]"等表述)的主要内容不在于"某人正在做某事"的实录或描写,而在于表述中涉及的那项动作(行为、意向)的履行或完成——正是这一点将表述人和此人对其表述的最终落实联系到一起。由此,描写性的语言可以用"真"或"假"来判断;行为性的语言却非"真"非"假",只可判定其"有效"还是"无效"(比方说"我"是不是说话算话,又或者"我"是不是有做出承诺、声明、决断或祝福的条件,等等)。

那种真实的社会结构更轻松。

三

考虑到可以想见的《礼记》及其相关文本的最初读者群和作者基础,"乐"成为解决那些基本"美学"课题的最富魅力的典型就一点也不奇怪——这些课题包括艺术对公众的影响,感官王国与道义或理智王国的关系,对形式的意味的阐释,艺术家在社会中的地位、处境,不同艺术家间的对待,阐释和接受的背景,等等。正如我们从中国美学著作中看到的那样,"乐"是一个具有极高声望和绝对权威的范型;但这一地位又似乎只限于中国古代的某一特定时段——我们或许可以将这一时段压缩为从战国后期(荀子,殁于公元前 238 年)到汉代中期(《白虎通义》,公元 79 年)之间的三百年。此后,随着历史的前行,以"乐"为核心的关系网络中的语词渐趋改变,对它们的不同理解逐步生成;有时这些嬗变恰恰彰显出从一开始就埋伏在经典表达里的种种裂隙与折中。不论汉代中期有关"乐"的讨论在整合中实现了怎样学理化的和谐,这种"和谐"的断言都是基于智识阶层与权力阶层的昙花一现的公意(momentary consensus)之上,并且还夹杂了实用(pragmatic)与怀旧(nostalgic)的思想。

不仅如此,当"乐"一旦被改装为其他艺术经验领域——比如"诗"——的术语词汇表,某些从根本上支撑乐论的逻辑就不得不被改变,有时还是以一种非常拙劣的方式。这种出于新目的对旧理论的"再造工程"有时候显著可辨,有时候却隐晦小心。很显然,为了最大程度地透过它们来考察中国的美学思想史,我们需要全神贯注于那些在"艺术场"过渡中并不流畅的"点"和"面"——找到它们,阐明它们;因为只有这样才能再现美学思想传承史及其术语演变史上曾经出现过的不对称与不平衡。但是,这种聚焦和揭示却从未发生。我们很应该自问,为什么这种聚焦和发现没有实行?究竟是什么在我们最直接、最亲熟的语境里,阻挠着我们窥见那种种区别和差异——我们本该意识到它们的重要性。

举例来说,《乐记》开篇至关重要的导言性阐述,也即这一文本在后世衍生出的各种推论的原始根据，写作："情动于中，故形于声。"（《乐记》，第560页）《诗大序》则将这句话改作："情动于中而形于言。"[10] 这已不只是一种简单的引用；而是试图通过复述一种早期经验或援引一种公认权威，把对"诗"的阐释转化成对"乐"的理解的模拟或附庸。在新的提法中，"声"（sound）被换成了"言"（speech）；但"言"果真和"声"一模一样吗？它们的功能、作用果真完全相同吗？难道"言"不是引入了种种新的维度——譬如意义、指涉，以及我们可以由此引申出的各种游戏规则——同时又将"乐"的大部分本质特征（它对情感状态的直接召唤，它的精确的数学结构，它完成"表达"的方式方法，以及它的种种演出传统）抛到一边吗？这绝不像你可以在一篇"乐论"里提到"音符"（note）的地方全换上"语词"（word）就指望借此得到一篇"诗论"那么简单！并且不管我们对"言"与"声"的对等性说"是"还是说"不"，这种一换一、此易彼的替代，对于参与替代的两种艺术门类双方，对于语言文字的观念，对于前述所有绕不过去的美学课题，看起来都会产生意味深远的影响。

奇怪的是，即便如此，当人们谈及诗学与音乐学发生在上述文本间的对待关系时，也从未意识到这种后果。比如，杜志豪（Kenneth DeWoskin）注意到《诗大序》引用《乐记》和《尚书》是为了在表达艺术的等级序列中，将"诗"排在"乐"和"舞"之后：如《诗大序》所言，在语词"不足"的情况下，人们将进一步诉诸更为有效的手段，最终发现他们还是得借助歌唱和舞蹈。[11]"言"与"声"的关系是一种下对上、低对高的关系：在"诗"——绝大部分是"歌"——中，"言"冲破了它自身的局限，切近或达到了"声"。当聚焦《乐记》及其"情动于中，故形于声"的论述时，杜志豪指出："这句话的语法结构和论述

---

[10] 阮元，《十三经注疏·诗经》（台北：大化书局，1987），1.1/5a。

[11] 参见 Kenneth J. DeWoskin（杜志豪），*A Song for One or Two: Music and the Concept of Art in Early China*（《此曲谱与"知音"：古代中国的"乐"以及"艺术"的概念》，Michigan Papers in Chinese Studies, 42; Ann Arbor: Center for Chinese Studies, 1982），p. 20。亦可参考 DeWoskin, "Early Chinese Music and the Origins of Aesthetic Terminology"（《古代中国的"乐"与审美术语学的起源》），in Susan Bush（卜寿珊）and Christian Murck, eds., *Theories of the Arts in China*（《中国的艺术理论》，Princeton: Princeton University Press, 1983），pp. 187–214。译者注：本段文字可参考《诗经》原文："言之不足故嗟叹之，嗟叹之不足故永歌之，永歌之不足，不知手之舞之足之蹈之也。"见《十三经注疏（附校勘记及识语）》（杭州：浙江古籍出版社，1998），卷上，页270。亦可参考《乐记》："故歌之为言也，长言之也。说之故言之，言不足。故长言之。长言之不足，故嗟叹之。嗟叹之不足，故不知手之舞之，足之蹈之也。"见《十三经注疏（附校勘记及识语）》，卷下，页1545。

策略都与《诗大序》中的那句……完全相同。"[12] 一种平行被抓住了；一种不对称却被放过了。仿佛即使是面对语言学的精微考辨，《乐记》的这些标准化论述也一样毋庸置疑。在这种情形下，口头艺术（verbal art）只有当复制"乐"的结构时才有价值；而它超出"乐"的那部分则微不足道。因为文本将"诗"比作"乐"，用"乐"来同化"诗"；文本的读者们便也心有默契，只留意那些能证实和支持这种比喻或同化的术语特征。其他很多发现了乐论对诗学的影响的学者也都是这么莫逆于心，直来直去。他们知道乐论曾经有这样的雄心——在"情感""表达"和"接受"三者间建构起一种必然的关联，一种因果相延的连续性（continuity）；他们也知道乐论曾经试图将感官经验和这些经验的意义内涵焊接成一体，在发"声"的本能冲动和乐"音"的有序背景间筑起一道逻辑的单行线。如今，这些学者一定以为：通过将诗学简化为乐论，就可以实现后者的夙愿——从此，他们能够在一个更宽泛的、同时包含"乐"与"诗"两门艺术的批评界，确认并巩固乐论曾经希望建立起来的那一系列关联。

这种"乐"对"诗"的同化，以及这种对同化的"残迹"——那些"乐"不可为而"诗"可为，或者"诗"不可为而"乐"可为的着力点——的漠视，在"中国美学思想"这一更广大的领域中，正是连接数种不同艺术门类的通路上至关重要的点。一方面，它联系着中国和其他东亚地区理解"文学"的典型特征：坚持一种"感动—表达"（affective-expressive）的美学理念，将最能反映文学（或此国、彼国的民族文学）的抒情体（the lyric）放在关注的中心。对于这种"抒情体优先"的论断，厄尔·迈纳（Earl Miner）已经做了最广泛、最精细，同时又是最富于思想深度的打捞和勘探。[13] 正如迈纳所指出，欧洲文学的特异性在于将戏剧（drama）作为中心文类和文学理论的参照点。在欧洲本土的诗学体系中至高无上的"区分"（distinctions）——譬如事实与虚构（fact and fiction），自我与角色（self and role），叙述者与主人公（narrator and character）——在其他传统中却未被赋予地位同等的重要性；因此在将全部的"表现论"（representation）命题贸然植入一个类似中国或日

[12] *A Song for One or Tuo*, pp. 53–54.
[13] Earl Miner, *Comparative Poetics: An Intercultural Essay on Theories of Literature*《比较诗学：文学理论的跨文化研究札记》, Princeton: Princeton University Press, 1990)。

本这样的新语境前,就必须先经过精微、审慎的考辨。尽管迈纳没有明言,下面这一点也是显而易见:抒情体在中国(以及那些做出了历史性调整,分享了中国的文化遗产的国家)凌驾于其他文体的原因,正是"乐"凌驾于其他艺术(特别是文学)的现实。因此,倘使一个人意欲抵达诗学或美学的"感动—表达"论的中心,他就必须转向"乐"——也就是转向《乐记》及其被后世不断重申的论述:"情动于中,故形于声。"

另一方面,"诗"与"乐"的相合还向我们提示了第二种研究的可能性:追溯和探寻古代乐论关于"声"所不得不做出的评述。除去"声"的社会学效果(将"声"作为反映"礼"和政治环境的指针加以观照),它还是一种物理学事物,是人们长久以来形成的对物理世界的理解的一部分内容。众所周知,物理学认识的演进是对各式各样的模型(models)——事物的多向度抽象,可资翻用出新的种种"关系""过程"——的采纳、批评和调整。

李约瑟(Joseph Needham)和肯尼斯·罗宾逊(Kenneth Robinson)在概述中国的声学物理(physical acoustics)时首先写道:

> 中国声学思想的背景在很大程度上决定于一种"气"的观念。这一观念最初发源于瓦罐里煮沸的水——它冒出一种芬芳而使人愉悦的蒸气。我们已经(在《中国的科学与文明》[Science and Civilisation in China, vols. 2 and 3]一书中)对这一中国"精气论"(pneumatism)的基本概念做了必要的详述……("气"的观念)从源头处塑型了中国的思想,正如形式和内容(form and matter)的观念从亚里士多德时代起就统摄了欧洲的思想一样。……从最早的历史时段起,中国人就关注一种"声"、"色"(colour)、"嗅"(flavour)的组合,它们对应着自然界天成的组合(仿佛一曲管弦乐)——雷鸣、虹彩和香草。一种"气"从地面升腾到天空,就像灶台上瓦罐里冒出的水汽;另一种"气"从天空回落到地面,就像祖先在转世时散播的阴阳感应。两种"气"的交汇、混合产生了"风","天"又借"风"创造了"乐"……[14] 这便是整个

[14] 译者注:本段文字可参考《乐记》:"地气上齐,天气下降,阴阳相摩,天地相荡,鼓之以雷霆,奋之以风雨,动之以四时,暖之以日月,而百化兴焉。如此,则乐者天地之和也。"见《十三经注疏(附校勘记及识语)》,卷下,页1531。

的中国哲学体系由以诞生的背景。[15]

在李约瑟看来，从上述背景中诞生的物理学和声学"倘不是'分析学'，就是高度的'精气论'"[16]。对这种物理学而言，"宇宙的连续统一性以及借'波'的传导实现的'远距离作用'"都并非牵强的、遥不可及的观念，而是先验的、司空见惯的预想。李约瑟常常把中国物理的这种思维情境与古代、中世纪和现代初期的欧洲对举：在后者，科学处理的对象只限于单个孤立的实体（事物[things]、范畴[categories]、原子[atoms]、刺激[stimuli]、反应[responses]）；它们通过直接的接触和联系彼此作用。从物质实体的根本特性是"精气论"这种假定出发，李约瑟将声学——以及声学内部有关谐振、共鸣（resonance）现象的独特领域——置于中国科学探索的中心。正是谐振和共鸣使我们认识到"'声'和'味'（taste）与治、乱之道的关联，并非基于纯粹的空想，而是通过一个交互作用的序列"[17]；"交互作用"（correlation）是中国人努力理解自然界的另一个典型特征。

至此，倘若我们把李约瑟和罗宾逊关于中国物理学的"精气论""谐振说"阐释——中国物理学由此才力求抓住"乐"的现象，借以证明自己有关物质的各种基本假说——与杜志豪关于中国艺术界的"音乐权威论"发现联系到一起，就会构建出一架"学理桥"（theoretical bridge）。凭依这座桥，我们便可以从古代中国人笃信的宇宙论出发，经由中国自然哲学家运用的物理学模型，再经由"乐"在古代中国宫廷中的表演和"乐礼"（musical protocols）在典仪书籍中的汇编、摘要，最终抵达"乐"对伦理学和诗学的多层隐喻所引发的种种影响。这架"学理桥"的最后一座桥墩——至少是在这一语境中必将被建筑的桥墩——不是别的什么，正是迈纳对东亚文学观个性的描述：那种"感动—表达"的理念。因此，是"乐"而不是"抒情体"引导着我们溯回一切的源头。无论人们是否意识到，也无论是在科学、伦理学还是美学的范畴，中国的"乐"——古"乐"，以及它所代表的全部——都是标志着"中国认同"（Chinese identity）的图腾或象征。

[15] Joseph Needham and Kenneth Robinson, "Physics (h): Acoustics," in Needham, chief ed., *Science and Civilisation in China*（《中国的科学与文明》, Cambridge: Cambridge University Press, 1962）, vol. IV, part 1, pp. 132-133）. 我在引用时将原书一些脚注中的信息用"（ ）"插入了正文。

[16] *Science and Civilisation in China*, p. 135.

[17] *Science and Civilisation in China*, p. 205.

四

我方才所描述的筑就这架"学理桥"的一系列假定和推导，对于许多从事中国文学、艺术和哲学研究的学者都颇具吸引力。我从没见过这些"节点"以这样一种方式被连缀起来，但我十分乐意把这座建筑作为一个礼物，献给那些经常被下列问题困扰的研究人员：究竟是什么统领起全部的中国文化？究竟什么是"中国性"（Chineseness）？究竟是否存在一种可以确认的元素——它遍布中国文化的各种赋形并能阐释它们；但却在世界的其他文化中缺席或居于次要的位置？

我以为，这些问题已经频繁而深刻地影响了大量学术著作对论据的选择和它们的论证方式；而又是这些著作一直以来引导着整个二十世纪（包括各语言区）对"中国"的理解和认知。在关于声学的一章中，李约瑟试图展示从中国土生土长的毕达哥拉斯音阶（Pythagorean scale）和十二平均律（equal-temperament tuning）。（李约瑟认为，所谓"毕达哥拉斯音阶"，其实是希腊和中国对最初的巴比伦启示［Babylonian stimulus］的两种迥然不同的发展；中国版应用的数学原理也并非对希腊版的复制。十二平均律则是明人朱载堉倾其一生所从事的"音乐—数理"研究的重要成果之一。[18]）尽管承认古巴比伦人在某些领域的发明权——他们的发现沿东、西两向传播——李约瑟还将"宇宙论""精气论"锁定为中国音乐学的发祥地。同样，在"学理桥"的另一端，迈纳也唯恐我们把中国的"抒情美学"当作对亚里士多德的"模仿说"的掳掠，误以为"感动—表达"论的阐述可以归入"表现论"的范畴。两位学者都对患有"文化水土不服症"的读者们说："让中国的就是中国的吧（Let the Chinese be Chinese）。"诚然，这些论述既有实事求是的客观性，又有道德伦理的正义感——"在中国，用于描述音乐、品行、气象、历史和电学的术语都源自'波'和'感应'"的确是不折不扣的事实；"所有那些力图拓展文化视野的人不应抱着'本族文化中的任何元素都一定会

[18] 译者注：朱载堉（1536-1612），明散曲家、乐论家、数学家。字伯勤，号句曲山人；青年时自号狂生、山阳酒狂仙客。出身明朝宗室，其父封在河南怀庆府，为郑恭王；他初封为郑世子。嘉靖二十九年（1550）其父被诬告，他被废为庶人，幽禁于安徽凤阳；他"痛父非罪见系，筑土室宫门外，席藁独处"，达十九年之久。后复其世子冠带。他潜心学问，在音乐、数学、天文、历法诸方面皆有成就。可参考《中国文学大辞典》（天津；天津人民出版社，1991），卷4，页2035。

被异族文化复制'的心态来开始他们的探求",也的确是很好的建议。

然而,即便如此——正是在这里,我要从优点中发现不足,也要从不足中发现优点——这座层层阐释"中国宇宙论认同"的建筑工程,却还是未能给中国的内部差异留下任何空间:如果在对相关事物的中国阐释中,出现任何一种与"总蓝图"(the grand picture)不相和谐的因素——比如为了生产诗学文本便以"言"替换"声"从而埋伏下的种种问题——这些细节就会被甩脱;它们成了一堆"小麻烦",一位成竹在胸的学者知道没有意义就干脆视而不见。[19] 于是"中国性"成为各种语境的元语境(context of contexts),它将一切相对次要的争论都悬置于自身的背景中。[20] 我以为这种趋向——虽然除了给出一个症候性的例证外,这里限于篇幅无法详示——尽管起始于对"文化盲视"(cultural blindness)的自觉,以及美好的、应该说是非常美好的"用他者的眼睛看世界"(to see the world as others see it)的意愿,却仍然因为把那种不言自明性赋予了从前代表先贤圣哲和文化强势所发出的声音,而削减、贫化了我们对于"中国"的阐释。其实这些声音并非从古代中国发出的唯一的声音,甚至可能并不是最值得学习和听取的声音。[21] 与此同时,这种用压倒性的美学"大一统"同化一切矛盾的统摄、兼并法,也最终会显影为一条强化欧—美的自我标榜的新途径:难道我们不是亲切地把我们的现代本土文化看成具有调节动态冲突的宽容、适应力,且正是因为那种"全体拥抱的公意"的缺席才得以实现我们确乎实现的进步吗?[22] 如此,"现代文化"——一种仍在演进中的文化,一种"国际文化"——便是一套"子系统"各不相同的系统;而任何指望摆脱矛盾冲突的系统,都将是"地域文化"或"民族文化"(倘使其倡导者还同时掌握着武器、传媒和官僚机构,那么这种文化就更可怕)。在这个意义上,把"中国性"简化为"气",把欧洲和中国

[19] 需要说明的是:"声"和"言"不对等、不相同虽然可以说是文本替换中的一个逻辑漏洞;但从另外的角度理解,也可以说是一种眼光透辟的美学洞见——它点出了音乐跟语言在表达方式或者符号结构上的"和而不同"。这也就是我所谓"不足"中的"优点"。

[20] 与上注相对,"中国性"概念的悖反属性,恰恰又表征了我所谓的"优点"中的"不足":这一概念的权威和优势,同时蕴涵或者说决定了它自身的偏颇和劣势。

[21] 若要重建远古时代的"争鸣"空间(spaces of dissension),可参考 E. Bruce Brooks and A. Taeko Brooks, "Intellectual Dynamics of the Warring States Period"(《战国时代的文化活力》), Chûgoku shigaku / Studies in Chinese History(《中国历史研究》), 7, 1997: 1-32。

[22] 可参考 Bruno Latour, Nous n'avons jamais été modernes: essai d'anthropologie symétrique(《我们从不曾现代:论"对称人类学"》), Paris: La Découverte, 1991。

的差异简化为"粒子/波的二元对立"（particle/wave duality）的提炼与概括，就显示出某些潜在的破坏力。

我们可以——借他们的道理推出反向的结论——接受"中国性"等于"振动式思维"（vibratory ideology）的公式，继而将核心论点简化为古代乐论家的说法："情动于中，故形于声。"这样，把中国式思辨概括为一种"共振波"结构的阐释便与下面的看法不谋而合：中国文化最重要的元素，正如"情"一样，乃是发源"于中"（from within）——发源于中国的内部——然后再"形于"延荡相继的"波"，向四外扩散、流传；而一圈圈文化之"声"的波心，则是一个打击乐器式的动力源（idiophonic impulse）。[23]（打击乐器在乐器分类中是这样一种声源，好像钟和鼓，在发出[generate]振动的同时又回应[resonate]振动；而弦乐器，好像小提琴，则是靠琴弦发声，以共鸣箱回应。）为此，若要理解这些传送中的"波"究竟是什么，这些文化之"声"又究竟要表达什么，就必须顺着它们的流向溯回它们的源头。当然，《乐记》中也承认"振动"（vibrations）的方向既有由内及外（表达[expression]），又有由外及内（接受[reception]）。但在这种对"乐"的共振现象的描述中，由内及外的运动显然居于主导：表达是第一位的，主动而积极的；接受则是第二位的，被动而消极的。[24]采纳这样一种思维模式建构一种普遍的文化理论的结果，我们在一部与《礼记》密切相关的汉代文本《白虎通》——意即"白虎观内的大讨论"（Comprehensive discussions in the White Tiger Hall）：公元79年，汉章帝召集大夫、博士、议郎、郎官和诸生在"白虎观"讨论儒家经典中一些疑难段落的释义，会后章帝命班固将讨论结果加以系统整理，编成《白虎通义》作为官方典籍公布——中看到了。当谈到《左传》和《周礼》载录所谓"四夷之乐""夷狄之乐"的演出时，这些学者们问道：

[23] 这一观点对于那些总想把东亚文化描述成"在一切'逻各斯中心说'之外发展"（"developing outside of all logocentrism"）（一种在雅克·德里达的《论文字学》[Jacques Derrida's *De la Grammatologie*, Paris: Minuit, 1967]中出现后，即被许多人普遍接受的观点）的人而言，造成了不可克服的困րա。古中国的"乐论"的权威地位说明：即使没有音标字母（phonetic alphabet）或其他表征"逻各斯中心说"的附件，一个民族也可以产生它自己的"声音中心说"（phonocentrism）及其全部影响。

[24]《乐记》中"双向振动"的例子如："凡音之起，由人心生也"（由内及外）；"乐者，……其本在人心之感于物也。……感于物而后动"（由外及内）；又如："倡和有应"；"夫歌者，直己而陈德也。动己而天地应焉，四时和焉……"等等。另外，关于这个问题，也还可以参考 *The Problem of a Chinese Aesthetic*, pp. 186–188。作者在其中把"模拟（mimesis）"分为两类："弱"的就是被动的影响，譬如"感于物而后动"；"强"的就是建立榜样性的艺术创作，譬如"正夫妇，移风俗，莫如其诗"。

> 所以作四夷之乐何？（圣人之）德广及之也。……《乐元语》（一部逸书）曰："受命而六乐，（王）乐先王之乐，明有法也。兴其所自作（乐？），明有制。兴四夷之乐，明（其）德广及之也。"[25]

> 谁制夷狄之乐？以为先圣王也。先王推行道德，调和阴阳，覆被夷狄。故夷狄安乐，来朝中国（the Middle Country），于是（先王）作乐乐之。……王者制夷狄乐，不制夷狄礼何？以为礼者，身当履而行之。夷狄之人，不能行礼。乐者，圣人作为以乐之耳。故有夷狄乐也。[26]

显然：在"中国"的"礼"的背景下演奏的"乐"，不可能是外来的——那样无异于破了规矩、乱了章法，因为那意味着在"乐"这样一个高度象征的领域，从一个比自己低级的民族那里，援引一种拙劣而蹩脚的文明。然而，汉以前的文本却说宫廷上曾经演奏"夷狄之乐"；鉴于这些文本对当下的宫廷演出和通行礼数具有规范性的权威，直言这些文本"失当"将会非常棘手；因此，唯一可行的办法便是将这些文本阐释得与那个"总蓝图"——那个文化的元语境——相谐，也就是强调：是"中国人"向"夷狄"灌输了艺术和文明，而绝不是方向相反的传导。

但是中国音乐的历史——我是指现实世界中活生生的"乐"，并非那些关于"乐"的规范性文本——却将这种高明的阐释和处理，嵌入了一个"反讽"的边框。因为在每个时代，远至百家争鸣的上古，人们从音乐演出中听到的都是一种饱和着"异质"的杂糅：异质的旋律，异质的乐器，异质的节奏，甚至间或还会有异质的词语。某些时候为了解释它们的引入，必须编出一些故事，杜撰一段历史（比如有关"琵琶"的由来的各种史事，就联系着王昭君和蔡琰的传奇）；另一些时候，异质性又成为"舶来物"最迷人的特征，于是无须辩护就可以展示自己。但是，"乐"在中国文化中却属于这样一类领域："情动于中，故形于声"的说法对它而言最牵强无力。这并不是说，生活在我们称为"中原腹地"（Chinese heartland）一带的人们都不再创造"乐"，也不再把他们的创造传授给他人；我们只能假设他们这样做了；而

[25] 陈立撰，吴则虞点校，《白虎通疏证》（北京：中华书局，1994），册上，页107—108。括号内注释为本文作者所加。
[26] 《白虎通疏证》，页110—111。

是说"乐"——以及曾一度附丽于"乐"的诗、戏曲等领域——往往是中国与外界活跃而又互惠的"交流场"之一。乐论（此前我们一直把它和"乐"分开；现在则可以把二者合到一起）却偏偏起源于对那些新生的"乐"（"郑声""卫声"）以及那些暴露所谓夷狄蛮性的不文明的"乐"的恐惧和焦虑：它驻守在那里，是为了驾驭和牵制那些流行的、新生的、异质的俗曲。这也就是为什么《乐记》要以一种璞玉般纯净的"声"作为全篇的起点，并断言"感于物而动"的"心"是"声"的绝对本源——"凡音之起，由人心生也。……感于物而动，故形于声。"

> 他日，（孟子）见于王，曰："王尝语庄子以好乐，有诸？"王变乎色，曰："寡人非能好先王之乐也，直好世俗之乐耳。"[27]

一旦我们把"乐论"与"乐"的这种关系，放到它们和那些"中国性"理论的接触点上加以考察，便会发现诸如《乐记》（在此我不必重复本书的经典地位、深远影响，以及它作为权威范本对有关美学和文化价值的讨论的威慑力[28]）等文本的作者，并不真的是那些圣哲（sages）、先王（Former Kings），或中国文化的创始人。他们甚至并不真的是（倘若对我从他们文本中得来的印象做一个极端的概括）所谓的"中国人"（Chinese）——如果"中国人"这个字眼是指那些真正通达了"先王之道"的人。相反，他们倒是很想成为这样的人：他们搜求和追摹先圣的遗迹，并力图使他们的君主和同侪也向这些偶像看齐。李约瑟、杜志豪和迈纳的例子已经显示：要"重复"偶像们的言行是多么容易。但是，美学理论不应满足于对美学范型的重复，它应当全身心

---

[27] 译者注：原文所引为《孟子》英译，作者注云，"*Mencius* 1a, in James Legge, trans., *The Works of Mencius*, in *The Chinese Classics*, vol. V, 1895; rpt. Taipei: SMC Publishing, 1994, p. 150"；此处以《孟子》原本代译文。原本出处：《十三经注疏（附校勘记及识语）》，卷下，页2673。

[28] 在此需要说明的是：《乐记》这样一个权威范型本身，却也是一个"异质（各种学派、各种文本）杂糅"的混合体。除了前面提到的它和别种中国经典的交错关系以外，类似"人生而静，天之性也；感于物而动，性之欲也"的说法还在诸如《吕氏春秋》这样的杂家著述中出现过。这样看来，《乐记》着实是一个"思想大杂烩"，我们对于它也就不应有那种过高的所谓"一致性"的预期。反过来从另外的角度看，《乐记》等文章的意义恰恰也并不在于某一位作者的用意；而正在于历代相继的读者的尊奉和信赖。换句话说，这种文本的意义在于其"接受"而不在于其"产生"——这样才是纯粹的"权威"！

地投入对这些范型的阐释和分析——实际上"乐"的例子恰好证明：要分析"阐释"（construing）究竟是如何不同于"重复"（repeating）具有多么重要的意义。[29]

张慧文（挪威卑尔根大学）　译

---

[29] 译者2022年新注：本文的拓展版以《"乐"与"恶"：中国美学的一块基石》为题发表于2020年的《批评性探究》（"Music and Evil: A Basis of Aesthetics in China," *Critical Inquiry,* 46.3［Spring 2020］: 482–495.）。

《诗经》中的复沓、韵律和互换[*]

[*] 这篇论文的初稿曾递交给1996年4月举办的"哈佛前现代中国研讨会"。我感谢普鸣（Michael Puett）、阿诺德·班德（Arnold Band）、宇文所安（Stephen Owen）、罗泰（Lothar von Falkenhausen）、张隆溪、象川马丁（Martin Svensson）以及一位匿名学者对这篇论文的评论。我的学生饶博荣（Steven Riep）、许子东和约珥·赛赫勒（Joel Sahleen）用他们有益的怀疑精神激发了我的想法。

中国古代对诗歌的评论是相当印象式的。孔子和其他上古思想家十分重视诗歌艺术，他们将研习诗歌的心得传授给弟子，甚至引用到具体的诗歌作品。[1] 但谈到诗歌时，他们强调诗歌的主题以及情感，而非创作的技巧。这种态度可以从《论语》第3章第20则（子曰："《关雎》乐而不淫，哀而不伤。"）一例中体现出来。诗歌的价值在于它所表达的（或者说它在人们理解中所表达的）情感。为了证明相关艺术形式的重要性，《乐记》（约成书于公元前200年）将音乐完全转换成情感术语："治世之音安以乐，其政和；乱世之音怨以怒，其政乖……声音之道与政通矣。"[2] 由于哲学家和礼学家将他们的关注完全投射到情感效果上，所以他们将艺术技巧留给匠人去发掘。

于是，在技巧的意义上，文学批评难以真正形成一个源自圣哲的谱系。在过去三个世纪中，这一点已被逐渐看作《诗经》的缺陷，并且这部文学作品开始成为朴学家而非道学家的研究对象。《诗经》朴学研究中一个必要的姿态——也是从宋代的郑樵、王柏到二十世纪"疑古派"反复运用的姿态——就是宣告《诗经》诠释的自足性。[3] 道德解读在这种情况下仍然是可能的，但它必须能够找到文献依据来证明自身的合理性；把文本当作最基本的材料，从此观点出发，完全根据假定的情感影响的诗歌研究是武断而缺乏根据的。今天，两类读者——一类仅对诗歌的文学性感兴趣，一类则针对诗歌的文化影响进行阅读——间存在着分工：第一类读者对儒家的解读方式不感兴趣，而第二类读者则频频解释及肯定这种解读方式。

但是我们会问，这些分歧确实适用于这些诗歌及其最早的阐释产生的背景吗？"声音之道"与

---

[1] 关于儒家文学批评中的伦理倾向可以参看李泽厚、刘纲纪，《中国美学史》（北京：中国社会科学出版社，1984—1987）I：页23—24，115—116，142；Donald Holzman（侯思孟），Confucius and Ancient Chinese Literary Criticism（《儒家及古代中国文学批评》），载 Adele Austin Rickett（李又安）ed., Chinese Approaches to Literature from confucius to Liang ch'i-chiao（《中国的文学观：孔子到梁启超》，Princeton: Princeton University Press, 1978），页21—41；Stephen Owen（宇文所安），Readings in Chinese Literary Thought（《中国文论读本》，Cambridge: Harvard University Press, 1992），页19—36。

[2]《礼记》37—39，《乐记》（阮元《十三经注疏》本[广州, 1815]），37.4a—b。相似的讨论还见于《荀子》第二十篇《乐论》及司马迁《史记》卷二十四《乐书》。关于中国古代的音乐理论和实践，可参见 Lonthar von Falkenhausen（罗泰），Suspended Music: The Chinese-Bells of the Chinese Poetic Tradition（《乐悬：中国青铜时代的编钟》，Berkeley, Los Angeles: California University Press, 1994）。

[3] 关于儒家传统的阐释，可参见 Pauline Yu（余宝琳），The Reading of Imagery in the Chinese Poetic Tradition（《中国诗歌传统的意象解读》，Princeton: Princeton University Press, 1987）；Stephen van Zoeren（范佐伦），Poetry and Personality: Reading, Exegesis and Hermenentics in Traditional China（《诗歌与人格：传统中国经解与诠释学》，Stanford: Stanford University Press, 1991）。

"为政之道"是否仅在伦理积习的场域内是相通的？更讲究技巧的诗学（与将艺术作为论据的道德相反）在《诗经》的世界中不可能存在吗？

为了解释形式和时代风气之间的不同关系，我可以先举出古代的两段文字。第一段来自《论语》，对句的使用清楚显示了"和"与"同"两个术语的对立，不然这两个词很可能被理解为同义词：

君子和而不同，小人同而不和。[4]

第二段文字截取自《国语》中的一段说辞，绝妙地演绎了《论语》所指出的这种差异：

今王……去和而取同，夫和实生物，同则不继。以他平他谓之和，故能丰长而物归之。若以同裨同，尽乃弃矣……于是乎先王聘后于异姓，求财于有方，择臣取谏工而讲以多物，务和同也，声一无听，物一无文，味一无果[5]，物一不讲，王将弃是类也而与剸同。[6]

这两段文字确实无关诗歌或者艺术。它们讨论的是社会行为和社会关系——君子的举止、婚嫁、贡赋、公众的抗议，以及统治者和谏诤者之间的关系。但是，这些文本在不同层次上为好的与坏的行为制定箴言，在被表述出来时似乎有关审美秩序不言自明的理解，不知何故优先于礼仪、家庭、经济、政府领域中的成败标准。这两段话赞同那些表现出平衡、取舍、协调，甚至整合相反性质的行为方式；它们暗示着国君的行为可以根据品味的规则得到评估，但这种评估独立于目标或者结果。"和而不同"这个词描述诸侯应当如何行事，并非他做了什么或者为什么这样做。这种规则并非道德的或者实用的规则，而是一种有着好的形式的规则。

正如我们看到的，上古的诗歌（充分尊重孔子的意见）不仅仅通过主题和语调显示出相同的关注，而且在我看来，《诗经》形式上的特性与行为方

[4]《论语》13.23，刘殿爵的翻译语言优美，但引入隐喻的代价可能使上面的讨论模糊不清："君子赞同他人而不是作他人的回声，小人作他人响应的回声却不赞同他人。"参见他的 Confucius: The Analects (Middlesex: Penguin Books, 1979), p. 123。关于注释及相似的文本，参见程树德，《论语集释》（北京：中华书局，1990），页935—936。

[5] 关于"果"的解释，参见诸桥辙次主编，《大汉和辞典》（东京：大修馆书店，1960），第14556条，子目第8条。

[6]《国语·郑语》《四库备要》本，上海：中华书局，1942），16.4b—5a。关于对此段讨论，参见冯友兰，《中国哲学史》（上海：上海古籍出版社，1984），页59；以及 Derk Bodde（卜德）, trans., A History of Chinese Philosophy (Princeton: Princeton University Press), pp.34-35。关于早期中国"和"多种含义极好的论述，参看《中国美学史》, I, 页86—101。

式之间的关系是不可分的——诗歌的韵律与诗节的组织是不可忽视的手法，音乐与为政就在那里"相通"。

阅读，对称与非对称

《国语》所描绘的明君性格几乎在《诗经》全部的诗歌中出现过。押韵的一节诗以反复的相似性形式组织起来，这种相似性并非一成不变的重复：一个贴切的韵节就是一个"和而不同"的例子。但韵律仅仅是语音模式吗？韵律对它的结构力量——内容——影响何在呢？假如韵律不是为形式而形式（正如人们能想到的，君子意义上的正确行为从来不曾存在过），那么它对自身之外又有哪些影响呢？

解答这些问题，我们先要举出《诗经》中的一首诗以及一位古代博学的注释家。这首诗就是《樛木》(#4)，而这位学者是王先谦(1842—1918)。（每个韵脚后面，我插入了现代汉语的发音以及高本汉拟构的古代汉语发音。为了便于讨论，我将不时提到文本中一些词汇在现代汉语中对应的读法。）

南有樛木，葛藟累[lɨei, ɨlwər]之。乐只君子，福履绥[sui, snɨwər]之。

南有樛木，葛藟荒[huang, χmwâng]之。乐只君子，福履将[jiang, tsi̯ang]之。

南有樛木，葛藟萦[ying, i̯wěng]之。乐只君子，福履成[cheng, d̑i̯ěng]之。[7]

[7] 我的译文根据 Bernhard karlgren（高本汉），*The Book of Odes*（《诗经英译》），Stockholm: Museum of Far Eastern Antiquites, 1950)，多有修改。我排列的韵律，根据上揭书以及他所编的 *Grammata Serica Recensa*（《汉文典》），Stockholm: Museum of Far Eastern-Antiquites, 1957)。目的仅仅是提供声音的大致轮廓。更专业的探讨，参见 William H. Baxter（白一平），《〈诗经〉中从周到汉的音韵》，载 William G.Boltz（波尔兹），Michael G.Shapiro（夏皮洛）eds., *Studies in the Historical Phonology of Asian Languages*（《亚洲语言的历史音韵研究》），Amsterdam: Philadelphia Benjamin, 1991，页1—34。

《樛木》有着《诗经·国风》经常出现的典型结构。它的第一节规定了后面两节诗的形式，几乎规定到了字词。在任意一节诗中出现的大多数字词，在另一节诗中也出现在同样的位置：事实上，只有韵脚没有在第一诗节中确定下来。韵律作为不变的形式中可变的（"不同"）因素而引人注目。然而，韵律对"不同"也设定了限制：韵脚之间必须有相同的元音、结尾以及（由于包含韵律的诗具有的高度重复性）语法类型。它们由此演绎了"和"。

每一节诗包含两对诗句。第一对诗句描写向下弯曲的树以及生长于它们附近的藤蔓；第二对诗句表达对君子福祉的祈愿，这给诗歌的主题和语法模式带来一些变化。诗节之间的关系，同构性占主流；但是，每节诗的主题在第一对诗句与第二对诗句内部又有所分离。

从而，《樛木》在高度重复的结构中，构建了两个方面的不同：韵脚的选择以及每节诗在第二行、第三行之间主题上的不连续性。我们必须抓住这些方面进行解读。清代朴学家王先谦在他辑注的《诗三家义集疏》中，准确地在那些微小的差异中确立了一种简洁的阅读方式。他指出："首言'安之'，此乃大矣，成则更进，次弟如此。"[8] 王先谦的解读证实了形式对内容的压力。如果没有诗节结构的规律性，就不会在词汇方面按照渐进高潮式的思路来排列"绥""将""成"。王先谦认为韵脚的变化暗示，后续诗节所表达的主题具有一种递进性：尽管受到形式限制的严格制约，但在"规则演进"的主题规制下还是出现了差异。《诗经》中已有的先例有力地支持了这种解读方式，存在着以相同形式建构主题的其他诗歌。仅举几例：《螽斯》(#5)、《桃夭》(#6)、《兔罝》(#7)、《芣苢》(#8)、《鹊巢》(#12)、《草虫》(#14)、《摽有梅》(#20)、《采葛》(#72)、《鸤鸠》(#152)。

为了辨明"绥之"—"将之"—"成之"这个系列稳定的增强性，王先谦在显而易见的不同之外建构了相似性和等效性，即统辖差异性的共同性；他因此可以说是写成这首诗的合作者。王先谦的解读使我们能够说第一节诗中的"绥之"必须最先出现，第二节诗中的"将之"必须紧随其后，第三节诗中的"成之"必须最后出现。王先谦解读的注意力集中在第四行的韵脚上，这是因为，在同义词和近义词复沓的过程中，这个韵脚最能发掘词义清晰的差异。差异是这种解读成为可能的条件，并且在使"将"比"绥"更有力、"成"比"将"更有力的过程中，差异为自身建构了一种崭新的非对称性。但是，这些差异是在文本叙述进程更广阔的语境中运作的：它们被解释，并且被构

[8] 王先谦,《诗三家义集疏》(十三经清人注疏系列，北京：中华书局,1987),页34。从"将"到"成"的演进过程也在《鹊巢》(#12)第2、第3两段诗节中出现；这样的演进过程可能是诗歌表达祝愿和祈福的标准要素。我在下面将讨论典型韵律。

成叙述的一部分。

王先谦从而取得了主题的连续性——所有解读的基本目标。但是这种整体性的出现，是以引入一种非对等性的形式为代价的，他在注释中并未提及这种非对等性。在王先谦的解读中，这首诗的关键之处在于每节诗对结尾韵脚的选择，这个词表达了对诸侯特别的祝福。这个词便成为这一节诗的中心和焦点。然而对第四行韵脚的阐释越清楚，第二行韵脚（累之—荒之—萦之）所起到的作用就越微弱。王先谦对藤蔓和树木变化的姿态无所作为，它们也没有形成主题的综合，仅仅是装饰性或者附属性的元素，或者我们也可以根据这一点解释王先谦不去解读他们的原因。当然，我们可以尝试把这些动词看作藤蔓对树木逐步增强的"草木情结"，从而与为诸侯越来越诚挚的祈愿联系在一起；但王先谦觉得这样做不合适。这一事实告诉我们：对于王先谦所代表的传统意义上最好的《诗经》研究来说，这种拟人是过度的。随着第二诗节的韵脚的消失，起首诗句（树的主题）与后续诗句（诸侯主题）之间的不连续性也消失了。那么，起首诗句与后续诗句之间只具有空洞的联系吗？它只是一个惯例，还是押韵时的权宜之计呢？深度解读将从反面解答这些疑问。

假如遵循罗曼·雅各布森（Roman Jakobson）极具洞见的主张，"诗歌功能"的确切任务是建立对等性，那么《樛木》的确是诗歌中极具诗意的一篇，王先谦也是位阐释诗意水平极高的读者。[9] 但是诗不是由对等性本身产生的：完美的复沓或者缺乏中介的差异都不能催生解释。诗歌带给我们的大多是相似、一致以及重复：王先谦对各部分的相对重要性作出了决断，并且在近似的诗节中建构了一条单向发展路径，这是一种不对称性，以及用来平衡明显对等性的非对等性。这种诗歌解读的成功，得归功于差异性的发挥。王先谦的解读以及他所遗留的、未经探讨的问题，都显示了《樛木》的形式给读者提出一系列的谜题。这首诗把它的读者引入这项任务中：在差异当中寻找相似，在重复中寻找渐变。它的韵律以及复沓在读者的意识中建构了一种听觉上以及主题上"和而不同"规则的假象。

[9] Roman Jakobson（罗曼·雅各布森），"Closing Statement: Linguistics and Poetics"（《结束陈述：语言学与诗学》），见 Thomas A. Scbcok（托马斯·谢贝俄克）ed., Style in Language（《语言风格》，Cambridge: MIT Press, 1960），pp. 350—377。关于重复性，尤其是《诗经》中诗节的重章复沓，参见魏建功，《歌谣表现法组织最紧要者——重奏复沓》，收入顾颉刚编，《古史辨》（香港：太平书局重印，1962），册3，页592—608。

不重要的相互关联？

王先谦对《樛木》的解释——以及我们对他未探讨的剩余部分的解读——假定在《诗经》的诗歌中，平行结构的作用暗示着相关性。按照《樛木》的二元形式（即诗中每一节中后一段关于贵族的陈述承接和回应前一段关于树的叙述）创作的诗歌作品，在韵律和听觉等同性的基础上，建立了主题的等同性。经验丰富的《诗经》读者具有一种听觉，能够读出此类平行结构所暗示的涵义。但是有些诗歌似乎能够预见到那种诠释惯性，从而有意阻碍它——这样留下一些问题，即使用力最勤的读者也难以解答。这类诗歌造成的语义无序性，能够更好地突出《樛木》的对称性，及其精心设计的推进过程。

《桑中》(#48) 在首次押韵的地方，以植物的名称开始每一段诗节：

爰采唐［tang, d'âng］矣，沬之乡［xinag, χiang］矣。云谁之思？美孟姜［jiang, Kiang］矣。期我乎桑中［zhong, tiông］，要我乎上宫［gong, kiông］，送我乎淇之上［shang, diang］矣。

爰采麦［mai, mεk］矣，沬之北［bei, pεk］矣。云谁之思？美孟弋［yi, di∂k］矣。期我乎桑中，要我乎上宫，送我乎淇之上矣。

爰采葑［feng, p'iung］矣，沬之东［dong, tung］矣，云谁之思？美孟庸［yong, diung］矣。期我乎桑中，要我乎上宫，送我乎淇之上矣。[10]

每段诗节的韵脚可以分为下面三个语义范畴：植物名称、地域名称、女性姓氏。传统的注释者对这首不敬的小诗是极不赞同的。对他们来说，《桑中》作为《诗经》中一首著名的讽刺诗，被写成讽刺性的暴露，嘲弄古代卫国的道德败坏。郑玄（127—200）解释第一节诗时，显示出某种与王先谦同样的直觉。他试图在韵脚之间寻找到内在的逻辑联系，把植物名称、地域名称以及偷情的机会联系在一起。"于何采唐？"郑玄问道，"必沬之乡。犹言欲为淫乱者必之卫之都。恶卫为淫乱之主。"[11] 在这种解读中，"采唐"与"沬"之间的联系是符

[10]《诗三家义集疏》，页 230—233；《诗经英译》，页 31。我保留"乡"译为"村庄"的翻译（而不是高本汉所译的"南方"），因为郑玄的注释似乎是这样认为的。

[11] 王先谦引郑玄语，见《诗三家义集疏》，页 231。

合逻辑且必然的,正如淫荡与卫国国君间暗示性的关联与必然性所具有的平行关系。如果想要采唐,必须到能够找到唐的地方去;如果想要寻求不正当的性爱,可以到卫国去。因此郑玄的解读就是相互关联的了:诗节开头的叙述(关于唐)为它接下来的陈述(关于得到孟姜)提供了一个程式。但是接下来的诗节引起我们对这种推论的质疑,将韵脚的发音解读为叙述者表达的某一方面的欣悦之情(而不是郑玄所谓的"恶"),从"唐"、村庄到孟姜之间的推进过程在第二、三诗节中呈现出一层新的意思;在第二、三诗节中,详细讲述了孟弋和孟庸同样的冒险。这样的顺序难道证实了此诗在情境设定和人物行为之间的必然联系吗?还是相反,它们之间并没有紧密的联系?叙述者可能划出了两条平行线,意思是说:"我知道到哪里去寻找我想要的,不管是可食的植物还是调情的对象。"他也可能指出一种区别,意思是说:"对于唐、麦或者葑,需要到特定的地方去寻找;但是对于出身高贵的女性伴侣,我所到之处都能遇到。"三行完全一样的诗句,叙述了每段偷情插曲的结果,同时也证实了第二种解读。尽管这几段诗节开始的韵律并不相同:就相关的韵律而言,这三行文字的结句是一个自我包容的意义单元;但三行诗的组合,在音节上附和了第一诗节的韵律,但应用到第二、三诗节时,韵律却没有发生变化。诗行之间采用相似的形式:引导设问的诗行、回答问题的诗行及夸耀的结语相组合;这种组合形式告知我们,叙述者无论到哪里,都遇到自然而然、可以预见的成功;这种成功与每个有名有姓的高贵女子,或者与她们谐律的植物、地域名称都没有关系。这些女人都符合复沓的诗节形式,她们之间是可以互换的;这一事实使诗节开头对植物、地域的胪列仅仅成为装饰,或者巧合。郑玄的传统解读在解说唐生长在村庄周边、麦长在沫的北边等等上可能是正确的。为了能够实现他设定的此诗主旨,郑玄要让叙述者这样言说:他只能到卫国的国都去。但是整体上看,叙述者的言辞却好像在说:他可以去任何地方,并获得同样的成功。郑玄想要用起首的一行为后文提供语境;然而,叙述者却用他自己的言语行为告诉我们,这个语境其实是无关紧要的。这样,创作者随意选择植物的名称作为诗节的开头,这种做法似乎对于诗歌形式是一种不够尊重的态度:植物的名称可能是也可能不是有意义的韵律;但即便如此,它们也不能使涉及女性的诗行产生任何意义上的差别。

然而只有当我们看到足够多的诗节,能够判断诗中同异部分相对的重要性之后,我们才能明白这种讽刺的洞察力。

这两个例子显示,韵律的表达与主题的表达是如何整合为一体的;以及韵律与主题是如何匹配在一起的,或在地位相当的两个部分中是如何难分主次的。两首诗通过完美的组构获得复杂性。大部分诗歌语言都是纯粹的重复,诗节之间的差别是非常微小的;在一首押韵的诗中,一段诗节能够称之为新的一节,韵脚的差别是必要的。我们的解读证实,对于这样微小的变化,我们大有可为:韵脚的表现形态决定整首诗的解读。

互换

《樛木》的诗节(与《桑中》每诗节最初四行大致相同)引发了某些普遍的问题和社会含义。它的四行诗分为两段:最先两行有关树木、藤蔓,随后两行关于君子的福祉。分离的诗行使用同一个韵脚结尾,这样,韵律就联结了两者在主题上的差异。开篇两行与主题截然不同的两行应答,分别在第二行、第四行的结尾处押韵——这种诗歌形式是《诗经·国风》最常见的形式之一。在这样的一段诗节中,起初几行一般描写自然景色和自然事物。这也就是著名的"兴"("引发""激发""开端"),汉初的《毛传》首次单独对其进行了讨论。[12] 对后来的文学理论家而言,比如刘勰,分离的诗节与"兴"实际上被定义为《诗经》的体裁之一。[13] 但究竟什么是"兴"呢?《毛传》将"兴"作为专有名词,用它来标记诗歌开头那些被当作修辞而非主题的陈述。文学史家及(追随刘勰的)比较文学批评家把"兴"当作一种意象,其定义常常与隐喻产生某种联系。[14] 这些定义使

[12] 对这种解释最近的研究成果,见 Martin Ekström(象川马丁), *Hermeneutica/Hermetica Serica: A Study of the Shijing and the Mao School of Confucian Hermeneutics*(斯德哥尔摩大学博士学位论文,1996)。

[13] 刘勰《文心雕龙·比兴》一章中包含着大部分文学历史的讯息,这些讯息大多将"兴"专门附属于《诗经》:毛公对这种修辞的定义,其根源不在理,而在于情;自然和社会层次间的等级差别;汉以后诗歌"兴"的特征的消失。见周振甫译注,《文心雕龙》(台北:立人出版社,1984),页677。当然,刘勰并没有将《诗经》中诗句模式的统计分析作为基础。

[14] 许多批评家试图将"兴"剥离为一种特殊类型的意象,通常采用将其与"比""赋"区开的方法。见 Arthur Waley, *The Book of Changes*, BMFEA(《远东古物博物馆馆刊》),5(1933):121—142;William McNaughton, "The Composite Image: Shy Jing Poetics," *Journal of the American Oriental Society*, 83(1963):92—103;叶珊,《〈诗经·国风〉的草木和诗的表现技巧》,页11—45,载柯庆明、林明德编,《中国古典文学研究丛刊:诗歌之部》(台北:巨流图书公司,1977),页19—20;*The Reading of Imagery in the Chinese Poetic Tradition*, I。我并不认为意象是不相干的,意象只有在韵律和诗节所设定的条件下才能发挥作用。

用了语义学、修辞学及主题学的术语来解释"兴"的内涵。但是,考虑到诗句的结构,现在我们将恢复"兴"在诗歌形式和诗歌词汇上为诗歌确定韵律发挥的特殊作用。

然而,第一个韵脚从主题上看出于诗歌并不重要的部分;正如我们看到的,王先谦和郑玄都将建立开头诗节及结尾诗节之间的联系看作是挑战。正是每诗节结尾的韵律承担着最大的主题意义。《樛木》叙述的连续性、《桑中》讽刺的重复性都依赖结尾的韵律。第一个韵脚预示了第二个韵脚,但不能替代它。如果重新安排,将第三、四行诗句放在一、二行诗句之前,这有悖于《诗经》悠久的传统。韵脚语音上的相似性遮蔽了两段诗节主题上的不尽相同。这种主题的对比在表现与解释之间产生了差异。尽管在读者的实际经验中,似乎是第一韵决定第二韵;但从创作者的角度来看,主题以及第二韵,才起决定性作用。《国风》的创作者,无疑先决定了最后一段诗节的韵律,然后才选择一个合适的"兴",来传递所需的开篇韵律。"兴"并非诗的主题,但诗却假托它是,至少在韵律的持续上如此。"兴"的显要地位及其领起后文的韵脚,体现了创作者故意的反讽,或者换成专业术语,即"交错"[15]:它们不是原因而是托辞,出现在诗歌中的托辞完全依赖于显著的结果,即第四行的韵律。[16]

韵律和"兴",将一段诗节构建为明显的网状对应形式:显然的与真实的,直接的与延迟的。分离的诗节在主题与重要性之间有所区别,又使《国风》诗歌明显的内容(手工劳动、乡村风景、季节标识)与我们看到它们最早被吟诵、被解释的情境(即宫廷和外交场合[17])平行。应用到实际中的古老解释风格常常被认为是不搭界、不可靠的,但是以"兴"开篇的诗节是这种诗学的先例。在这种诗节中,阅读者耳中的"高"和"低"被当作对称、平行的单元;正是这种解释强调了主题范围内的差异,同时从解释学上说,也

[15] 关于《诗经》中的交错句法(chiasmus),见钱锺书,《管锥编》(北京:中华书局,1979),卷1,页65—56。

[16] 叶珊(即王靖献)引用了这种结构一个令人信服的例证——《黄鸟》(#131)。每段诗节最后的韵脚是一个独立的名字,而开头的韵律是植物的名字。诗人不会随意更改被纪念个体的名称,但是植物的名称应当是为了适应韵律的需求而挑选的。见《〈诗经·国风〉的草木和诗的表现技巧》,页19—20。

[17] 关于在公众环境下吟诵《诗经》的古代活动,见顾颉刚,《〈诗经〉在春秋战国间的地位》,《古史辨》,册3,页309—367。关于《国风》起源的标准解释是,它们由官方从民歌中收集和保存,用来记载公众的意见。这自然是不能证实的,而二十世纪的怀疑论者已经在努力表明,目前存在的文本显然是为了适应于官方的目的和口味。见屈万里,《论〈国风〉非民间歌谣的本来面目》,《历史语言研究所集刊》,第34期(1963):477—504。

是由诗节的另一半决定主题。伴随着《国风》创作过程的真正开始，解释也相应成为一次创作。

《木瓜》(#64)将《樛木》《桑中》的演进过程压缩为两行，从而规避了以上我们讨论过的诗句形式的范围。叙述者说："投我以木瓜[kwǎ]，报之以琼琚[kio]。"《樛木》模式的诗歌用相同的方法抛出了自然的、农业的物品，接着好像用内部对话或者合唱的方式，以一个考虑周到的、特别的、高尚的关切之心回应。但是，仅仅说发生了一次物品交换，这个结果令人满意吗？不，《木瓜》的叙述者继续说："匪报[pôg]也，永以为好[χôg]也。"这就使这次交换超越了互利或等价交易的范围，确定了这首诗中木瓜及琼琚的韵律联系及诗歌系统的等同性（kwǎ-kio：《木瓜》一诗的韵律形式是 aabb）。《木瓜》类推了自身的类比。物品不等价的交换通过韵语补偿性的复沓从而获得了对称性。诗人独创性与阅读者的巧思相结合，这一点被《木瓜》的叙述者异乎寻常的自问自答预料到，所以这种结合在于找到把韵律变为理由，将偶然联系转化为和谐而必然联系的途径。诗歌使我们参与它的设计过程，它为我们提供韵律，而我们回报以称赞。

[18] 关于经典交换关系的民族学参考文献是 Marcel Mauss (马塞尔·莫斯), "Essai Sur le don"(《礼物》), in *Sociologie et enthropolgie*(《社会学与人类学》), Paris: Presses Universitaives fraçaises, 1950), pp. 145–279.

道德的圆周

那么，究竟《诗经》中的什么韵律将自然与社会生活、赠予与不平等的回赠、平民与贵族整合在一起并建立一致性，而在其他情况下它们是分离的？韵律即（它们之间的）联结体、语义的黏合剂。《既醉》(#247)一步步表现出按照社会交换的姿态安排的韵律。在这首诗中，受惠的接受者叙述了赠予者的友善，并且用虔诚的祈愿作为回报，从而结束他们的叙述过程："既醉以酒，既饱以德[de, tǝk]。君子万年，介尔景福[fu, piǔk]。""德"和"福"的韵律既充当缘起，同时也起到了回应的作用。从逻辑与听觉上看，两句陈述之间的联结都强调了礼物交换关系（gift-relationships）的力量。[18] 恰当地说，xaxa 类型四行诗所具有的对称与附和，向社会行为者展示了完美的交换模式，这种行为在回应时得到完全的承认和回报。在这个语境中，"德"和

"福"的韵律呈现出一种类似于魔法的暗示：意译出来就是，"希望美德给你带来幸福，就像开头的韵律顺利带给回应的韵律的一样"。在《诗经》中，"德"和"福"在韵律上的对应反复出现，尤其是在王朝史诗的部分，可以参见《天保》(#166)、《宾之初筵》(#220)、《文王》(#235)、《下武》(#243)、《烝民》(#260)，下文会讨论到其中一些诗。

这种礼物赠予关系，可以称为个人的，并且是近乎神圣的，不应当被过分视为无感情因素，然而又是必要的贸易关系：比如说，礼物的价格在很多的文化中都是禁忌的话题；返赠的礼物不一定要紧紧地仿效赠送礼物，或者一定要具有显而易见的本质差别。假如这种规则的tic-tac韵律是为了暗示一种买卖上利己的对称关系，那又怎样呢？《彤弓》(#175)在叙述礼物场景时，似乎认识到了这个问题：

彤弓弨兮，受言藏[dz'âng]之。我有嘉宾，中心贶[χiwang]之。钟鼓既设，一朝飨[χiang]之。

彤弓弨兮，受言载[tsǝg]之。我有嘉宾，中心喜[χiǝg]之。钟鼓既设，一朝右[giǔg]之。

彤弓弨兮，受言櫜[kôg]之。我有嘉宾，中心好[χôg]之。钟鼓既设，一朝酬[d̄iôg]之。

[19] 这段诗节的前两行对于叙述的不确定性始终负有责任。由于《诗经》中处处存在着句法及诗行位置极好的平行性，《毛传》注解第二行"言"为"我"。但这样就使"我有嘉宾"一句的持续显得局促不安：在八个字的空间里，两个不同的人——赠予礼物的人和接受者——在没有明显过渡的情况下都使用第一人称说话。对于这个困境十分敏感的郑玄宣称"言"意味着"王策命也。王赐朱弓，必策其功以命之受，出藏之，乃反入也"。见《诗三家义集疏》，页603。郑氏的注释确定是错误的（现代学者"言"解释为助词），但是这种努力仍然显示出早期阅读者对于此诗叙述者视角重视的自觉意识。

此诗将叙述主要集中在君王身上（在此范围内，君王是否掌控着叙述仍有疑问，因为并不清楚这个代词指称的是谁）[19]，这排除了一种不得体的暗示，即将感激仅仅看作对所获物品价值的承认。第一段诗节中的动词是"藏"（感激主题的行为体现）、"贶"（慷慨君主的行为）及"飨"（君主慷慨的进一步体现）。不同于《木瓜》和《既醉》，这首诗罗列了一串连绵不断的恩赐；为了强调这一点，不同于通常的四行形式，这首诗每段诗节（三个韵脚）由六行组成。这首诗与忠诚于君王的主题毫无关联，而是通过象征性俯首"藏之"以及后续诗节中的"载之""橐之"来展现其尊敬的感恩之情。接受礼物在第一个韵脚处发生，接下来便是君王对这个词的回应，因此接受赠予的受益者无法采取回报的行动。赠予与接受者的关系在一定程度上偏离了《樛木》的结构，还有许多其他诗歌也遵照这种"召唤—应答"模式。在这些诗歌中，第一个韵脚似乎只是作为诗歌寻找平衡和结束的开始，不过最终第一个韵脚也仅仅作为主题上更重要的第二韵脚的先行者。在结构对称的《既醉》中，赠予礼物的行为开始韵的互换，而回报的行为则完成了韵律：韵律及其互换的变动完美合拍。但是，假如《木瓜》也遵照这种模式，那就暗示着，赠予礼物（即使是木瓜这样不值一提的礼物）的原因是为了得到更有价值的回赠物；这种暗示很难适用于国王与臣民结合的语境。《彤弓》(《木瓜》也一样，但因为别的原因) 很有必要使押韵及换韵的节奏从前后紧接的形式（lock-step）中挣脱出来。君王的礼物出现在第一行，处于整首诗的韵律系统之外。大臣接受礼物处在第二行（对情节、回答、回应而言)，接着便开始展示一系列君主奖赏的韵律连续体，所有这些都因此自然而然而让人印象更加深刻。

韵律发挥了举足轻重的作用，韵的增多和加强也相应地提高了阅读者的期待。在另一首诗中，韵的增多和加强却意味着社会联系的巩固，《诗经·大雅》中的《下武》(#243) 表现的是代际间的联系：

[20] 也许这句最好翻译为 "the king performs（配）sacrifices in the capital"，君王献祭给上天，并坚信他的祖先也能分享好处。关于这种用法，可对比《思文》(#275) 所有古代学派的注释；见《诗三家集义疏》，页 1017。

下武维周，世有哲王 [giwang]。三后在天，王配于京 [kliăng]。[20]

王配于京 [kliăng]，世德作求 [g'iôg]。永言配命 [miăng]，成王之孚 [p'iug]。

成王之孚 [p'iug]，下土之式 [śiə̂k]。永言孝思 [siə̂g]，孝思维则 [tsə̂k]。

媚兹一人，应侯顺德 [tə̂k]。永言孝思 [siə̂g]，昭哉嗣服 [b'iŭk]。

昭兹来许 [χio]，绳其祖武 [miwo]。於万斯年，受天之祜 [g'o]。

受天之祜［g'o］，四方来贺［g'a］。於万斯年，不遐有佐［tsâ］。

《下武》包含比《诗经》通常一首诗歌所要求的多得多的韵律：不仅每段诗节的偶数行押韵，而且大多数奇数行也押韵，有的是相邻两行相押，有的是隔行相押。通过一段诗节到另一段诗节之间（加点的字），以及诗行、短语的复沓及贯穿2、3、4诗节（从 g'iôg 到 b'iǔk）[21] 相似或相近韵律的连续体，这首诗的声音模式变得更加稠密。更明显的是，第1、2、3、5诗节的最后一行作为一个整体形成下一段诗节的第一行。这种丰富的韵律展示到何处才结束的呢？这首诗讲述的，是代际间的王权传递，或者引用小序的话来说，是"继文也"[22]。而这首诗的押韵格式想表达的又是什么呢？用韵律突显第1、3行及第2、4行，以及贯穿12句诗韵律的环环相扣，也是另一种意义上的"继文"："昭先人之功。"这种连珠式的诗节（为欧洲诗人所知的是其马来文名称"潘图体"[pantoum]）为先祖的渐行渐远与他们留给后人的功业提供了语音上的类似性——不愧是赞美孝道、慎终追远王朝的完美诗章。[23]

这种模式存在着断裂——第4、第5节开头的诗句（并没有与上句蝉联）——但即使是在这两句中也有来自前面诗节的语词和诗句填补这些空白。不愿接受偶然性的批评家可能会观察到，正当诗歌叙述当今王朝之建立时，第一处断裂发生了。第4诗节中断了之前诗节密集的韵律：它的第一行（与第1诗节的第一行相同）结束时并没有押韵。第4诗节的第2行回到了之前抛弃的韵系，第3、第4行也同样押韵。第5诗节四行诗句中有3句押韵。当第5诗节的最后一行又与第6诗节的第一行蝉联时，这首诗平安度过了连续性危机，并且重建了第2诗节意外出现的 abab—bcbc 模式。

在以《棫木》为典型的由两部分诗节组成的诗歌形式中，每一个韵脚在诗节的位置中不是押头韵就是押尾韵，而且这种位置关系与主题的突出相互关联。《下武》打乱了这种期待。它的第一

---

[21] 关于细节，见 *The Book of Odes*, p. 197. 并非所有的韵律都如高本汉所认定的那样；发音是从他的《诗经英译》其他诗歌中引用过来的。

[22] "继文"这一短语的解释背离了郑玄的传统；关于支撑的资料，见陈奂，《诗毛氏传疏》（台北：学生书局重印本，1986），23.26b。

[23] 这种是一段诗节结束、同时也是另一段诗节开始的重复诗行也出现在《文王》（#235）、《大明》（#236）以及《既醉》（#247）中，这些诗歌都来自《大雅》。

诗节遵循 xaxa 结构：第 2 行、第 4 行以共鸣的韵律结束，第 1 行、第 3 行最后的音节相差很远。但是从第二诗节开始，结构发生了变化：第 2 诗节的第 1 行重复了第 1 诗节的最后一行；第 2 诗节的第 3 行又重新恢复第 1 行的韵律。在第 1 诗节结束时失效的 xaxa 模式的韵律，在后续诗节中继续获得了响应。这种韵律模式在新诗节第 1 行的位置通常导致押韵的中断，然而出人意料的是，第 3 行回应了第 1 行的韵。潘图体形式的《下武》，弃绝了韵律开始与结束的区别，弃绝奇数行与偶数行的差别，同样也弃绝一段诗节开始与结束两个部分之间的区别。潘图体形式使韵律及诗行位置摆脱固定的角色，从而终止了诗节时间（stanzaic time）。

押韵的《诗经》诗节好像一幕小型的戏剧。回应的韵律会完成一次语音的循环吗？——同样也是韵律互换的循环、继承性的循环、感情纽带的循环、因果的循环以及文化记忆的循环吗？《诗经》诗歌常常认可它们所引发的期望：它们的美感大部分情况下是规则性的美。《下武》使韵律调整的条件复杂化了。在两部分的诗节中，韵律在不一致中宣称等同性，在不平等中确认关联性。韵律所弥补的不平等、不对称形式是暂时的排列形式。就像线性排列的、受时间限制的言语，韵脚的出现也是按照次序排列的，而非共时性的；但是韵律也要求我们在记忆中记住前一个韵脚的回音，直到它得到响应。在《下武》中，一个单独的韵脚在关系中既是回应的部分，又是起首的部分。特别针对韵律的时间性不再根据对称性的一个单独的点（两部分组成诗节的中点）来计算。在时间定位的混合中，《下武》的韵律完美地给能够胜任的后继音律设置了一个不可能完成的任务。

诗歌之外的韵律存在

我们的解读从显示韵律作为结构组成部分的例子上移开，转向那些显示韵律在中介、解构这些相同结构中发挥作用的例子。为了实现上述目的，我们把单独的诗作为分析单位。韵律当然有助于一首诗的结构和稳定，正如它将词汇、陈述联结成令人印象深刻的美感图式那样。但是一首单独的诗并非是韵律能够获得意义的唯一语境。组群式或者同语系的韵脚在《诗经》的诗歌中是如此频繁——更准确地说，是在某种类型或主题的诗歌中出现——以至于这些韵脚似乎成为这些诗歌所从属的亚文类预期的，甚至可能是必要的要素。这些韵组中的一个典型在我们考察《下武》时已经出现了。这个韵律系统包括："t∂k"德、"śi∂k"式、"si∂g"思、"ts∂k"则、"b'iŭk"服。《既醉》为这个韵群贡献了另一个成员——"p'iŭk"福。许多诗歌共享了大部分这些词汇，因此可以说，这些语音上拥有相同音节的韵律在更大范围内是主题上有关联的系列。这里援引这个系列中的一个韵律来达到抛砖引玉的作用，但这个系列主题的联系性并不依赖于其中任何一个成员的出现。让我们把它们称作"典型韵律"（typical rhymes）[24]。下面将解读《烝民》（#260）部分诗节：

天生烝民，有物有则［ts∂k］。民之秉彝，好是懿德［t∂k］。……
仲山甫之德［t∂k］，柔嘉维则［ts∂k］，令仪令色［si∂k］，小心翼翼［gi∂k］。
古训是式［śi∂k］，威仪是力［li∂k］。

（在翻译的过程中，近乎无意义文字的出现暗示着：我们正在讨论一种专门的、固有的赞美词汇。）这些诗行为韵系增加了"gi∂k"翼（这里用作一个强调的叠词）[25]和"li∂k"力两个成员。由于从韵律到韵脚都已经属于这一系列，其他诗歌还引入了这一韵系的其他一些韵脚："ngia"仪、"d'i∂k"直、"kw∂k"国、"tsi∂g"子：可参阅《大明》（#236）、《卷阿》（#252）、《荡》（#255）以及《崧高》（#259）。"典型韵律"的分布很难说是偶然的巧合：在周代特有的道德王权理论中，大多数韵出自这一韵系的诗歌，分享了同一核心主题。统治者表现美德、竭力用良好品行的学者去辅佐他，从而成为许多诸侯的仪范；诸侯就奉他为天子——这就是《诗经》经常使用的押韵词汇所表达理论的大致解释。

在《下武》中的部分能看到一个常常与"德"字有关的韵律系统。这第二个韵律系统包括"giwang"王、"ði̯ang"常、"kli̯ǎng"京、"tsi̯ang"将、

[24] 向 Walter Arend, *Typische Szenen bei Homer*（Berlin: Weidmann, 1933）表示敬意。
[25] 关于这一韵脚的进一步使用，见《鸳鸯》（#216）和《白华》（#229）。

"piwang"方、"miǎng"命、"diěng"成，以及尽管元音不同却可以互押的"sěng"生、"nieng"宁[26]。上面已经讨论过的《檪木》《彤弓》和《既醉》偶尔涉及第二个韵系，这无疑为他们的颂赞增加了光彩。《文王》（#235）、《大明》（#236）、《皇矣》（#241）等王朝颂歌是宽泛使用两个韵系的最好例证。《文王有声》开始的诗节中出现了关键词"王"，下一节它使用了一个押"命"的外韵，接着转入几乎完全相同的韵，它恰好将文王征服的重要地点串联在一起：

[26] 在这种关联中，要注意本文开头所引的《国语》段落末尾占主导地位的"ang"字。如此精心安排的散文无疑可以看作从言语到诗歌的中间形态。见 Tokei Ferenc（杜克义），"Sur le rythme du Chou king"（《周朝的诗韵》），*Acta Orientalia Academiae Scientianm Hungaricae*（《匈牙利科学院东方学报》），7（1957）：77–104。

　　文王有声［śiěng］，遹骏有声［śiěng］，遹求厥宁［nieng］，遹观厥成［diěng］，文王烝哉。

　　文王受命［miǎng］，有此武功［Kung］，既伐于崇［dz'iông］，作邑于丰［p'iông］，文王烝哉。

　　这些韵脚是诗人主动掌控诗歌并将其写下来的吗？还是配合王权理论而创作出这首诗的？诚然，诗人使用这些词汇，因为它们在汉语中是现成的；它们中的许多词汇在同主题的散文体文献中也会出现。但是，如果仅把这些词汇当作一系列有意义的术语，那么将忽略诗歌技巧及传播对塑造诗歌内容，最终形成语言习惯用法的威力。必定是在诗歌的成例将这些典型韵脚集合、连接之后，它们才能够表现出如此持续不断、先验性的力量；它们最终成为君王权力必要的隐喻，促使整个韵系用到它们中的任何一个的时候扩张到整段诗节。当然，韵律依附于诗歌而存在，但是假如韵律在某种程度上获得了充分的独立力量和意义，则诗也可以为了韵律而创作出来。

　　这些韵群及与它们类似组群的反复施行，为《诗经》的韵律暗示了进一步的向度——这种向度让我们超越某首单一的诗歌，而使我们将这一传统当作整体来对待。这些韵系引发了一种假想：对于《诗经》中任何一个有才能的创作者，他们催发主题上专属韵系的能力也可以当作他们创作技巧的一部分。一旦这些韵系成为语音上、主题上相似的单元，它们在诗歌中的存在就会被奉为神圣：一首关于神圣王权的诗歌，如果不包括这些韵系中某些成员，则会被认为是不合标准的。只有使用正确的韵律，诗歌才参与到意义几乎被魔法化的场中：结果，平行结构或者对句结构对于诗歌的效果便不再是决定性的了（《大雅》和《颂》的诗歌大致上采用了远比《国风》松散的诗节组织形式）。为了确认这个成例的规范性力量，我们可以引用据说是汉高祖妃嫔唐山夫人创作的《安世房中歌》。这组乐歌为的是激发《大雅》的文学性以及被赋予的权威性[27]，出现了刚刚提到的韵群。认识到相同的语词在关于君权性质的哲学辩论中发挥决定性的作用，这只是穿越时间、跨越文类的一小步。孔子、孟子的语录已经不押韵了，但是能说这些语录不再使用长期用这些韵律并取得显著地位的词汇了吗？

回到《国语》《论语》中两段根据方式而非动机或结果描述高雅行为的引文，为我们带来一次完整的循环。我们在评价上古诗歌、艺术时，缺乏对模式的关注。韵律从属于创作中的模式与手法。物理特性限制并且决定了对材料所能做的一切（让人想到"编织"）。通过韵律这种《诗经》中大多数诗歌的物理特性，材料（文本的语音层次）才能与诗歌的主题层次联系起来，也决定了支配孔子对诗歌兴趣的判断与态度。韵律与主题、意象、叙述及实用目的的运作如此密切，以至于在中国上古美学最广阔的领域中视韵律为巧思的模式非常吸引人——这些领域有多么广阔，从上文所引《国语》中的话可以看出来。

卞东波（南京大学） 译

---

[27] 逯钦立编，《先秦汉魏晋南北朝诗》（北京：中华书局，1983），页 145—177。

为阴谋而读：
康有为之经典复原

安东尼·格拉夫敦（Anthony Grafton）在一本书中体面地描述了伪造者和批评家之间的关系，他认为这种关系既相互敌对、相互攻击，又存在共同利益。[1] 伪造者并不打算致力于推进学术进步，批评家揭开伪造者的面纱，令其批判更有效力，还可将历史研究和诠释学的假设命题公之于众。但是在阴谋论或文本偏执中出现的批判性注意，形式又当如何呢？真与假是相互定义的一组概念。借助可靠和稳定的概念，文献学者可以在研究伊始，剔除欺骗性和不可信的东西。批判性注意和轻信之间的区别就在于概念的调整。

康有为的《新学伪经考》（1891）为史学和隐性政治的真实性提供了一个经验案例。它对十九世纪末二十世纪初中国学术的影响是不可小觑的：顾颉刚（1893—1980）的学术经历证明了这本书有能力将年轻学者从教条主义的沉睡中唤醒，甚至连伯恩哈德·卡尔格伦（Bernhard Karlgren）对其主要主张的否定，也可勉强视为对《伪经考》表示致敬。[2]

康有为在考辨中指出，古文经学所接受的经典文本（其中许多在中国历史、文学和政治传统中占据了中心地位）起源于王莽篡权的阴谋，他策划用新的政权推翻前朝式微的末代皇帝并取而代之时，需要一套以他为中心的合法化政治言论。康有为认为，作为王朝图书文献管理者刘向的儿子及继任者——刘歆，正是王莽政治计划的理想合作者。

刘歆装作发现了不为人所知的先秦文献，这些用先秦文字书写的经典文本，其中谈到了周公担任摄政王辅佐年幼的成王的功绩，以及一些德

---

[1] Anthony Grafton, *Forgers and Critics: Creativity and Duplicity in Western Scholarship* (Princeton: Princeton University Press, 1990).

[2] 顾讲述了他第一次读这本书是在1913年，当时他20岁，作为一次皈依的经历。参顾颉刚编，《古史辨》（北京：朴社，1936），页26—27。Arthur Hummel, trans., *The Autobiography of a Chinese Historian* (Leiden: Brill, 1931), pp. 44-47. 卡尔格伦的评论发表为 "The Early History of the *Chou Li* and *Tso Chuan* Texts" (*BMFEA*, 3 [1931])。论康有为激进思想的催化剂，顾颉刚回忆说："我推翻古史的动机固是受了《孔子改制考》的明白指出上古茫昧无稽的启发。"《古史辨》（1: 43; Hummel, p. 78）关于康有为在当时的法院和行政政治背景下倡导改革的简短而深思熟虑的讨论，见龙应台、朱维铮编，《未完成的革命：戊戌百年纪》（台北：商务印书馆，1998年），"导读"，页59, 63—67。欲了解康有为研究从帝国晚期向现代中国过渡过程中的社会象征力量，请参阅 Joseph Levenson, *Confucian China and its Modern Fate* (Berkeley and Los Angeles: University of California Press, 1968), pp. 79-94. 关于康有为的历史研究和政治活动论，详参汪荣祖的两篇文章，"Revisionism Reconsidered: Kang Youwei and the Reform Movement of 1989," *Journal of Asian Studies*, 51 (1992): 513-544, "Philosophical Hermeneutics and Political Reform: A Study of Kang Youwei's Use of Gongyang Confucianism," in Ching-i Tu, ed., *Classics and Interpretations: The Hermeneutic Traditions in Chinese Culture* (New Brunswick: Transaction Publishers, 2000), pp. 383-407.

官取代腐朽的统治世系而掌权的案例。[3] 刘歆倡导的书籍包括《左传》和46章版本的《尚书》。其他作品，如《周礼》，康有为认为是为起草王莽乌托邦政府宪章而伪造的书。这些书被称为古文经文（与新经不同，新经的书写形式和解释自汉初以来就由正规的学术世系传承下来）。任何人不允许对这些新发现的经典持有异议，反对者会遭到王莽学术护卫的严厉压制，反对的声音甚至会被新经典支持者的欢呼所淹没，由此以来，旧的文本版本在学术界统治了两千年。[4] 离开伪造者的帮助，篡位者就干不成他的大事，因此文本伪造者对合法文本所做的一切，与篡位者对合法继承者所做的行径如出一辙：

[3] 成王的年龄是讨论的敏感问题，见邵东方，《崔述与中国学术研究》（北京：人民出版社，1998），页65—93。

[4] 今文经学与古文经学的彼此竞争是在君主制度中提出不同政治观点的重要渠道。关于辩论的早期阶段，见 Benjamin A. Elman, *Classicism, Politics, and Kinship: The Ch'ang-chou School of New Text Confucianism in Late Imperial China* (Berkeley: University of California Press, 1990).

[5] 康有为，《新学伪经考》(1891)（北京：中华书局，1956），页143。在谈到文本干预时，康并没有使用更为常用的"窜"（"爬进去"，用于政治干预）一词，而是使用了更为生动的政治谐音"篡"（"篡位"）。

> 王莽以伪行篡汉国，刘歆以伪经篡孔学，二者同伪，二者同篡。伪君、伪师，篡君、篡师，当其时一大伪之天下，何君臣之相似也！……篡汉则莽为君，歆为臣，莽善用歆；篡孔则歆为师，莽为弟，歆实善用莽；歆莽交相为也。至于后世，则亡新之亡久矣；而歆经大行，其祚二千年，则歆之篡过于莽矣。[5]

尽管王莽政权在十三年后宣告失败，汉朝继任者重新恢复统治秩序，但康有为认为，王莽的阴谋已经得逞，因为他重塑了文本，相关的政治制度以及各种形式文件的合法性都将顺势而下，由汉代及汉代以降的朝代来确立；换言之，中国帝国主义思想在很大程度上正是王莽的发明。

鉴于这种批评的广度，康有为不能仅仅止于对一两份文件的质疑。他对王莽和刘歆的敬意显然太大了。这样的质疑将面临一个不幸的结果，即它将冒着循环的风险：对于任何一条不符合康有为模式的书面记录，康只会简单说是刘歆与其手下种的恶果。这在康有为的规则中并不难证明，正如他所说：

> 盖歆以博闻强识绝人之才，承父向之业，睹中秘之书，旁通诸学，身兼数器，旁推交通，务变乱旧说而证应其学。训诂文字既尽出于歆，天文、律历、五行、谶记、兵法又皆出之，众证既确，墙壁愈坚。当时既托古文之名，藉王莽之力以广其传；传之既广，行之既久，则以为真先圣之遗文矣……刘歆欲奋孔子之经……[6]

> 搜采奇字异制，加以附会，伪为鼎彝，或埋藏郊野而使人掘出……流布四出，以为征应。[7]

因此，一个"怀疑解释学"理论支撑了康有为与中国早期大部分权威著作进行交涉时的理据。尤其是《汉书》，被康有为断定为不可信的证据，因为它包含了大量刘歆编造的文件，而《汉书》的著者班固，并不是一个学识渊博的学者，因而无法识别文件的真假。[8]

在诊断出古文经典存在的严重问题之后，康有为转向补救。在他讲述的这个故事里，中国历史的未来会以拖宕已久的复原形式呈现。康有为希望抛开旧的文本经典，恢复新的文本经典，因为他声称：

> 真经为今文……西汉世立于学官，凡此皆孔子之真经，七十子后学之口说传授；今虽有窜乱，然大较至可信据者也。[9]

这样一来，中国大部分文学史和政治史就得加上一个大括号，这意味着对正统儒家传统的中断。这种中断始于公元九年左右，并将一直持续，直到康有为成功隔离汉代以后的每一个伪造文本，并将新的文本、经典文本和解释恢复到应有的权威地位。

康有为在《新学伪经考》中做出诊断和提出补救措施，实际是将文本的纯粹性、王朝的继承性和意识形态的合法性交织在一起。这三个主题存在认知上的差异（例如，即便知识结构发生了变化，文本被颠覆，我们依然可以想象王朝的延

---

[6]《新学伪经考》，页150。关于反对刘歆，见杨宽"刘歆冤词"，《古史辨》，页405—421。
[7]《新学伪经考》，页166。
[8]《新学伪经考》，页47、120、146。
[9] "重刊伪经考序"，《新学伪经考》，页378—379。

续），由于王莽同时违反了这三个原则，这给康有为提供了一个复盘机会，以此为理据，作为他声称恢复一种文本的合法性之后，还将恢复其他文本合法性的理论基础。

康有为坐实刘歆"伪造经典"，并取而代之的决心有其逻辑上的合法性。司马谈、司马迁父子先于王莽篡权八、九十年前便完成了《史记》，这一事实为这一合法形象提供了具体的参照。引用康有为的话：

> 司马迁《史记》，统六艺，述儒林，渊源具举，条理毕备，尤可信据也。察迁之学，得于六艺至深：父谈既受《易》于杨何，迁又问《书》故于孔安国，闻《春秋》于董生，讲业于齐、鲁之都，观孔子之遗风……[10]

从康有为的观点来看，杨鹤、孔安国、董仲舒三人将被后世学者列为新文本学派的权威人物。大师的"持久影响"出现在《史记》的一段文本当中，这段记载几乎以触觉的形式，具体呈现了康有为想要从古代恢复的一切的意图，见《史记》第47卷《孔子世家》：

> 弟子皆服三年……唯子赣庐于冢上，凡六年，然后去。弟子及鲁人往从冢而家者百有余室，因命曰孔里……故所居堂弟子内，后世因庙，藏孔子衣、冠、琴、车、书，至于汉二百余年不绝……太史公曰：……余读孔氏书，想见其为人。适鲁，观仲尼庙堂、车、服、礼器，诸生以时习礼其家，余祗回留之不能去云。[11]

这段文字的叙述视角，是从与圣人直接接触的世界开始。它恰恰表达出康有为对文化真实性的渴望。但如果认为这样的叙事是合法的，那就等同于忘记了传统的重大断裂其实源于秦始皇。[12] 就像史书通常叙述的，秦始皇是焚毁书籍、破坏学术机构的始作俑者。司马迁在《史记》中也将秦始皇的

[10]《新学伪经考》，页16。
[11] 摘自《新学伪经考》，页10, 18。泷川龟太郎编，《史记会注考证》重印版（台北：红石出版社，1981），页764。
[12] 关于这段有争议的历史，有大量的中文和其他语言的出版物。一个相对较新的观点，参 Jens Østergård Petersen, "Which Books Did the First Emperor of Ch'in Burn? On the Meaning of *Pai Chia* in Early Chinese Sources," *Monumenta Serica,* 43 (1995): 1–52.

罪行——陈列，他在《秦始皇本纪》和《李嗣传》中留下两个文本，记录了秦始皇如何下令烧毁所有的旧书。鉴于此，康有为又怎能如此强调司马迁与真正的早期传统之密切接触呢？为了保持先秦至汉代学术的延续，康有为对《焚书令》进行了另类解读，他列举了秦汉时期幸存下来的学者，幸存学者们创立了学派，康有为甚至指控刘歆一定篡改了由司马迁传下来的焚烧书令：

> 史迁所述六经篇章旨义、孔氏世家传授、齐鲁儒生讲习如此，六经完全，皆无缺失，事理至明。……若少有缺失，宁能不言邪？[13]

> 后世六经亡缺，归罪秦焚，秦始皇遂婴弥天之罪，不知此刘歆之伪说也。歆欲伪作诸经，不谓诸经残缺，则无以为作伪窜入之地，窥有秦焚之间，故一举而归之……[14]

如果经典不曾被摧毁，刘歆就没有任何理由去修复它们。康有为也在这里借题发挥了一下。他需要说，我们今天所拥有的经典是"残缺的"，也就是说，经典曾被王莽篡权的野心所破坏，职是之故，有足够的理由提出以新经典的形式来补救。总之，康有为与刘歆、王莽有着同一性，他们都致力于合法性模式的研究与实践。

而这种合法性模式的特点，却不是司马迁式的，而是班固式的。司马迁把先秦的战争描述为武装精良的对手之间的竞争；而班固的叙事世界里有一条合法的继承线和一套既定的文本。司马迁与班固的区别就在于实用主义和合法主义。想想班固对新朝灭亡的看法：

> 赞曰：王莽始起外戚……及其窃位南面，处非所据，颠覆之势险于桀、纣，而莽晏然自以黄、虞复出也。乃始恣睢，奋其威诈，滔天虐民，穷凶恶极，毒流诸夏，乱延蛮貊，犹未足逞其欲焉。是以四海之内，嚣然丧其乐生之心，中外愤怨，远近俱发，城池不守，支体分裂，遂令天下城邑为虚，丘垄发掘，害遍

---

[13]《新学伪经考》，页18。
[14]《新学伪经考》，页5。

生民，辜及朽骨，自书传所载乱臣贼子无道之人，考其祸败，未有如莽之甚者也。昔秦燔诗书以立私议，莽诵六艺以文奸言，同归殊途，俱用灭亡，皆炕龙绝气，非命之运，紫色蛙声，余分闰位，圣王之驱除云尔。[15]

相比之下，司马迁对秦国过激行为的谴责基于政策及其后果（贾谊对此有长篇记叙）：战国时期的国君对互相废黜君主毫无悔意，这是他们野蛮治国的表现，但不是道德违背。尽管康有为不信任班固，他无法证实旧文本学派的不真实，但康有为的求真思想却源于班固《汉书》的叙事模式，他将汉朝嵌入中国历史中一个合法继承的王朝模式，这本身就是汉朝以正统的理由复建的产物。这种对比激发了司马迁的好奇心和实用主义，二者伴随着他的批判意识，使其不至于变得偏执。

吉灵娟（杭州师范大学） 译

[15] 班固，《汉书》（北京：中华书局，1962），卷99下，页4194。关于"炕龙"，见《易经》；"乾"，见阮元《十三经注疏》，其中"亢龙"（飞得太高的龙）作为傲慢或短暂胜利的形象重现。班固所列的中间色展示了人为的、混合的或其他非标准价值观的例子，因此与王莽短暂朝代的不合法权力有关。

署名时代：《红楼梦》是如何最终找到一个作者的　064
假语村言：张新之《红楼梦》评点中的倾向双重性　080
《红楼梦》内外的女性写作　092
不言而喻的句子：《红楼梦》第三十二回中的一个思考序列　112

《红楼梦》研究

署名时代：
《红楼梦》是如何最终找到
一个作者的[*]

[*] 我不仅要对鲍勃·黑格尔（Bob Hegel）表示感激之情，同时也要对众多研究中国传统小说的学者深表谢意，他们对诗学与解释的研究贡献良多。

胡适在1922年出版的《红楼梦考证》中第一次明确将曹雪芹确定为《红楼梦》的作者，并将其作为一种理解《红楼梦》是有着特定写作意图，在明确时间中，由某个作家创作出来的作品的事实基础。胡适的历史考证似乎破除了早年的索隐解读的传统。但"作者不详的时代"（"age of anonymity"，大致为1750—1922年）见证了许多有争议的作者被一一提出来，其中对一些作者的提名预料到了当今对这部复杂而又充满着暗示性的作品可能有多位作者的解释。

《红楼梦》（或《石头记》）自刊刻并流传以来，其作者就未详；这部小说有些部分有点奇怪，似乎有多种解释的可能。将《红楼梦》的主要作者确定为曹雪芹是此书阅读史上具有巨大意义的转捩点，且总体而言可以为关于作者的理论提供借鉴。如大多数人所知，这个认定的结果来源于胡适1922年发表的论文《红楼梦考证》[1]。一旦作者加诸书籍之上，阅读的进程就会发生变化，所以似乎胡适、顾颉刚以及其他相似的学者推翻了从前的所有推论。当然胡适并不是凭空创造出一个作者来的。曹雪芹的名字出现在此书第一回提到的一群人之中，他们对《红楼梦》的许多版本进行了"增删"[2]。而后世的续书有时也拉上曹雪芹，他的作用就是确认该书是原书真正的续书（经常出现这种情况，这仅仅显示续书有从外部加以证明的必要）[3]。所以，曹雪芹的名字出现很早，胡适论文所作的就是赋予这个名字以一种新的"作者—功能"（author-function）[4]。从此以后，对《红楼梦》的大多数读者而言，各式各样的解释性及

[1] 胡适，《红楼梦考证》（1922），见《胡适文存》（台北：远东图书公司，1953），卷7，页573—620。
[2] 曹雪芹、高鹗，《红楼梦三家评本》四卷（上海：上海古籍出版社，1988），卷1，页6。
[3] 在许多续书中，如《后红楼梦》（1796）与《续红楼梦》（1799）都出现曹雪芹。感谢魏爱莲（Ellen Widmer）告知我这些材料。
[4] "作者—功能"是我从米歇尔·福柯（Michel Foucault）著名的论文《何为作者》（"What is an Author?"）中借用而来的。与作者（历史上个体）不同，"作者—功能"是语境的一种效果，且首先是一种实践的效果，凭借这种实践，解释才能得到证明。福柯对"有作者—功能"的文本与"无作者—功能"的文本作了区别。在现代，这样的例子可以分别是文学与科学），但对我们的讨论而言，划分的界线太僵硬；我倾向于认为有不同类型（kinds）的"作者—功能"。参见 Michel Foucault, "Qu'est-ce qu'un auteur?"（《什么是作者》, 1969）, in *Dits et ecrlts* 1954—1988（《言论与写作集》, Paris: Presse Galema, 1994), vol. 1, pp. 789–821.

文献上的问题需要得到解答，也需要为曹雪芹本人的存在与动机提供一个基础，也就是说确定曹雪芹在小说之外的生平。我希望我们考虑这种可能性，其实它是完全没有必要的。《红楼梦》最初刊刻印行的一百三十多年中，这部小说受到各阶层的欢迎，对这些人来说，作者远不是一个鲜活或决定性的存在。我们试图忘记上述事实，就像我们忘记了胡适发表新见时的语境。

[5]《红楼梦考证》，页618—619。

胡适的论文使得作者问题成为所有讨论《红楼梦》的学者无法绕过的话题，但这篇论文并没有讲清楚作者本身的必要性，而只是确定一个作者候选人，排除从前一大堆有关的作者人选（而且，相当于是最近加到《红楼梦》作者之上的）。胡适取得上风后，就宣布，对这部小说的爱好者来说，这一天到来了：

> 能把将来的《红楼梦》研究引上正当的轨道去……创造科学方法的《红楼梦》研究。[5]

在实际操作中，就是研究曹雪芹及其时代。胡适胜利的结局就是彻底消灭陈旧的以及如他所言的"不科学"的解读方式。但他为自己树立的对手并不是《红楼梦》20世纪之前最有趣或最广为接受的研究类型：实际上，在1922年之前，人们有许多种阅读《红楼梦》的方法，但并不是所有方法或最有效的方法都是去关注其作者问题的。为了更有针对性地回答曹雪芹（我们对他已经听得太多了）的出现对《红楼梦》是否是一件好事的问题，我们尝试揭示胡适写作此文的背景，其中既包括此文提到的及忽略的对手。作为作者，曹雪芹承担什么功能？在什么方法上，这本书有他和没他才显得与众不同？胡适"考证"解释学上的影响何以不同于其文献学上的影响？

假若我们突然把曹雪芹从这部小说的周边抹去，那么为了衡量可能造成的空白，我们可以回顾一下此书早期的接受情况；那时，关于《红楼梦》的评论并非典型地以"《红楼梦》之著者"开头，而以"是书《红楼梦》"起笔。从语法上说，尽管差异很微小，但隐含的指向却是相当不同的。难道指称一本书的作者可以引发一套自动的约束，而命名一本书却没有？（让我们把这一事实先放在一边：我们可能喜欢并希望有这些约束——将一本书归属［甚至是错误的归属］于一位具体的作者，在阅读与写作中也许是获得重视的有价值并实用的方法。）毕竟，如果有人反对说，作者是小说产生的原因，而忽略他们仅仅对产生抽象的理论怪物有好处；假如这样的话，此议也可谓恰当，因为在小说史上一本书有多位作者的现象也经常出现，不管我们对《红楼梦》序言中描述的（可能是开玩笑式的）一串作者及改编者严肃视之，还是将早期的评点解读为作者有一个交游圈子的证据，作者的友人都把他们润色的文字添加到作者正在进行的构思中。于是，这就不是确定谁是作者的问题了，而是决定是否有一个像这样的作者，以及这个作者有多少个。一旦我们提出这些问题，我们就发现我们自己的思维状态与一些人相似了：对他们来说，《红楼梦》就是最基本的事实，而不是曹雪芹或其他什么人创作了这部书。

1922年以前，人们本来是如何阅读《红楼梦》的？大多数时间，他们是有所依傍的，而读的并非是白文。自《红楼梦》1791年初印后几年，到胡适及胡适之前的时代，这部小说通常以成以众人之手的"增评"形式流传，所以书商们自吹自擂，在他们刊刻的书的封面上打上"增评石头记"，有时也有"全图石头记"的字样。[6]最常见的增评版是收有护花主人（王希廉的化名）评点的本子，并有一个包含各种各样简短注释文字的批序。这批文字通常包括原本的程伟元与高鹗的序，护花主人的题辞，没有署名（大部分从张新之那里而来）的"读法"，护花主人、大某山民（姚燮）、明斋主人（张新之）的总评，护花主人的"撮误"，佚名的"或问"，[7]题诗，大观园图说，一个不常用的方言列表，等等。"卷首"的材料，不同的版本多有差异，通常看来并不是精心掇合而成的：

[6] 例如：《增评补像全图石头记》（出版地点不详，光绪十二年［1886］），《铅印评注金玉缘》（扉页及页边则作《铅印评注红楼梦》，上海：广益书局，1929）。两者实质上是同一版本，有东洞庭护花主人（即王希廉）与蛟川大某山民的眉批与夹批；1929年的版本用更清楚的字体重排。这个版本也经过重印，封面上作者名字署曹霑（曹雪芹）。《万有文库》本中的《石头记》（上海：商务印书馆，1933；这个版本以下简称《石头记》）亦如此。王希廉评点本最早刊于1832年。参见David L. Rolston（陆大伟），ed., How to Read the Chinese Novel（《如何阅读中国小说》，Princeton: Princeton University Press, 1990），Descriptive Bibliography（《描述性文献》），p. 473。（上文注2引用到的《红楼梦三家评本》就以此系列的版本为基础。）冯其庸所编的《重校八家评批红楼梦》（三卷，南昌：江西教育出版社，2000）汇集了清代若干不同的评批本。关于评点的一般情况，见David L. Rolston, Traditional Chinese Fiction and Fiction Commentary: Reading Between the Lines（《读书得间：传统中国小说与小说评点》，Stanford: Stanford University Press, 1997）。

[7] 尽管"卷首"的作者也不明，但这部分是涂瀛的手笔。参见一粟编，《古典文学研究资料汇编·红楼梦卷》（北京：中华书局，1985），册1，页142—146。

某些段落在不同部分重复出现，评语被从它们的上下文中截取或割裂出来，他们真正的作者无从获知，名字及化名的使用前后并不一致。[8] 一些评点文字脱离《红楼梦》本身而单独流传，譬如《香艳丛书》摘要中的条目。[9] 所有这些都不奇怪：书商并不喜欢文献上的精确。

让我们不必回避现有材料的混乱，并把注意力集中到王希廉对《红楼梦》的阅读体验上。这种阅读体验肯定不同于我们通常所有的阅读体验，甚或不同于我们从今天流传最广的、"传统"的基于脂砚斋抄本（这些抄本有些可以系年于 1750 年代，当时曹雪芹还在世）的评点本中获得的阅读体验。何以如此？这种差异就是一种解释的特异性或缺乏特异性的问题。尽管脂批在文采上引人注目，但脂批绝不会让我们忘记他有独家的材料：脂砚斋一遍又一遍地说"余往在"，"余记此如在昨日"。脂砚斋的抄本在一小群读者与评点者中流传，他们熟悉作者并知道小说人物的原型，而且可能对他们而言，阅读的乐趣就在于还原人物。但刻本开篇有程伟元的识语云"作者相传不一"，且并不将作者问题看得过重。于是，从王希廉以降，卷首与评点通过把读者引到一群想象中有同样困惑的读者中，从而引导读者进入小说。正是读者对小说的反应——不管是有启发意义的，还是含糊不清的——是关键性洞察力的来源，而不是以某种对作者书斋特别的窥视为其来源。此书缘起的神秘性是一个普遍公认的事实，这一事实又被看作造成此书的特殊氛围的原因；但在此种传统中，没有一种事实可以因为把名字或人格固定到一个作者上就能被完全消解掉。正如我们已经注意到的，总评常常以"《石头记》一书"开始——这使得该书自身就成为主角。从而，阅读就成为文学效果的体验与评估。打开王希廉本的卷首部分，首先触入读者眼帘的是张新之的"读法"，其借小说第十二回评论阅读的后效云：

《石头记》一书，不惟脍炙人口，亦且镌刻人心，移易性情，较《金瓶梅》尤造孽，以读者但知正面，而不知反面也。间有巨眼能见知矣……

[8] 关于标准版本"卷首"中这篇短论的来源问题，参见 David L. Rolston, "Introduction: Chang Hsin-chil and His 'Hung-lou meng tu-fa'", in *How to Read the Chinese Novel*, pp. 316–322. 张新之《读法》的翻译（从王希廉《卷首》保存的残文中恢复而成），见浦安迪（Andrew Plaks）译本，载 *How to Read the Chinese Novel*, pp. 323–340。关于王希廉版本传统的大致情况，见王靖宇，《简论王希廉红楼梦评》，载周策纵编，《首届国际红楼梦研讨会论文集》（香港：香港中文大学出版社，1983），页 1—5。

[9]《香艳丛书》（上海：国学扶轮社，1909—1911）。

得闲人批评，使作者正意，书中反面，如指上螺纹，一目了然，方知《石头记》之造孽与否。[10]

因为作者不能成为直接审视的对象，也不能从"正面／反面""作者／读者"的两极中产生出来，所以所有的意义建构（sense-making）都落在了读者身上。"作者的本意是由批评家产生出来的"，此言不虚。明斋主人云：

> 昔贤诏人读有用书，然有用无用，不在乎书，在读之者。此书传儿女闺房琐事，最为无用，而中寓作文之法，状难显之情，正有无穷妙义。不探索其精微，而概曰无用，是人之无用，非书之无用。[11]

因此，阅读首先是一种选择行为，在于正确审视文本，而非使阅读正确。有一种有点儿夸张的主张认为，此书延续了道学经典的传统，这暴露了选择正确的语境及正确的意义的焦虑：

> 是书大意，阐发《学》《庸》，以《周易》演消长，以《庄》《骚》寓本旨，以《国风》正贞淫，以《春秋》示予夺，《礼经》《乐记》融会其中。《学》《庸》《周易》《庄》《骚》《国风》《春秋》是正传，《石头记》则窃众书而敷衍之，是奇传，故云："倩谁记去作奇传？"[12]

《红楼梦》的文体是多变的，它以"小说"形式创作的事实，仅仅成为"奇传"的一个方面，这种近乎经学式的讯息就是以"奇传"这种方式传递的。

当然，所有这些只发生在"反面"，并由同情之了解的读者揭示并产生出来。小说变为其读者的所有物，从这个意义上说，读者是小说意义的揭示者，并可以要求获得作者的权利。其中一位评点者意识到这一点并云：

> 或问："《石头记》伊谁之作？"曰："我之作，

---

[10]《石头记》, 册1:"读法", 页1（加标点，下文同此）; 此段暗指《红楼梦》的内容，见《红楼梦》, 页195。比较一下浦安迪对中国国家图书馆所藏张新之"读法"稿本相同部分的翻译，见 *How to Read the Chinese Novel*, pp. 323–324。
[11]《石头记》, 册1, "明斋主人总评", 页3—4。
[12]《石头记》, 册1, "读法", 页1。

何以言之？"曰："语语自我心中爬剔而出。"[13]

如果作者的人格可以如此轻易地摒弃掉，更确切地说是被占有，那么小说虚构的性格依旧是易变的。对脂砚斋而言，作者与小说人物（dramatis personae）是不可通约的真实人物，并因为这些人物的奇情逸事而记住他们；与脂砚斋不同，"读法"以及接续此文的文字在人物上发现一种技巧上的效果或语义上的精心设计：

> 是书钗黛为比肩，袭人、晴雯，乃二人影子也。凡写宝玉同黛玉事迹，接写者必是宝钗；写宝玉同宝钗事迹，接写者必是黛玉。否则用袭人代钗，用晴雯代黛……乃是一丝不走。[14]

[13]《石头记》，册1，"或问"，页1。
[14]《石头记》，册1，"读法"，页2。Angelina Yee（余珍珠），"Counterpoise in *Honglou meng*"（《〈红楼梦〉中的平衡力》），in *Harvard Journal of Asiatic Studies*（《哈佛亚洲学报》），50（1990）：613-650。
[15]《石头记》，册1，"明斋主人总评"，页3—4。
[16]《石头记》，册1，"读法"，页4。

这种把握人物的方式显示了对事实的某种戏谑。叙事遵循的是诗学的规则，而非新闻的或历史学的标准。19世纪评点家阅读此书自始至终就是戏谑的展示，书中刻画了一个个人物，而不理会迟钝的读者。

> 书中无一正笔，无一呆笔，无一复笔，无一闲笔，皆在旁面、反面、前面、后面渲染出来。[15]

这些读者花费很少的时间去思忖小说的开头，他们也意识到阅读作为一个过程从不会停顿，这一过程不是在决定性的答案中而是在渐进累积的洞察力中衡量其成就的。

> 一部《石头记》，洒洒洋洋，可谓至矣，无一句不是妙文；一部《石头记》评，琐琐碎碎，可谓繁矣。间有千百剩义，是希善读者，触类旁通，以会所未逮尔。[16]

这些长期被忽视的"卷首"的评者们在阅读时，似乎发现了许多我们当代人以之为乐的事物：纯粹叙事的诗学，摆脱屈从于表现的修辞乐趣，文本本身的技巧与力量，自为的阅读而非作为教化或展现作者人格的手段的阅读，而作者的人格被视为创作中比"玩弄辞藻"（"all this fiddle"）[17]更重要的内容。当然，他们揭示这一点，不是通过参考高级理论学报，或只是变得足够聪明而无意中发现我们可能在高级学报上读到的一些真相；正是他们的心无旁骛促使他们进入这种阅读模式，这种专心使他们无法忽视文本。他们不得不逐字阅读原文，因为没有什么其他东西可以让他们继续。如果这就是"读者反应"批评，那么之所以如此，就因为这是必要的而非选择的结果。[18]而且，他们就可以以自由支配的手段去理解已掌握的文献资料：我们可以在典型的道光至光绪年间刊刻的《红楼梦》中发现这些手法，包括密集的评注、句读、圈点或注释，这让人想起以射利为重的清代书商出版的精心评点的时文集子。[19]如果这可以被认为没有引发文学上的"卢德运动"（Luddism）[20]（"一点点知识都是危险的事"）或因为舶来的标准破坏了《红楼梦》读者与文本之间亲密的一体关系，而引发了对五四运动"之前"时光的怀念：那么我们最好忘却一些我们自1922年以来已经"知道"的事情，而去关注此前吸引读者注意力的东西。

众所周知的是，因为发现曹雪芹是《红楼梦》的作者，所以导致"红学"被"曹学"淹没，除了在某些国家，这种情况差不多一直持续到今天；这些国家的大部分读者对清朝历史并不熟悉，从而使得《红楼梦》的形式或主题的阅读不是一个单一的选择。[21]但这种"雪崩"是如何发生的？它是不可避免的吗？越积越多的关于曹雪芹的资讯回答了

---

[17] 译者注："all this fiddle" 出自美国诗人玛丽安·摩尔的《诗》(Poetry): "I, too, dislike it,/There are things that are important beyond all this fiddle."

[18] 因此当前阅读的目标不是传递批评的意图，而是在"署名时代之前"抓住一些批评实用的效果。对相同的材料做一种稍欠乐观的解释，见 Martin W. Huang（黄卫总）, "Author[ity] and Reader in Traditional Chinese Fiction Commentary"（《中国传统小说评点中的作者（权威）与读者》）, CLEAR（《中国文学》）, 16 (1994): 41—67; 以及 Anthony C. Yu（余国藩）, Rereading the Stone: Desire and The Making of Fiction in Dream of the Red Chamber（《重读石头记——〈红楼梦〉里的情欲与虚构的构成》, Princeton: Princeton University Press, 1997）, pp. 23–24.

[19] 感谢罗伯特·阿什莫（Robert Ashmore）为我提示这一点。评点与插图都是让纸页向读者"说话"的方式，这种策略与古代中国学习阅读文言文的阶段密切相关，关于评点与插图两者之间的相互关系，参见 Robert E. Hegel（何谷理）, Reading Illustrated Fiction in Late Imperial China（《晚期中华帝国插图本小说的阅读》, Stanford: Stanford University Press, 1998）, pp. 294–315.

[20] 译者注："Luddism"，又译为"洛得主义""勒德主义"等，指的是1809—1811年，英国工业革命时发生饥荒，一群被称为"卢德分子"（Luddites）的人，认为动力织布机会让工人失业，所以四处破坏机器，焚烧工厂。后来，卢德运动或卢德主义，用来描述所有对科技进步持"极度悲观甚至反对的态度"。

[21] 对占据显学地位的"曹学"的反对，见 Reading the Stone, pp. 16–19.

它提出的问题了吗？这些问题都是正确的吗？　　　　[22] 王梦阮，《红楼梦索隐》（上海：中华书店，1916），卷1，页1。

　　胡适1922年的论文把传记式研究《红楼梦》假定之作者的方法界定为《红楼梦》语文学上需要的"科学方法"，同时也创生出一种以作者为中心的"曹学"研究模式，与之相对立的是一种陈旧的、非科学的论调。这是一场公平竞争，特别是当他们不停地提出证据证明他们的"科学方法"总能解答它的问题。但胡适设法取代的"不科学的"研究框架到底是怎么一回事？这是胡适论文中令人好奇且毫无疑问绝对必要的特质，胡适的文章对十九世纪的评点本视而不见，对这些版本的卷首更是一言不发。他没有回应这些评点本的问题，或考虑它们的答案。他非常详细地且偶尔有点不耐烦地回应的是，完全不同于评点派的、而以王梦阮与蔡元培为代表的"索隐"解释风格。

　　王梦阮的《红楼梦索隐》在《红楼梦》原文中加上了相当多自己的夹批、回末总评以及一篇三十五页的"提要"。这篇"提要"以一种毋庸置疑的风格开始，并需要知道某些事实：在这些事实中，"卷首"的读者满足于积聚个人的见解：

《红楼梦》一书，海内风行，久已脍炙人口。诸家评者，前赓后续，然从无言其何为而发者。盖尝求之，其书大抵为纪事之作，非言情之作。特其事为时忌讳，作者有所不敢言，亦有所不忍言，不得已乃以变例出之。假设家庭，托言儿女，借言以书其事，是纯用借宾定主法也。[22]

　　这段话并不干扰读者的反应："索隐派"的批评直言"其何为而发者"。这就把我们从诗学带到了史学。尽管这种史学有点奇怪：王氏援引的史实，在他看来都是非常忌讳之事，即整个顺治（1644—1661在位）一朝的历史都需要重写，因为这时的历史总是要把这些史实掩盖起来。王氏言，顺治朝的正史已被粉饰过了，而只有《红楼梦》保存了真实的历史——尽管是通过"贾雨村言"的形式，这也是可以理解的。王梦阮认为《红楼梦》反映了清朝入关后第一个皇帝顺治与从前秦淮名妓董小宛悲凄的爱情故事，董小宛与她的丈夫被迫拆散，并被强行纳入后宫。她受到皇上宠爱的时间并不长，就出乎意料地暴亡了，顺治伤心欲绝，以至于假装自己也死了，举办了一个盛大的葬礼，然后在五台山出家为僧，度过了余生。在《红楼梦》中，顺治帝变成了宝玉，董小宛变成了黛玉，宝钗代表充满忌恨的皇后，小说中的其他配角都与清代早期历史的人物一一对号入座。胡适发现这种对号入座极不可信，而且所谓的历史"真实故事"也绝无可能：只要一件事就可以说明问题，董小宛比顺治帝年长十四岁，顺治帝不可能在纳妃时，选中已经三十岁的董小宛[23]。而且没有任何资料可以证明董小宛曾经入宫，董小宛与备受顺治宠爱的后妃孝献（其宫号为董鄂妃）之间的浪漫的联想是错误的。[24] 王梦阮对《红楼梦》的解释产生的问题比它试图解决的问题还要多——这种解释强烈要求我们调整某种应该回到我们自身的现实。但这种解释作为一种新奇的批评模式吸引了我们的注意，同时这种模式也偏离了"卷首"及早期评点的批评风格。（它有点像清朝流行的以史证诗的历史化的批评风格。）王梦阮不是把文本与其他文本或通常的见解结合起来，而认为他所做的工作就是把小说中的事件指涉为历史上的事件（或他个人版本的历史）。为了使这种联系得以成立，王梦阮就需要一个作者：这个作者能把各个不同的部分串联起来，同时也能够有机会亲见关键性的绝密档案。《红楼梦》开篇时出现的"情僧"可能就是顺治自己，他个人的生平就构成了《红楼梦》故事的核心部分。王梦阮认为，"曹雪芹"是一百二十多年以后润色小说的人，他把原始的故事编织成一部无伤大雅的小说。[25]

另一部相同风格的著作，胡适视之与王梦阮《红楼梦索隐》一样不值得称道的是蔡元培的《石头记索隐》。蔡氏提到，十九世纪的读者弃绝了他们的目的与手段：他们"误以前人读《西游记》之眼光读此书，乃以《大学》《中庸》'明明德'等为作者本意所在"[26]。这对蔡氏而言还是不够的：它并不能导致真知，只能导致某种不精确的启迪。启发式的评点并没有解答蔡元培感兴趣的问题。蔡氏认为这部小说的作者"持民族主义甚挚。书中本事，在吊明之亡，揭清之失，而尤于汉族名士仕清者寓痛惜之意"。这书

---

[23] 译者注：详考见孟森，《董小宛考》，见其所著《心史丛刊》第三集（北京：中华书局，2006）。
[24] 见 Arthur Hummel（恒慕义），*Eminent Chinese of the Ch'ing Period*（《清代名人传》），Washington: U. S. Government Publishing Office, 1943），vol. 1, pp. 301-302, 566-567.
[25]《红楼梦索隐》，卷1，页6；参见《红楼梦考证》，页577。
[26] 蔡元培，《石头记索隐》(1917)，转引自一粟，《红楼梦卷》，卷1，页319。关于《红楼梦》作为"非正统传播"的理论，见上注11。

的讽寓就在于：贾宝玉象征国家的印玺，并因此代表统治的权威，现在沦落到一个没有合法性王朝的手中（因为贾宝玉的名字与"假宝玉"双关）；他也代表康熙皇帝第二子胤礽，在被册封为皇太子之后，他在幽禁中度过了后半生。"真宝玉"或"甄宝玉"在小说出现并不多，代表着明王朝已经消亡的统绪。故事中的女性代表汉人，现在在她们自己的国家里处于仆从地位，而男人代表满人。[27] "红"是"朱"（明朝皇帝的姓）的同义词，因此宝玉爱食胭脂的习惯事实上暗指作为征服者的清政府开始采用中国的传统。清政府早年的统治规定禁止满族统治阶级沾染汉人的习俗，诸如参加科举以及喜好文墨：这可能是贾政与贾宝玉父子间对立关系的反映。因为有这些宏大的主题喻示作理论支撑，蔡元培继续把小说中的人物和场景与清代早期历史事件联系起来；当然清初的历史在人物与丑闻上有足够丰富的空间去满足几乎任何想象。[28]

[27] 《石头记索隐》，页321。
[28] 蔡元培在当代有一个追随者——潘重规，他特别否定了曹雪芹创作了《红楼梦》，或者通过个人生平资料的梳理，我们认为某人创作了《红楼梦》，他也否定了这一点。潘氏承认他对《红楼梦》作者的态度是："我对《红楼梦》作者坚持民族主义的精神，笃信不渝。我认为《红楼梦》作者，是处在汉族受制于满清的时代。一班经过亡国惨痛的文人，怀着反清复明的意志，在异族统治之下，禁网重重，文字之狱，叫人悲愤填膺，透不过气来。作者怀抱着无限苦心，无穷热泪，凭空构造一部言情小说，借儿女深情，写成一部用隐语写亡国隐痛的隐书。"（潘重规，《红学论集》[台北：三民书局，1992]，页1—2。）对潘氏而言，主人公贾宝玉象征的是国家的玉玺：落入贾或"假"氏家庭手中之时，就象征着中国处于满人的统治之下，而甄或"真"宝玉代表了明朝的正统。在讽寓的另一个层面，林黛玉代表了明朝，薛宝钗代表了清朝，她们俩争夺宝玉的感情。这种对《红楼梦》意义的解释导致潘氏重新构拟了一位作者，他度过了明清易代之际的战乱，并且不惧清政府的高压，写作了这部书以纪念牺牲的明代遗民。
[29] 《红楼梦考证》，页585—586。

胡适对这些解读颇为不满，继而提出自己的意见：

> 我举这些例的用意是要说明这种附会完全是主观的、任意的、最靠不住的、最无益的……我现在要忠告诸位爱读《红楼梦》的人："我们若想真正了解《红楼梦》，必须先打破这种种牵强附会的《红楼梦》谜学！"……我们只须根据可靠的版本与可靠的材料，考定这书的著者究竟是谁，著者的事迹家世，著书的时代，这书曾有何种不同的本子，这些本子的来历如何，这些问题乃是《红楼梦》考证的正当范围。[29]

基于这一点，该书下面列举了许多绝妙的证据组合，以此显示《红楼梦》楔子中提到的"曹雪芹"是一个历史上的名人，他是曾任江宁织造曹寅的孙子；

这样，他的家庭背景才能提供给他资源去描绘荣、宁二府中的芸芸众生；并进而断言，这部小说的要素就是一部假托的自传（对曹雪芹家族以及个人历史的研究之主旨将向我们显示这一点）。[30] 从胡适言语之间可见，似乎只有"自传式的"解读与索隐派牵强附会的解读两种选择：

> 他这样明白清楚的说"这书是我自己的事体情理"，"是我半世亲见亲闻的"；而我们偏要硬派这书是说顺治帝的，是说纳兰成德的，这岂不是作茧自缚吗？

也就是说，胡适认为只有一种解读《红楼梦》的模式。这种解读模式是从索隐派批评那里继承而来的：文本提出特定的问题，而解读则是特定的答案。解读决定了小说中一系列情节与现实世界中一系列事件的相关性；最好的解读就是那套最能自圆其说的，又使用了经过检验的材料的方法。

（王梦阮式的）索隐派的解读又与（王希廉式的）评点派的解读不同，这也预告了（胡适式的）考证派的到来。评点派寻找《红楼梦》与古老的经典以及其中的哲学或宗教讯息相似的地方，索隐派则从清王朝历史的某个特定时刻寻找作品的意义，这种焦点的转移明显与界定中国文化与文学素养的危机有关；伴随着帝国体系的崩溃而导致的传统文学习气缓慢地消散，以及（部分建立在外来的模式上）新的文学习气的不成熟导致了这些危机。索隐派与考证派的解读皆是历史解读的模式，只是在历史如何构建，或历史中何者最为重要的假定上有所不同。胡适把历史的文学话语的焦点从清廷转到个体的、实证的维度上，这种转向得以完成主要得益于发现一个具体的、实在的作者——曹寅之孙曹雪芹，而不仅仅是索隐派假托的"挚烈的民族主义者""宫廷中人"等模糊的剪影。

于是，"发现曹雪芹"是一个多重性地确定的及决定性的事件，也与清末民初思想史上的事件密不可分。考虑到这与历史编年的关系如此紧密，我们能否想象到它，并想象它没有发生过？这件事有多大的必要性？胡适论文直接的决定性因素——其直接论辩的语境——就是排拒了索隐派的评论及其荒谬的特质。胡适的

---

[30]《红楼梦考证》，页 598—599。

论文也遗漏了十九世纪的《红楼梦》评点（更不用说，继之而起的当代红学研究），这些评点似乎更多是随意性的，缺少周密的思考，几乎就是一种思潮的结果。对索隐派的排斥也是部分的——胡适认为，索隐派学者在精神上是正确的，但在处理史实上是错误的——而对十九世纪评点传统的遗忘则是彻底的。现在正是发掘被胡适遗忘的传统的时候了。（胡适排斥的评点传统，除非我们是热衷于此者，否则我们可能还是将其弃之如弊履。）当然，我们不能全面恢复十九世纪阅读时的所有情境。我在这里也不是要求应该忘记我们所知关于曹雪芹的一切，而是我们不应该对曹雪芹发现之前的、非常不同的文献视而不见——这些文献由一部不知作者的作品，一套不明确的（关于评点如何在文本中发现意义的）期待视野（尽管评点的评论通常是道德化的、规范性的以及关于风格的），以及发现众多不确定的候选作者之可能性构成的。具体的作者曹雪芹会继续有用，对某些读者来说是必不可少的，这些读者感到后四十回的写作有某种质量的下降，并希望将后四十回（"续书"）与前八十回（"《红楼梦》原本"）区分开来。但在张新之的"读法"中，我们已经发现他提到《红楼梦》这两部分的差异，因此可以从诠释的立场来提出问题，而不必将其与一个作者联系起来。[31] 可以认为，如果传播《红楼梦》手稿和评点的一群人在这部作品的成书过程中起主要的作用，那么曹雪芹是何许人也就显得并不重要了，这样"评点派"客观的、以读者为中心的诠释学就能被视为小说创作情境的对应物。[32]《红楼梦》（或，更明确地说，是"红楼梦现象"）的一种诠释认为，这部小说是集体阅读与改写的产物；这个产物并不因为有了1754、1791、1922诸如此类的出版年代而终止，但仅仅是扩大了这个产物的范围；上述的诠释非常雄心勃勃，但也没有必要让考察的结果必须服从于试验，"对《红楼梦》的创作而言，这个问题关于曹雪芹意味着什么吗"——这种试验让胡适抛弃了早期的《红楼梦》研究而认为其与《红楼梦》是没什么关系的。

如果我们就这样把作者问题重新建构为一种诠释性的想定（scenario）——

[31]《石头记》，册1，"读法"，页4。"读法"继续认为，小说原初的统一性是非常严密的，以至于不可能让第二个人继写或补全："觉其难有甚于作书百倍者。虽重以父兄命，万金赏，使闲人增半回不能也。"

[32] 关于"自注与合著"以及小说与评点间"模糊的界线"，参见 Traditional Chinese Fiction and Fiction Commentary, pp. 331-340。

更多与阅读相关而非与写作相关的事实——那么我们必须承认，因为历史的原因，作者的出现仍是公共话语必要性的结果，对著作权的选择从来就不是简单的、不确定的思想实验（thought-experiment）。现代中国（中国历代也是如此），习惯性地寻找一个作者以及学术上对意义追寻的建构与二十世纪的文化政治紧密交织在一起。对于这种取向，五四时代的学术领袖要负主要的责任：发现及探究白话小说的作者是他们建构中国小说新经典重要的规划。他们的计划正是要去除体现在王希廉评点中的阅读习惯。八十年后再看，这种阅读习惯从来就没有完全被去除掉，只是在非学术的领域中继续流传。"评点"式批评当然一直继续着，尽管是作为一种爱好者而非学院派学者的话语方式。中国当代文化（包括流行文化）各个层面中都能找到《红楼梦》（或某些《红楼梦》的历史轨迹）的影子。对《红楼梦》的热情，甚至可以说是狂热的，是广泛的，几乎不受年龄、阶层、信仰或教育程度的限制。但关于曹雪芹的话语趋向于以某种严格限定的、公共文化空间的语言出现，这种语言把作者变形为楷模、先知、英雄——通过这种语言，这些楷模、先知、英雄常常就是当下社会秩序的楷模、先知、英雄。关于这种明显的例子，可见于中华书局 1964 年出版的收有脂砚斋批语的庚辰影印本的前言。这篇前言出自学院派的手笔，对普通读者来说有点曲高和寡，并对当时动荡不堪的政治（这包括由毛泽东一封信引起的一场剧烈的文学运动）[33]避而不谈。不过，这篇前言仍然说：

> 作者曹雪芹是我国文学史上的一位伟大的作家，也可以说是中国封建社会行将发生重大变化时期的一位启蒙思想家[34]。

这种可笑的修辞不仅仅能在古板的学院派马克思主义决定论者身上发现：只要改变几个名词，这段话就可以轻而易举地溜进完全不同的政治派别主导的教科书中。作者是先知，（对任何可能的"我们"而言）他们所预言的首先是"我们"。作者是英雄，

---

[33] 关于此事，参见 Michael Joseph McCaskey, "The 1954 Controversy over the *Dream of the Red Chamber*"（《1954 年关于〈红楼梦〉的争论》，斯坦福大学硕士学位论文，1990）。

[34] 上海中华书店编辑部，《脂砚斋重评石头记》（上海：中华书店，1964），前言。我试着把"启蒙"这个词的隐含义通过两个修饰词"pioneering"与"enlightened"翻译出来。曹雪芹作为中国封建社会的"启蒙思想家"，将他所揭示的社会真相，作为经验教训去接受，也太过于混乱与幼稚。最终，经验教训对"我们"是有意义的。

他们不仅预知而且创建了我们所居住的世界。著作权的阐释学与价值规定性遵循以下基本的功能：断言一部作品是伟大的就是赋予其以判断与预言的力量，这渊源于产生这种力量的"英雄—角色"（hero-figure）。通过命名与尊崇作者，我们也把自己也加入目的论的历史中，而作者有足够的天才去划分这种历史。如果对作者的投入必须如此公开地与社会目的论联系在一起，那么似乎对著作权的重思可能产生诸多深远的影响。

作者的出现——不是指第一次出现，不是以权威的或标准的形式出现，不是作为必要且普遍受到承认的范畴出现——是整合中国现代文学的重要部分。正是这一事件超越了《红楼梦》并渗透到"文学"与"批评"、文本构造与社会构造两个领域中。曹雪芹成为有血有肉的人物就在二十世纪的读者需要有这样的人物之时，也正因为二十世纪的读者需要他这样一个人物。

需要是变化不定的。十九世纪并不强烈需要一个具体而人格化的曹雪芹，而二十世纪却需要这样一个人，那么未来希望他如何呢？因为胡适，红学到了一个关键性时刻，并偏离了先前传统的许多解释。但《红楼梦》的读者应该记住，红学"曾经"是一个关键性时刻；也要记住尽管常规的路径交通繁忙，并且道路平坦，但尚未成为老一套的路径。也许追溯我们的足迹，我们还能发现一些我们遗落在路上的东西。

以这种观点视之，"佚名"与"作者"似乎不再是对立的。《红楼梦》1791与1792年最早的刻本上没有标明作者，这在作品史上是一个创新。《红楼梦》以抄本的形式传播，常常是残本，流传在最早接触到这部作品的相对狭小的人群中，而后来的阅读者也加上了自己的批语。程伟元与高鹗决定出版一百二十回本的"白文"《红楼梦》确实值得考察一番。难道他们仅仅关心如何把与小说设计好的结局（张新之以及其他早期的注释者都有过暗示）有矛盾的地方去除掉，或者他们是否看到这种可能性，即抹掉这部作品直接的、历史的、经验的背景（曾任江宁织造曹氏家族的兴衰）可以推动读者为这部小说找到一个更广阔、更诗性或更有哲理的意义范围？采纳以上任何一条路径，抛弃原初评点的决定，在早期佚名或透过佚名的状态，可能把《红楼梦》创造为一部现代经典。考察《红楼梦》作者问题的经验就在于：作者与佚名都参与到文本怎样对它们的读者变得有意义、更宏大的叙述中,因为这一事实,所以作者与佚名在文本的流传中都是有意义的。

卞东波(南京大学) 译

假语村言：
张新之《红楼梦》评点中的倾向双重性*

* 原文暂未发表，题作 "Fictive Language and Vulgar Words: The Tendentious Ambiguity of Zhang Xinzhi's Commentary to *Honglou meng*"。

复调小说《红楼梦》(也称《石头记》)是本鸿篇巨著，人们普遍认为其中内容隐含深意——小说第一章的确让人感觉书中之意内涵深邃，但没有指明挖掘深意的关键所在。解释学派发展出多种相互矛盾的理论，用以研讨《红楼梦》"写了什么"或者"真正写了什么"；书中人物的生活和欲望也被解读为是"关于"其他事物的描写，其含义远远超越小说人物正常的意识范围。对于熟知斯宾塞的《仙后》和卡夫卡的《城堡》这类作品的读者来说，称《红楼梦》为寓言一点也不为过。但是反对的人认为中国没有寓言故事，因为完全内在的中国现实并没有为超越此时此地的想象提供生存的土壤。这种反对轻而易举就可推翻。要判断一个故事是不是寓言，判断它是否"在讲另一回事"或者它是否表达言外之意，不一定非要弄清这则寓言对哪些信息进行了编码。事实上，如果一则故事指代的信息冗杂，或者总是话外有话，那么就足以称之为寓言。一个更好的方法是，对于现实主义、浪漫主义、寓言等文学类型，可把它们的指称模式作为定义的标准，即它们对语言的使用，而不再根据它们的参照领域进行定义。寓言和评论一样，都是元语言的具体体现，或者说，是在同一种语言中实现等值或翻译价值。

　　什么是同种语言内的翻译？其实这样的翻译只是缺乏我们习以为常的翻译特性，即它不是不同语言之间的转换。但是，一旦我们接受了语内翻译的概念，标准意义上的翻译对我们来说不过是一种范围宽泛的语言实践，从日常生活的（如重复、讥讽、释义、修正、艺术改编）到欧里皮语（例如，将一篇合理使用 e's 形式的文章改为完全不使用 e's 形式的文章），一一涵盖。[1] 寓言阅读和写作在语言实践中占据一席之地，我认为对此无须进行通常的美学评判。寓言写作和阅读所体现的词序换位是否是荒谬的？是错觉吗？是自我陶醉、毫无作用、非历史的、"不重要的"、"无耻的"、"空洞的回声"吗？[2] 简而言之，难道为了未来文学的健康发展，就必须剔除掉欠佳的案例吗？恰恰相反，欠佳的案例才是经过验证的实践，它们本身具备分析价值。

---

[1] 关于翻译如何区别于其他语言和艺术实践以及"标准翻译"的内容，见 Roman Jakobson "On Linguistic Aspects of Translation," in Reuben A. Brower, ed., *On Translation* (Cambridge.: Harvard University Press, 1959), pp. 232–239。关于欧里皮语的转换，见 Ou LiPo (collective author), *La Littérature potentielle: créations, recréations, récréations* (Paris: Gallimard, 1973)。

[2] Samuel Taylor Coleridge, *The Statesman's Manual; or the Bible the Best Guide to Political Skill and Foresight* (London: Gale and Fenner, 1816), pp. 36–37.

寓言理论被提出后，大概有两千年左右的时间，一直没有发生太大变化。正如昆提利安在著作中所说，寓言的"文字表述是一回事，意思却是另一回事"，它是一种"连续的"或者"延长的"隐喻（*metaphora continua*）。[3] 既然昆提利安为希腊语隐喻 metaphora 选定的拉丁文同义词是翻译 translatio[4]，那么我们可以纯粹以代数的角度把寓言理解为"连续的翻译"。目前没有人这么做，大概是因为"翻译"一词一直都用于描述一种语言代替另一种语言的实践。在随后的几个世纪里，关于寓言的讨论围绕着一个共识性的命题展开，即寓言文本同时指代一明一暗两种对象，并引致它们各部分之间点对点的关联。因此，普鲁登修斯的《心灵的冲突》在一个层面上指的是古罗马式的角斗（"层面"这一概念是关键），另一层面指的是道德和精神世界的挣扎。有人质疑，如果一种文化并不明显区分肉体和精神，寓言还会出现吗？[5] 从历史来看，寓言和欧洲中世纪密切相关，这并没有破坏所谓的宗教背景和文学形式之间的因果关系。事实上，后中世纪时期的寓言总是隐藏着讽刺意味的不可置信或者充满厌世情绪的感伤；无论哪一种，对现代人来说，寓言都预示着"一个脱节的时代"。秉持这种心态的案例包括：乔纳森·斯威夫特的《一只桶的故事》；利尔里奇对于寓言的批判，这与上文所述的寓言和象征相反；查尔斯·波德莱尔的《天鹅》，以及本雅明 1990 年所作的《寓言与悲剧》。

我认为，莫林·奎里根 1979 年的著作《寓言的语言》是对寓言理论的一次深刻创新。她于书中写道："事实上，寓言的纵向概念化和强调分离的'层面'是绝对错误的。""意义是连续不断合成的，早在读者能够准确说出'超越'字面的意思之前，意义就在语言表面互相连结和纵横交错了。"读者只可在想象中进入不同"层面"，并对照不同层面间的意义。"然而，我们习惯将寓言叙事作为主题式翻译的基线，这种认识由来已久，所以一时难以打破。但如果想洞察某一文本类型的有机连贯性，我们就必须打破固有认知。寓言

[3] Quintilian, *The Orator's Education, Books 6–8*, trans. Donald A. Russell (Cambridge: Harvard University Press, 2001), p. 450. 关于寓言模式的历史，见 Jon Whitman, ed, *Interpretation and Allegory: Antiquity to the Modern Period* (Leiden: Brill and Lamberton, 2000). Robert, *Homer the Theologian: Neoplatonist Allegorical Reading and the Growth of the Epic Tradition* (Berkeley: University of California Press, 1983).

[4] *The Orator's Education, Books 6–8*, p. 426.

[5] Andrew Plaks, *Archetype and Allegory in the Dream of the Red Chamber* (Princeton: Princeton University Press, 1976).

这一类型深刻关切着忽视已久的字面的重大意义。"[6] 奎里根所谓的"字面"指的并不是但丁笔下的朝圣者或红十字骑士踩踏过的鹅卵石道路；她指的是文本中的文字，接连不断地出现在句子和段落中。这个层面满载双关语：相似的语音让听众同时联想到两个不同的东西。莎士比亚剧的演员问道："告诉我，爱情孕育（bred）在何方？"（《威尼斯商人》，III.ii.63）一位观众回应说："转角处的面包（bread）店不错。"奎里根断言，这些时刻是寓言叙事建立的基石，而这些时刻所发生的事情根本不是隐喻，而是昆提利安所说的节奏。有关孕育和面包的话题并无任何相似之处，但孕育和面包的发音相同，随之引致荒谬的后续。之所以寓言的"文字表述是一回事，意思却是另一回事"，这是通过双关语实现的，而非隐喻。的确，如果起作用的是隐喻，那么可以看到两个"层面"或者两个领域最终交汇在一起，就像朝圣者错过的道路最终导向某种正直的道德生活（如引向天堂，或家庭，或某个正义和虔诚之地）。只要任何一本书的任何一处出现如此交汇，就是对奎里根的回应和质疑。卡洛琳·冯·黛珂认为寓言必须建立在中世纪意义上的现实主义之上。[7] "如果一篇文章说了一件事，那么它也意味着这件事：我们无法将言语和意义分开。因此，如果它说的是一回事而意思是另一回事，那么它既说了两件事，也意味着两件事。除非我们是语言分裂症患者，或者愿意主动忽略另外一半内容，否则这种文章必须说并意味着一件复杂的事。"[8] 那么好吧：双关语使我们都变成分裂症患者。一连串这样的双关语形成寓言，迫使读者无时无刻不面对着胡说八道的荒谬之言。超越语言的本体论不是问题，语言中的指称才是问题焦点所在。

寓言是扩展的双关语，是自我指涉的。"一切寓言叙事都旨在对词语的字面涵义做出评论，这些词语是对想象的描述。"[9] 线性叙事不可避免，它本身也是双重的。"读者必须即刻敏锐捕捉两种语言混合的文字机制。"[10] 此外，寓言叙事的"其他"指涉并不仅仅是心理学、价值论或者宗教意义上简单的"其他"，"语言"也不应该被视为广义的人类本能。寓言是对前文本的重写，前文本是强有力的规定性文本，现时

[6] Maureen Quilligan, *The Language of Allegory: Defining the Genre* (Ithaca: Cornell University Press, 1979). p. 28–29.
[7] Carolynn Van Dyke, *The Fiction of Truth: Structures of Meaning in Narrative and Dramatic Allegory* (Ithaca: Cornell University Press, 1985).
[8] *The Fiction of Truth*, p. 42.
[9] *The Language of Allegory*, p. 53.
[10] *The Language of Allegory*, p. 36.

文本反复与其产生呼应。奎里根认为，前文本"总是身在任何寓言叙事之外，却又是诠释寓言叙事的关键"[11]。所以寓言是通过双关语和自我评论对权威文本的重写。它既表达文本所表达的，又蕴含其他深意（举例来说，《神曲》反复引用希伯来人自埃及的解放故事，此故事情节塑造了《神曲》的故事结构但又不和其完全一样）。

奎里根的观点是，寓言把文本 A 改编或者翻译成文本 B。为什么这么做呢？据我推测，或许是读者群改变了；或许为了申明 A 变成 B 的优点；或许为了克服诗学的不同步；或许为了声明文本 B 的作者本意是写文本 A，但受条件限制不得不暂时搁置；又或许为了从 A 角度衡量 B 所产生的影响，反之亦然。我在此并未区分寓言和讽寓，因为二者之间的区别通常取决于作者的意图，即文本 B 作者的意图。我认为评论家也是作者，是新的 A+B 混合文本的作者。但是如何合并 A 和 B 两个文本呢？下文将通过实例探讨文本合并、翻译或改编的方法。

《红楼梦》这部小说以手稿的形式流传了近四十年。代代相传的手抄版本说明《红楼梦》并不是一次性完稿，世间流传的版本很可能大部分只有其中几个章节，而非完整的成书。1791 年面世的版本是由文人高鹗扩写和润色的，原作者曹雪芹的名字被隐藏，大部分读者也并不知道他是谁。由于信息有限，读者不得不尽其所能对小说进行解读。也许作者正是凭借自己不为人知的身份来迷惑读者，因为整部小说充满了讽刺、错引、戏仿、夸张、反讽、典故和自相矛盾，所有这些都是中文写作中作者开玩笑般刁难读者的手段。[12] 也因此出现一些针对本书的评论，有些被添加至此书的后续版本之中。

本文聚焦一位名叫张新之（1828—1850）的书评家，也称妙复轩，别名太平闲人，他对小说形式和目的的论述于 19 世纪和 20 世纪初广为流传。我的例子包括他对小说第一章和第十三章的注释，以及他所著《读法》的序言。[13] 尽管现在《红楼梦》的标准版本不再囊括这些内容（因

[11] *The Language of Allegory*, p. 23.
[12] Li Zhi, *A Book to Burn and a Book to Keep (Hidden)*, trans. Rivi Handler-Spitz, Pauline C. Lee, and Haun Saussy (New York: Columbia University Press, 2016), pp. 245–246.
[13] 张新之的《妙复轩评石头记》的序言写于 1850 年，始印于 1881 年。关于北京图书馆的手稿本的描述见 David Rolston, *How to Read the Chinese Novel* (Princeton: Princeton University Press, 1990), pp. 475–476。张新之的评论和姚燮是同时代的，常常被一起重印。关于张新之，参见 *How to Read the Chinese Novel*, pp. 316–322。张的《读法》由浦安迪译成英文，见 *How to Read the Chinese Novel*, pp. 323–340。

为 20 世纪以作者为中心的诠释法被广泛运用在白话小说中），但张新之的评论仍然常见于各种版本的《红楼梦》中，如 1988 年曹雪芹和高鹗版[14]、2000 年冯其庸版[15]。在这些版本的汇编中，张新之的观点总是和护花主人（王希廉）、大某山民（姚燮）等其他人的观点冲突，带给读者一种双方对垒的阅读质感，现今版本已经很少见了。但这种相互对立不是书评家的初衷，他们的评论最初也不是对话的形式，大概率是出版方为了谋求利益而将各种评论凑在一起，并编辑成这样的小说注解版。

《红楼梦》的早期读者常常好奇故事人物的原型是谁。毕竟，作者开门见山表示自己"将真事隐去"，这句话是双关语，因为故事的开篇人物之一就叫甄士隐。另一位开篇人物叫贾雨村，可以理解为"假语存"。因为人物姓名的一语双关，小说第一回的标题就是"甄士隐梦幻识通灵 贾雨村风尘怀闺秀"[16]。叙事者（或叙事者的某种代理人）告知读者，"假言村语"不过是伪装罢了。背后隐藏的是"当日所有之女子"，叙事者凭借回忆对她们的行为和性格"一一细考较去"[17]。显而易见，这部小说在影射现实，尽管其中关键已无踪影。

张新之阻止了这种看似合理却过于轻描淡写的解释。

"真事隐去"明明说出，则全部无一真事可见。看着正不必指为某氏、某处解。目录上句，只此一行。通灵，明德也，借通灵"明明德"也。说石头，"新民"也。以《大学》评《红楼》，我亦自觉迂阔煞人。[18]

不论可能性多大，这都是张新之将坚守的原则。他早在《读法》或涉及阐释性原则的部分写道："《石头记》乃演性理之书，祖《大学》而宗《中庸》，故借宝玉说……'不过《大学》《中庸》'。是书大意阐发

---

[14] 曹雪芹、高鹗,《红楼梦三家评本》（上海：上海古籍出版社,1988)。

[15] 冯其庸,《重校八家评批红楼梦》（南昌：江西教育出版社,2000）。

[16] 大卫·霍克斯选择省略开头的几句话，这样他可自由翻译对仗的标题，不用突出元指称，他的翻译是："Zhen Shi-yin makes the Stone's acquaintance in a dream / And Jia Yu-cun finds that poverty is not incompatible with romantic feelings."（Cao Xueqin and Gao E, *The Story of the Stone or the Dream of the Red Chamber*, volume 1: The Golden Days, trans. David Hawkes.［Harmondsworth: Penguin, 1973］.)

[17]《红楼梦三家评本》,卷1,页3。

[18]《红楼梦三家评本》,卷1,页3。

《学》《庸》……"[19]浦安迪将"性理"译为"latent patterns of nature and reason",有些冗长。性理其实就是前现代对于现今哲学的称谓（现今指的是借由日本进行西化和学术专业化之后）。

若想了解张新之的方法，下面的这个例证值得一读。小说是否通过宝玉彰显对于《大学》和《中庸》哲学的忠实呢？在小说的第二十三回，黛玉发现宝玉在花园拾捡落花，巧合的是，这正是她出来做的事情。宝玉刚刚在读《西厢记》，这是一部讲述自发恋爱故事的元杂剧，很难想象清朝的贵族家庭准许易受影响的青少年阅览此书。当被问起看的什么书时，宝玉显得十分尴尬。

> 黛玉道："什么书？"宝玉见问，慌的藏之不迭，便说道："不过是《中庸》《大学》。"黛玉道："你又在我跟前弄鬼。"[20]

小说在此强调了《西厢记》和高雅的儒学经典之间的对立：宝玉羞于阅读如此淫秽低俗的文学作品，所以假装自己看的是自己应该看的（其实并不是这样）。因此，小说讽刺的是宝玉的真实身份（他是淫秽小说的读者），和他想让黛玉看到的他的身份（他是阅读志趣高雅的勤奋生）。黛玉并未上当，她知道两种读本有本质差异。然而，张新之对于讽刺的解读却不同，他是这样评论宝玉所遭遇的窘境："此固形容仓猝答语，但何书不可说，而必说宝玉必不说之书？曰《中庸》《大学》，作者之意可知矣。一部《红楼》不过是《中庸》《大学》。"[21]小说对于不诚实的讽刺与淫秽小说和经典教化形成对照；评论在这一层讽刺之上又堆叠了另一层同等的讽刺。就这一点来说，张新之对小说的解读与小说所表达的恰恰相反，但其实说来说去是一回事，因为对张新之来说，小说从前到后就是一个巨大的自我贬低的谎言。张新之评："要看他自相矛盾处，方能揉碎虚空。通部书皆是如此。"[22]

[19] 张新之,《如何阅读〈红楼梦〉》,浦安迪译,见 How to Read the Chinese Novel, p. 323。《太平闲人石头记读法》（以后简称《读法》）,见《红楼梦三家评本》,卷1,页2。（《三家评本》将前言材料与小说分开）有关张新之强调他对易经的系统引用,参见 Lanselle Rainier, " 'La fille est forte. Ne pas l'épouser.', ou les inconforts du désir-Notes de lecture du Rêve du Pavillon rouge," Cahiers du Centre Marcel-Granet (Paris: PUF, 2003), vol. 1, pp. 151–193.
[20] 第二十三回,见《红楼梦三家评本》,卷1,页358。这一相似之处也见 Archetype and Allegory in the Dream of the Red Chamber, 323n6。这里似乎在暗示宝玉有限的学者造诣,因为自从朱熹的教学将"四书"进行神化之后,《大学》和《中庸》被视为学问的入门书籍。
[21]《红楼梦三家评本》,卷1,页3。
[22]《红楼梦三家评本》,卷1,页3。

[23] 张新之,《读法》,见《红楼梦三家评本》,卷1,页2。"夫然后闻之足戒,言者无罪"引自《诗经》中的《诗大序》。"妙"和张新之的称号"妙复轩"对应。
[24] 张新之第一回的行间评论,见《红楼梦三家评本》,卷1,页4。
[25] 张新之第一回的行间评论,见《红楼梦三家评本》,卷1,页28。

作为书评家,张新之想要证明的是这部被一些人归类为情色小说的作品有可取的隐藏深意。他深信这样做的迫切性和重要性,尽管"在道德层面上有些荒谬"。"《石头记》一书,不惟脍炙人口,亦且镌刻人心,移易性情,较《金瓶梅》尤造孽。"造孽是因为读者"但知正面,而不知反面"。张新之主张用纯良健康的道德哲学取代小说表面的荼毒。因为他是天赋异禀的阐释家,他成功做到了这一点,而且并未抹杀小说原有的味道。"得闲人批评,使作者正意,书中反面,一齐涌现,夫然后闻之足戒,言者无罪,岂不大妙?"[23] 将充满道德意味的《序言集》与并不太道德的《国风》相呼应,张新之旨在通过改变本书的阅读体验而改变读者。他将逐字逐句把浪漫小说《红楼梦》阐释为道德文学文本《大学》和《中庸》。

第一步是清空小说所有的象征前提。小说描写的是真实人物和地点吗?还是我们可以视其为真实的人物和地点?"此书凡人名、地名,皆有借音,有寓意,从无信手拈来者。"[24] 对张新之来说,书中的人物和事件并无"源头",作者也一直这样提醒我们。甚至有些看起来像是作者分心而引起的前后文不连贯在张新之看来也是需要批评的。"为诸人年岁小作周旋,及考其事实,则年纪全然不对,故意以矛盾见长也。作者何尝忽略?"[25] 虚构的现实主义是不可信赖的。

接下来,一系列的双关语和典故可以在任何情况下将小说带回前文本的"反面",进而传递道德职责和社会文化信息的更新。此处举第十三回的评论为例:

> 我言此书重"孝"字、"教"字,以《大学》等书为究竟,无有信者,以闲人为怪诞迂腐。看此回,凤姐、秦氏是何等样人,偏要写他两人一梦,而梦中叮咛,乃为祖茔家塾计长久,一若与人家国坐而论道气象。而造衅开端者言之,弄权致祸者听之,是盖演《大学》一"虑"字也。秦为情种,乃即人欲,物极则返,仍归虚灵,故作者言于即死之后,见这情种与那情种相为倚伏,其转机在一"虑"字,"知止""定""静""安"

逐层工夫，一"虑"字周匝之矣。秦氏不能虑，故为情种，为自杀，而定其死于"思虑伤脾"之一言。今言置庄田地亩，无非理脾也，乃"有土"；备钱粮供给，无非理财也，乃"有土此有财"。《大学》固理财之书，视仁与不仁而已……[26]

[26] 张新之第十三回的总结评论，见《红楼梦三家评本》，卷1，页201。
[27] 张新之第十三回的行间评论，见《红楼梦三家评本》，卷1，页195。
[28] 张新之第十三回的行间评论，见《红楼梦三家评本》，卷1，页196—197。

张新之的解读方法与大部分读者的想法背道而驰，一般读者认为小说的精华在于人物，在于他们的对话和命运。但张新之认为一切人物都是架构的、相关的、相对的、可被分解的。书中的每一个主要人物都是某种概念或词语的影射，或是书中其他人物特征的投射。人物不过是人格化的东西。第十三回运用了不少这种解读方法：

贾氏族人于此总提，演其盛也。其名义有事迹者则有评在本传，余不过人文玉草，各从其类数衍而已，不必强为解释。[27]

秦氏死后，她的侍女瑞珠也触柱自杀，贾府将此视作仆人对主人的极度忠诚。贾珍决定以孙女之礼将瑞珠与秦氏一并埋葬。秦氏的另一个侍女宝珠则以义女身份为其摔丧驾灵，因此赢得小姐的名头。张新之认为这是系统性的双关：

瑞珠，犹言人妖当诛也。许多暧昧，惟恐不出，特作此以愿之，而秦氏生前可想见矣……前瑞珠之瑞，即贾瑞，镜中会凤姐而受蓉蔷之毒者，则凤姐也；此宝珠之宝，即宝玉，太虚幻境呼可卿小名者，皆当诛也。[28]

瑞珠和宝珠未被指控为贾珍与秦氏乱伦的帮凶，至少没有被直接指控；但是她们的名字具备足够的谴责意味，作者将她们视作宁国府这一方行为失当的标签。她们是符号性的傀儡。这大概就是故事中小人物存在的意义，但张新之的解释显然走得更远：

> 突出湘云亦在此回。湘云亦梦中人主脑，宝、黛、钗三人共为一影身者，故好作男子装，又有阴阳一理之谈。名义取潇湘云梦，乃"梦"字歇后语，故册中诗有"湘江水逝楚云飞"之词。[29]

以这种方式解读栩栩如生的三维人物，看上去就像字典里的参考一般，足以毁了小说。不然它会激起我们对于张新之技艺和想象的崇拜之情，他竟于寥寥几字之上构筑起全新的解读。张新之并不偏执于把故事压缩为纯概念。他时常为作者展露的天赋拍手叫好，他惊叹道"太精彩了""太奇特了""像画一般美好"。叙事的模仿性质感并不仅仅是用来打断原文的。作者和书评家之间存在一种竞争性的对话。

张新之凭借"作者"一词支撑着自己的判断。"作者"创造了引人入胜的小说世界，并赋予其隐秘的内涵。通过反复指出这些隐藏的信息，张新之为自己的评论打造出著作者般的可信度。当张新之用作者的反讽诋毁小说的某些内容，或者断言小说表达的意思恰恰相反时，"作者"在这里可能只是种投射，和他创作的角色一样。对此，莫林·奎里根对传统寓言理论的修正恰好解释了看似是教条主义或强加的解释性内容。当张新之在案例中谈到"作者的意图是这个或那个"的时候，我们无须将其视为历史事实，这不过是有一个特定的人在写第一版《红楼梦》时借字传达这样和那样的意图……张新之书评中提到的"作者"扮演模特的角色，他的一切行为由张新之定义，以支撑张对小说的解读，即一部通俗小说的写作是在回译儒学经典中关于道德哲学的思想。换句话说，张新之所谓的"作者"是文本重写的代理人，而张新之本人才是作者。他自创了一个自带上下文和故事的寓言，在这个故事里，小说《红楼梦》可以是双关和模棱两可的，并且指向《大学》《中庸》和其他儒家教义经典。张新之将通俗小说改造为与之不同的哲学文本，而张的评论则是一种对应物，是一种（小说+道德哲学的）混合物。《红楼梦》是兼具文和评的寓言性文本的前文本。为了使读者信服，张新之必须声明其实是《红楼梦》的作者在重写另一部前文本。我们必须想象作者的创作始

---

[29] 张新之第十三回的行间评论，见《红楼梦三家评本》，卷1，页198。

于古典儒学的道德哲学这个前文本，并将其改写为通俗的爱情小说，对于一般读者来说，这就是爱情故事，但对于审慎细心的读者来说，这是一部（道德哲学＋爱情故事的）混合小说。总而言之，张新之的评论就是（小说＋评论的）复合体，而第一部分的小说又是（小说＋道德哲学的）复合体。《红楼梦》的作者和书评家彼此呼应：他们一样在诠释文本，但方向相反（道德哲学→爱情故事和爱情故事→道德哲学），就像相背运动，亦像巴洛克音乐中的螃蟹卡农。无论《红楼梦》到底是不是寓言性写作（答案我们也无从知晓），张新之的重写肯定成功地塑造了一个寓言。原初的真相已经不重要了，但寓言的确是透过文学活动所产生的。

[30] 中国通俗小说和文言小说的其他互换模式见 Haun Saussy, "Unspoken Sentences: A Thought-Sequence in Chapter 32 of *Honglou meng*," in Christoph Anderl and Halvor Eifring eds., *Studies in Chinese Language and Culture in Honour of Christoph Harbsmeier*（Oslo: Hermes, 2006）, pp. 427–433.

[31] Jorge Luis Borges, *Labyrinths: Selected Stories and Other Writings*, trans. James E. Irby（New York: New Directions, 1964）, p. 13

　　白话小说源起自文言文小说，对此我们司空见惯。这种模式常见于各种文本的起源：基于史实进行"扩充和阐述"的演义小说；处于正史边缘地位用于展现街谈巷说之言的稗官小说；教育和公共服务文本之外的用于民间娱乐的小说。他们存在于长远广阔的文学史中：几个世纪以来，文言小说逐渐让位给与20世纪白话小说相似的通俗小说。在典型的案例中，由古典到通俗的重写是现代学界所勾勒出的中国文学史的大致发展趋势。但张新之的文评却是非典型的反向操作：将通俗小说的文本翻译或回译为古典文本。[30] 最终的目的文本不仅仅是文言文，更是一种非叙事性文本，它在前现代中国文学的文本类型系统中和小说相距甚远。张新之无疑是反潮流的，他的动机也难以捉摸。博尔赫斯通过一篇充满虚无主义和荒诞主义的故事为我们展现了一个"评论家经常编造作者"的国度：他们将《道德经》和《一千零一夜》这两本大相径庭的书归结为同一个作者所写，并小心审慎地分析了这位有趣的文学家的心理。[31] 张新之的评论足以让他跻身特隆评论家之流。众所周知，与《红楼梦》相关的怪事实在不少。

李雪伊（深圳大学）　译

《红楼梦》内外的女性写作

> 看到作者的作者比看到作者本身更令人欢愉。
>
> ——爱默生《唯名论者与现实主义者》

> ……作者的最微妙之处，只存在于作家身份的可能性之中。
>
> ——爱默生《莎士比亚或诗人》

曹雪芹的《红楼梦》中着重描绘了擅长作诗的闺秀们，以至于令袁枚认为这部小说从自己以及身边女诗人弟子群体中获取了灵感。[1] 然而研究中国女性文学的史学家们不太可能从袁枚自信的现实主义观点切入《红楼梦》。小说中由林黛玉、薛宝钗、李纨和其他女性角色创作的诗歌并非被直接转录到女性写作史中作为原始材料，更确切地说，它们需要根据书中女性的角色、语境、情节、话题、隐喻和主题陈述等进行诠释。在充分考虑到曹雪芹对于文学技巧的调和之后，我认为《红楼梦》是对中国文学史上女性地位和机遇的一次持续性反思——这种反思并不仅仅充当这部复杂之作的次要主题，更是其最主要的修辞之一。

这些诗作本身并不难懂，难的是如何在特定语境之下对它们进行解读，这也正是本文将要呈现的。《红楼梦》的结构为我们提供了一些指引。书中两次写到正月十五日的社交宴会上年轻女性与灯谜主题相关的诗作，在这两次描写中，灯谜预期的诡计背后隐藏着更具深意的讽刺意味。由不同场景、不同人物构成的这类相似事件在小说中层出不穷，成为曹雪芹的一大叙事技巧。读者可以通过这种阐释学代数的形式，根据多变的主题评价恒定的主题，反之亦然。[2] 正如小说之外的生活一样，新年的重复出现为我们提供了一个衡量故事发展与转变的机遇。

---

[1] 显然，袁枚的园子坐落在曹雪芹祖宅的部分原址之上，见袁枚，《随园诗话（节选）》，一粟编，《红楼梦卷》（北京：中华书局，1963），页12—13。

[2] Angelina C. Yee, "Counterpoise in Honglou meng," *Harvard Journal of Asiatic Studies*, 50, 2 (1992): 613–650.

花园，类型与选集

关于女性写作的话题在《红楼梦》第十八回隆重开启。令人惊讶的是，书中首位亲搠湘管的女子竟然是身份最尊贵、令男子可望而不可即的贾元春，她以后妃身份离宫省亲，并希望为这次活动留下诗文记录。[3] 在亲自题写雅正得体的诗句之后，元春命家族中的弟妹辈即席题咏，主题即专门为这次游幸建造的花园（后来被命名为大观园）。元春的命令被作者打趣地呈现为科举考试情境，并由此引出一些与科考相关的民间传统。[4] 这段情节暗示了《红楼梦》许多主题都具有的一个对立性特征：在真实外部世界中，科考对上流社会成年男性来说极为严肃，然而却在一个由少男少女组成的社会中被微缩重塑为一种消遣。当然，大观园也以相同的方式重塑了外部世界（贾宝玉是其中热爱自由的皇帝），而贾惜春的画作重塑了大观园本身：每一次的幻象都是（或仅仅看起来是）真实世界过滤了日常利益与冲突之后完美纯净的版本。[5] 从这个情节来看，女性写作不过是对男性文学生活的仿习，不同之处在于前者是一种非目的性的异想。贾探春和林黛玉在第 48 回教诗的过程中明确表达了这一观点。[6]

事实上，这正是大量作家在几个世纪之前曾表达过的观点，这些作家对文学女性这一相对新颖的现象进行过探讨。1650 年前后，曾做过名妓的著名诗人柳如是为明朝的女诗人们编辑传略，这些女诗人在柳如是之夫钱谦益的明诗选本《列朝诗集》中，与僧道、域外、异人、神鬼、无名氏、石碑和奴仆等一道进入了文学史。这个看似东拼西凑的组合因为他们共同的文化边缘性而成为一体。这个选本的组织架构效仿断代史，始于明朝皇室，逐步向底层和外缘扩散，从贵族、官员，直至普通人。在远离由出身、地位、官职明确界定的磁场"中心"之外，才是僧侣、日本王子、

[3] 曹雪芹、高鹗，《红楼梦》（北京：人民文学出版社，1972），第 18 回，册 1，页 250。本文接下来所引《红楼梦》皆出于此版本，不再另行标示。

[4] 在第 18 回中，元春命宝玉："如今再各赋五言律一首，使我当面试过。"宝玉为独作四律大费神思，黛玉帮他吟成一律，写在纸条上，搓成纸团掷给宝玉。据传温庭筠（812—870）也在科考时为其他考生代笔，然而自己却未中第。

[5] 关于这一主题，见 Andrew Plaks, *Archetype and Allegory in "Dream of the Red Chamber"* (Princeton: Princeton University Press, 1976), pp. 162-166; Susan Stewart, *On Longing: Narratives of the Mininature, the Gigantic, the Souvenir, the Collection* (Baltimore: John Hopkins University Press, 1984), p. 20, 69.

[6]《红楼梦》，册 2，页 667。

[7] 钱谦益的《列朝诗集小传》中写作"闰集",见钱谦益,《列朝诗集小传》(上海:上海古籍出版社,1983年),页665—817;而胡文楷的《历代妇女著作考》中写为"闺集",见胡文楷,《历代妇女著作考》(上海:上海古籍出版社,1985),页433,可能是印刷错误所致。其他关于柳如是文学成就的探讨,见 Kang-I Sun Chang, "Ming and Qing Anthologies of Women's Poetry and Their Selection Strategies," in Ellen Widmer and Kang-I Sun Chang, ed., *Writing Women in Late Imperial China* (California: Stanford University Press, 1997), pp. 147–170.

[8] 王端淑指出:"星野之诗也,不纬则不经。昔人拟经而经亡,则宁退处于纬之足以存经也。"见王端淑辑,《名媛诗纬》(北京大学古籍图书馆影印本,清康熙六年[1667]),页1b。关于王端淑的文学活动,以及女性出版的整体可能性,见 Ellen Widmer, "The Epistolary World of Female Talent in Seventeenth Century China," *Late Imperial China* 10, 2 (1989): 1–43.

[9] 赵世杰,《古今女史》,见《历代妇女著作考》,页889。

[10] 见《历代妇女著作考》,页881。

逝者和女诗人依附的空间。更为重要的是,这些群体中没有任何一个作者能够在正常情况下参加科考,因此柳如是和钱谦益将他们纳入了所谓的"闰集"。[7]

在柳如是与钱谦益的选本中,这些正统以外的人只能附属于经典作品之后;王端淑将自己关于女诗人的选本命名为《名媛诗纬》(1667年),这同样出于一种竞争与让步并存的心态。"经"代表儒家经典,例如《诗经》,意指垂直、永久,以及织物上的纵线;王端淑所用的"纬",不单指的是织物上横向的丝线,更意味着那些经典之外的作品,它们通常用来填补官方记录的空隙,不被认可甚至真伪存疑。[8]

对于这些观察者以及《红楼梦》作者曹雪芹来说,女性写作最显著的特点莫过于其位于严肃的男性追求之外。明末出版家赵世杰在引介一组女性诗歌时将它们纳入了消闲领域:

辟之贾胡巨肆,珠瑶服贽各陈,而展卷一阅,左右逢源,不亦快哉?即不必刻羽雕叶,鞭风驭霆,始备诗文大观。[9]

在这一观点达成共识之前,俞宪在《淑秀总集》的序中传达出了一个少数人的观点:

古人自王宫以及里巷,皆有妇人女子之诗,盖风化政俗之所关也。三代而下,女教浸废,独李唐以辞赋取士,而一时风气渐及闺媛等作,传于简策者颇多。[10]

如果说贾府小姐们组成微型诗会的想法强调了《红楼梦》艺术化秩序世

界的主旨，那么人们关于女性文学才能的总体观念（尤其是清初的表现形式），更有助于对这一主旨加以明确。

[11]《红楼梦》第1回中石头谴责那些"千部共出一套"的"佳人才子"小说，认为"不过作者要写出自己的那两首情诗艳赋来，故假拟出男女二人名姓"，见《红楼梦》，册1，页5。
[12]《红楼梦》，册1，页313—314。

无意的咏物

小说中的诗歌总是根据人物和事件而设计，将它们从原文中抽离出来进行解读则最多只能一知半解。X所作的诗歌被理解为X这个人通常作的某一类诗歌而引起我们的注意，从而暗示我们X属于哪一类人。[11] 然而《红楼梦》中却经常出现这样的情况：X说的话并非出自其本人之口，它在即时语境中显得怪异而空洞，它指向了作者更深层的目的，这个作者既是X的作者，也是小说情节的作者。在这两个参照系之间——即作品人物已知和表达出来的东西，以及叙述者和细心读者在人物表达中发现的东西——存在着一种可能性，即充分阐明作者身份（包括女性作者身份）在《红楼梦》中的含义。

元春省亲之后，宫中差人送来一封信，命元春的弟兄姊妹制灯谜诗。由"女皇"作为考官，这道命令再次戏仿了科考，并将其置入闺门之内的"男女同校"语境。如果说对于科举制度的模仿——这是整部小说以科举考试作结的先兆——体现了150多年前曹雪芹对女性著述相关讨论的体认，那么，为回应元春第二次命令而创作的诗谜可以被解读为对中国文学女性（女性在其中既可以作为作者，也可以作为主题）历史的一种批判性回溯。第22回的经典宴饮场合透露了诗谜的内容。作为开场，元妃写道：

能使妖魔胆尽摧，身如束帛气如雷。
一声震得人方恐，回首相看已化灰。

元春尚未出嫁的诸位妹妹之一探春写道：

阶下儿童仰面时，清明妆点最堪宜。
游丝一断浑无力，莫向东风怨别离。[12]

这两个诗谜的谜底分别是"炮竹"和"风筝",这是两个与春节和清明节相关的节日用品,非常适合作为节庆社交诗的主题。然而两位女孩的父亲、节庆仪式的主人贾政则难以忽视隐藏在诗歌背后的早亡与远适之寓意,在听完几首同样不祥的诗谜之后,贾政退回房中,独自感慨悲伤。

读者们长期以来都将这段情节视为反语:筵席变丧礼,乐极而悲生,"灯谜巧引谶言"[13]。反语作为一种目的与手段机制,稳定地服务于小说情节,而这之中的小说人物反而显得无关紧要("巧"这个词具有一种"元戏剧性力量",既违背了所有期待,又像是有意为之)。这种类型的反语手法确实比较简单,因为我们读者和小说人物一样对未来所知甚少。然而此处不仅仅只是这一类反语在发生作用。正如一位19世纪的小说读者所说,"Each riddle is nothing but its author's self-portrait"。如果作者们能够在不经意间创作出自我的图式,这就形成了另一种更有力的反语——因为我们倾向于认为,无法预知未来比无法认出某人的画像更为普遍,尤其是这样一幅自画像。

中国文学女性史有助于从各个层面解释这种反语,既可以解释为何诗人能够在无意间创作自画像,又能够说明为何这种诗歌创作会将一个喜庆的节日转化为凶兆。为了更好地理解贾府女孩子们诗谜的语言风格,我们必须追溯描述性的宫体诗传统,这种文类的特点与描绘女性的主题紧密交织。在早期的宫体诗集《玉台新咏》中,一个"女性的"声音(传统来讲被认为是"女性",也有可能有时作者真的是女性)常常在讽喻模式中表达出典范得体的话语。这种诗歌的亚类被称为咏物诗。虽然灯谜在某种琐细层面上是关于物品的,但是咏物诗的一般属性要更为严格。下面的例子可以说明一个被编码了的女性诗作如何与描述性讽喻手法共同创作出咏物模式,而这些咏物诗几乎包含了"物"以外的一切:

秋兰荫玉池,池水清且芳。

芙蓉随风发,中有双鸳鸯。

双鱼自踊跃,两鸟时回翔。

君期历九秋,与妾同衣裳。(傅玄《秋兰篇》)[14]

[13]《红楼梦》第22回回前总评,俞平伯,《脂砚斋红楼梦辑评》(香港:太平书局,1979),页306,320—321。

[14] 徐陵编,吴兆宜注,穆克宏点校,《玉台新咏笺注》(北京:中华书局,1985),卷2,页77。

严格意义上讲这并非咏物诗，不过诗歌描写的寓言性目的已经足够清晰。在诗歌描述的场景中，每一个元素都可以被转化为情色欲望的象征：为了正确理解这首诗，我们需要摒弃每个字原本的文学含义，这样才可以获得联想的寓意。下面是一些更加明确的例子：

[15]《玉台新咏笺注》，卷5，页205。
[16]《玉台新咏笺注》，卷4，页165。
[17]《玉台新咏笺注》，卷10，页517。

> 初上凤皇墀，此镜照蛾眉。
> 言照长相守，不照长相思。
> 虚心会不采，贞明空自欺。
> 无言故此物，更复对新期。（高爽《咏镜》）[15]

> 玲珑类丹槛，苕亭似玄阙。
> 对凤悬清冰，垂龙挂明月。
> 照粉拂红妆，插花埋云发。
> 玉颜徒自见，常畏君情歇。（谢朓《杂咏五首之四》）[16]

> 莲名堪百万，石姓重千金。
> 不解无情物，那得似人心。（刘孝仪《咏石莲》）[17]

以上例子（还有数百首与之类似的诗歌）与《红楼梦》第22回的诗歌一样，都是对一个物品以解谜的形式进行召唤，以及通过这个物品对另一物品的二次召唤。所有这些诗歌都是双重寓言，意即，当你穿越了第一层寓言，你仍需要处理第二层。在咏物诗中，被吟咏的对象也往往具有双重意涵：在关于镜子、蜡烛、锦褥、画扇、毛笔、玉笛或是一支舞的诗歌中，这些客体同时充当了另一些客体的谜面。这一类诗歌的最佳吟咏对象，就是女性。如果一首咏物诗中被吟咏对象的性质不能以某种方式参与到情欲话语中，人们也就不愿费心去一一描述这些性质。（至于情欲本身，许多"女性"诗歌是由男性所作，这是有案可稽的。）

宫体诗与南朝梁简文帝萧纲的品位息息相关，这位皇帝是一位著名的唯美主义者和女性美的拥趸。自梁朝至唐朝,宫体诗大部分局限于刻画柔靡而相思的美人。这类诗歌既有固定的主题,又以精巧手法婉转唤起绮丽的观感,与宫廷环境相得益彰。之所以这样说,是因为诗歌中几乎没有令人反感或带有党派色彩的内容。而相思的主题,在最大限度地阐释中,可以被解读为臣子们忠君爱国的心意。古往今来,宫体诗被多次贬斥为淫靡颓废,人们认为这是一种次要的诗体:它与文人的价值观背道而驰,后者重视道德的严肃性,认为诗人应该为统治者谏言献策,而非制造消闲玩物。现代诗人、散文家闻一多对宫体诗的谴责尤其发人深省,因为他触及了咏物体的修辞学基础:

> 变态的又一类型是以物代人为求满足的对象。于是绣领、袙腹、履、枕、席、卧具……全有了生命,而成为被玷污者。推而广之,以至灯烛、玉阶、梁尘,也莫不踊跃地助他们集中意念到那个荒唐的焦点。……看看以上的情形,我们真要疑心,那是作诗,还是在一种伪装下的无耻中求满足。在那种情形之下,你怎能希望有好诗!所以常常是那套褪色的陈词滥调,诗的本身并不能比题目给人以更深的印象。实在有时他们真不像是在作诗,而只是制题。……赞叹事实的"诗"变成了标明事类的"题"之附庸。[18]

诗歌艺术退化为制作题目的附庸,"人"转而成为无知无觉的"物"之奴隶——闻一多以讽刺性惯用语"上下颠倒"的变体来判定宫体诗。然而一位合格的宫体诗读者能够自动将这首诗翻转至正确的位置。对于咏物诗的一般性期待在于,通过描绘一件物品,诗人实际上描绘的是自己——当然,借此人们可以把自己描绘为一件物品。[19] 这正是《红楼梦》第 22 回中那些业余诗人们所为:在无意间,她们创作出了合乎规范的典型咏物诗。只有贾政这个大家认为会严厉批判宫体诗风的人,发现了贾府姐妹们在诗歌创作上这一普遍的转化,并采取了正确方式解读这些诗歌。

作为对女性诗歌的反思,这并非是完全纯粹的赞美。女性可以写任何主题,或者更确切地说,

---

[18] 闻一多,《宫体诗的自赎》,见《闻一多全集》(上海:开明书店,1948),册3,页12—13。
[19] 关于语义两极"人"-"物"作为《红楼梦》的主要结构原则,见 Haun Saussy, "Reading and Folly in *Dream of the Red Chamber*," *CLEAR*, 9 (1987): 38-39.

她们能够说服自己写任何主题。然而心照不宣的读者会将她们的作品读作咏物诗———一种关于物品的诗歌，一种将自我转化为物品的诗歌。对女性诗人这种方式的赞美反而不免引起人们的轻视，读者能够体会到电影学者口中的"男性凝视"，为了契合当前的情形，也可以说是一种"皇帝审查后宫的凝视"(an emperor's harem-surveying gaze)[20]。创作咏物诗的变体于不觉，这是对于"女性文学"历史与结构上的再现——即使那些据说是由妇女创作的文学作品，也不可避免地回到它的源头，转向"女性"这个传统的主题。关于女性的文学围绕并限制着女性创作的文学，前者是后者决定性的背景。女性的创作只不过例证了那些已经说过的关于女性的东西。若果真如此，那么曹雪芹对于女性咏物诗体的泛论表明，对于女性文学的男性化解读与女性文学本身所具有的可能性无甚分别——这是一个令人生疑的结论，尤其当这个结论来自一位"伪造"女性作品的男性。

[20] Laura Mulvey, "Visual Pleasure and Narrative Cinema," *Screen*, 16, 3 (1975): 6-18.

关于扇子，阅读作者

这段情节似乎暗示我们，目前为止还没有出现过真正的女性文学。也许当女性作者开始理解她们（一直以来）写作的文体时，女性文学才会真正出现。或许，女性文学可以从那些记忆犹新的文学废墟中失而复得，但这仍然是属于未来的事。毕竟，贾政对于灯谜诗的阅读将我们的关注点从诗歌主题引向了诗歌作者，这是我们消除宫体诗人格物化这一普遍宿疾的第一步。然而这种阅读本身就需要咏物亚类的情色情节。"尽管有所不同，我仍然可以成为一支蜡烛，一柄扇子，或是一株石莲"，咏物诗传统的讲者说道。然而，宫体诗描述性语言的表层下面隐藏着一个女性，正确的阅读方式会将她释放出来——也许像童话故事那样用一个吻。这种以"女性"声音创作的诗歌往往需要一个男性读者。正如闻一多指陈，如果咏物诗是一种将人错置或异化的诗歌，那么现在我们看来，咏物诗更是一种性别化的诗歌，由于复杂的文体和历史等诸多原因，这些诗歌只有通过虚构的女性进行表达，才能给男性作家和读者带来"满足"。

撕开一件物品的表层，你会发现隐藏于其中的女性；而继续撕开这个女性，你将会发现其中的男性。这样说来，"女性文学"在曹雪芹的努力之下似乎也并没有真正出现。不过我认为，当我们继续撕开这个男性，我们将会发现其中隐藏的另一位女性，这位女性是咏物诗中情色间接情节的真正作者。班婕妤（生于公元前48年）的《怨歌行》为这种诗歌类型提供了基本依据。每一部宫体诗选集都选了这首短诗，在诗歌中，一位望眼欲穿的女子讲述了丝绢团扇的制作，并以四句诗歌作结：

常恐秋节至，凉风夺炎热。
弃捐箧笥中，恩情中道绝。[21]

我认为，班婕妤的诗歌并非咏物诗，但它却是咏物诗必不可少的基础：这之后咏物诗的普遍性质正是对这首诗的倒置与翻转。班婕妤诗歌与其后世诗歌的主要区别在于，以物品的语言进行表达究竟出于何种目的。《怨歌行》抒发了备受冷落的境遇，人们已经知道，这位女诗人是帝王后妃，在孩子夭折之后隐居深宫。她选择让秋扇代为表达，是一种道德的选择，体现出堪称典范的（无论对于男女性来说）隐忍与克制。[22]（在她的赋体创作中，同样可以发现类似的叙述策略，不过比起诗歌，这些作品很少被编入选集或在后世受到追摹。[23]）形成对比的是，被闻一多等人贬斥的语言风格呈现出羞赧意味，而《怨歌行》将秋扇的处境等同于人生境遇，形成一种强烈的道德谴责，同样写物的宫体诗却完全回避了这种道德性的语言风格。从《怨歌行》到后世的咏物诗，经历了从"怨"到"咏"，从讽喻到恋物的转变。咏物诗将班婕妤诗歌中的幽怨解/误读为重燃的情色引诱，并将诗中特定的个人怨情转变为普适而模糊的诗歌角色立场。

如果这一假设成立，咏物诗在某种程度上来说是晦涩难明的，除非我们将其解读为对于《怨歌行》这类诗歌的有意转化。我们发现，咏物诗是女性文学意义的倒置与重构，因而我们把班婕妤的诗歌看作是开创先河的"女性诗歌"。贾政对

[21]《玉台新咏笺注》，卷1，页26。
[22] 关于中国诗学的"止乎礼义"和"谲谏"，见《毛诗》中的《诗大序》。另见《荀子·正名》，王先谦，《荀子集注》（台北：世界书局，1978），页283。
[23] 关于班婕妤的传记，参考班固撰，颜师古注，《汉书》（北京：中华书局，1962），卷97下；班婕妤的这首赋见页3987。

于女儿辈诗歌的阅读也展现了这样一种"回归仪式",他读出了潜藏在那些欢乐语言之下的幽约怨悱之情。贾政将她们的诗当作咏物诗的变体,当作一个秋扇般弃妇的哀歌。通过一个讽喻,"文学中的女性"联结了双重意涵——不仅仅是对未来的无知而产生的戏剧性讽喻,还有一种对某类题材误解而造成的风格性讽刺。贾府的姑娘们以为她们在模仿宫体诗——女性原诗中男性比喻——的写作,然而敏锐的读者则不免悲伤地发现,她们不过是班婕妤无奈的同行者。

[24]《红楼梦》,册2,页706—710。关于怀古诗的发展历程,见Stephen Owen。
[25]《红楼梦》,第50回,册2,页693。
[26]《红楼梦》,第50回,册2,页697、700。
[27]《红楼梦》,册2,页701。

一位女性历史学家

第二个例子——通过作者的提醒,它与第22回的相似之处引起了我们的注意——是薛宝琴在又一次新年庆祝前夕创作的十首怀古诗。[24] 不过,让我们先来看看薛宝琴在小说中充当的角色。小说行文至此,大观园中年轻姑娘们最主要的娱乐方式就是她们的诗社。作为一个初来乍到者,宝琴不失时机地宣称自己要参与园子里无休止的作诗比赛——正如史湘云所说:"我也不是作诗,竟是抢命呢!"[25](言过其实正是湘云的特点,不过玩笑与虚构在这部小说中都有其转向严肃的方式。)显而易见,女孩子们如此在意诗魁的争夺,正是吸引宝玉——这位寻欢作乐的贾府继承人——注意的比拼。宝琴正如一颗冉冉上升的新星。在第50回中,尽管宝琴年纪最小,她的红梅诗却备受赞赏。(我之后会回到这首诗上。)忽见宝琴与宝玉雪下折梅的情景,贾母感叹她比自己珍视的仇英《双艳图》中的女子还要美好。[26] 尽管是来自第三者的话,这样的对照确乎引起了宝玉对宝琴的情欲关注。果然,在这一章结束之前,贾母就开始试探她是否有可能与自己的孙儿婚配。[27]

宝琴的家族史与她的主要竞争者林黛玉如出一辙:她们同样自幼失怙,见闻广博,受益于男子才能接受教育。因此,薛宝琴短暂的亮相产生了一些信息,这些信息可以令细心的读者联想到更为重要的林黛玉,更具体地说是黛玉与宝玉结合的机会。我们从小说中偶然提及的超自然领域了解到,黛玉的俗世人生接续她早期作为绛珠仙草的存在:为了报答在仙界时神瑛侍者对自己的灌溉之恩，她如今要对神瑛侍者的转世——宝玉——偿还泪债。宝琴的咏红梅花诗唤起了仙界的记忆，暗示了这两位才女之间的相似关系：

前身定是瑶台种，无复相疑色相差。[28]

两者之间最大的区别——宝琴已经被许配给梅翰林之子，而黛玉的婚事仍悬而未决——重新指向了宝琴的红梅花诗，并赋予整段情节以新的意涵：梅氏之"梅"与梅花之"梅"同字，承载了传统中与性有关的意涵。《诗经》的《摽有梅》将晚婚女子描写为结满熟透果实的梅树。[29]梅树最先开花，却又最迟结果。[30]宝琴的早熟特质令其比肩梅花，然而她的未来却恰似晚实的梅树。因此，她的诗是双重的梅花诗，并且完美地复现了咏物诗的规则：一株拟人化的梅树创作的有关梅枝的诗。正如第22回中被灯谜诗编码了的物品，关于梅树的联想在诗歌与散文之间，在人物表达出的有限知识与叙述者无限的学问之间，架起了一座桥梁。这个古老的象征让曹雪芹在塑造宝琴这一角色时留下了看似无可回避的悲悯：正是由于她的过早绽放，宝琴注定要走向一个晚婚甚至无婚的结局，这些主题的交汇似乎表明了这一点，而且大量关于薄命才女的文学作品不免使当代读者得出这样的结论。[31]

第22回和第50回之间的相似性说明，咏物诗是曹雪芹确立女性诗人地位的决定性范式。或许这表明小说的读者已经采用了这种模式，并坚持按照女性诗歌的规则进行阅读。事实上，我们无法通过宝琴未知的结局来说明她是否真的宛如一株晚实的梅树，并由此宣称她的咏物诗是一个隐晦的自传。由于曹雪芹80回之后的稿子已经散佚，宝琴与梅翰林之子的婚姻始终悬而未决。在高鹗续书的110回中，它再次作为未来事件被提起。根据高鹗的叙述，在118回王夫人与宝玉的对话中，我们可知宝琴最终嫁入了梅家。然而一

[28]《红楼梦》，册2，页697。
[29] 郑玄笺，孔颖达疏，《毛诗注疏》，阮元，《十三经注疏》（台北：大化书局，1987），册1，页5.2a—b。
[30] 这是一个常识，另可见于阮元，《皇清经解》（广州：学海堂，1860），页191.2a—b。
[31] 一个经常被提及的例子是冯小青，她被冯通纳为妾室，为大妇所妒，年十八而卒。根据烟水散人《女才子书》的记载，小青"当十岁时，遇一老尼，授以《心经》一卷。小青才读数遍，即能了了，复之不失一字。老尼曰：'此儿虽然敏慧，但惜福薄。'"（马蓉校点，《女才子书》[沈阳：春风文艺出版社，1983]，卷1，页2。）关于小说、戏剧与诗歌中冯小青故事的探讨，见 Ellen Widmer, "Xiaoqing's Literary Legacy and the Place of the Woman Writer in Late Imperial China," *Late Imperial China*, 13, 1(1992): 111–155.

些晚清读者似乎觉得这种平凡的大团圆结局并不能与宝琴相匹配，他们宁愿更严谨地将宝琴的梅花诗作为她未来的谶语。"薛宝琴为色相之花，……而卒不可得而种，以人间无此种也。何物小子梅，得而享诸！"[32] 其他读者同样由于咏物诗的模式和情色情节，发现婚配主题是将这首诗（也许还包括它的女作者）纳入文本的唯一也是最根本原因。"出色写宝琴者，全为与宝玉提亲作引也。金针暗渡，不可不知。"[33] 宝琴是一名作者，但却被另一名作者的意图限制住，叙述者和读者对她诗歌语言的权威性实践直接来源于咏物诗的话题设置。

[32] 涂瀛，《红楼梦论赞》，见《红楼梦卷》，页128。
[33]《脂砚斋红楼梦辑评》，页457。

无视这些评论，在梅花诗上受到鼓舞的宝琴以十首怀古诗拉开了第51回的序幕。每一首诗都描述了一个因古人而闻名的地点，而这些地点正是宝琴在其广阔足迹中所亲历的。（这十首怀古诗中的"历史"在观光客和学者眼中富于浪漫情怀：那些过往的重大事件早已被著名文人写成动人篇章收进选集——苏轼的《赤壁赋》，白居易《长恨歌》中的马嵬等等。）更重要的是，每一首诗都是一个谜语，读者们需要猜想隐藏在诗歌背后的一样物品。其中的三首诗已经足够说明问题：

衰草闲花映浅池，桃枝桃叶总分离。
六朝梁栋多如许，小照空悬壁上题。（《桃叶渡怀古》其六）

黑水茫茫咽不流，冰弦拨尽曲中愁。
汉家制度诚堪叹，樗栎应惭万古羞。（《青冢怀古》其七）

寂寞脂痕渍汗光，温柔一旦付东洋。
只因遗得风流迹，此日衣衾尚有香。（《马嵬怀古》其八）

与小说中其他诗歌形成鲜明对比，宝琴的十首怀古诗并未引起多少批判性的评论。曹雪芹密友圈子里所谓脂批读者（们）对此也是只字未提，令人遗憾的不仅仅是评论缺失这本身，更因为脂砚斋的观察经常激发后来的读者去研究和探讨一段文字。在19世纪佚名的《读红楼梦随笔》中，作者跳过了这些诗歌而直接处理接下来的对话；与之相似，《红楼梦》标准现代版的编辑只是草草补充道："小说作者抑或另有寓意。"[34] 在古代评者中，只有王梦阮给出每首诗的谜底。对于王梦阮来说，这十首怀古诗共同讲述了（有时以最为隐晦的话语）清朝对中国的侵占——正如王氏指陈曹雪芹创作此书的本意，在于"隐寓清开国初一朝史事"，"假设家庭，托言儿女，借言情以书其事"[35]。

近来，这些诗谜的新解读对王梦阮的关注点作出了回应。第一首诗关于赤壁古战场的沉思，"从这首诗渲染的悲凉气氛看，很可能是隐示贾家这个不可一世的封建世家，由于'自杀自灭'导致大厦倾颓，家散人亡"；《桃叶渡怀古》表达出了惆怅而哀怨的情绪，"同荣府后来败落时种种生离死别的情景有共同之处"；《青冢怀古》敢于谴责汉元帝的严酷政策，"与之相对应，大观园群芳的悲剧命运，是由贾府的男人们的腐败导致的"；《马嵬怀古》中关于杨贵妃的描写"似乎是影射了宁荣二府中种种淫滥的生活"。[36] 这里再一次说明，虽然这些隐喻可能有些牵强附会，但是它们解读的重点相同。和王梦阮一样，刘耕路的阐释略过了这些诗歌原本的作者宝琴，而将注意力集中在作者的作者曹雪芹身上，而后者的写作目的将前者的目的从读者视野中淡化出去。

围绕第22回灯谜诗、50回梅花诗和51回怀古诗形成的阅读模式暗示了《红楼梦》中一种隐形诗学虚构的"女性声音"。女诗人们创作咏物诗，这类诗歌通过对自我的指涉而被赋予意义（"自我"主要由婚姻定义）。如果一首女性所作的诗歌无法通过咏物诗传统进行解读，那么这些诗歌不会根据女诗人及其创作动机被解读，而是根据叙述者的意图。宝琴的诗歌就是第二种可能性的绝佳例子：正因为她在小说情节中只占据轻微分量，她的诗歌必须独立于其人而存在，林黛玉则不然。因此，宝琴这一角色几乎完全由她的女性气质和文学才华决定，她的诗歌则恐怕没有人真正读过。

在我看来，现代批评家蔡义江是这种范式的一个例外，他帮助我们定义了咏物诗的局限性，

[34]《红楼梦》，第51回，册2，页706。
[35] 王梦阮，《红楼梦索隐》（天津：天津古籍书店，1989），"例言"页1，"提要"页1。
[36] 刘耕路，《红楼梦诗词解析》（吉林：文史出版社，1986），页273、275、278—280。

并为曹雪芹提供了一个更为广阔的视野。蔡义江认为，宝琴诗歌中的沉郁情绪"曲折地反映出她原先的家庭已经每况愈下了"。同时，蔡氏指出了这些怀古诗与第 22 回灯谜诗之间的一个重要区别，宝琴的十首怀古诗都隐藏着一件常见的物品，然而"大家猜了一回，皆不是"[37]。评点家周春、徐凤仪和王希廉猜测可能的谜底包含肉、喇叭、兔、箫、纨扇、马桶、柳木牙签、柳絮、墨斗等。然而，正如蔡义江的质疑，在前几章中类似主题的谜语对于贾府诸人来说都不在话下，而此时大家猜不到的谜底怎么会是如此简单的日常事物呢？书中那些诗谜的直接读者们表现出了难得一见的费解，这说明无论是小说人物本身还是评论家，都可能找错了方向。这些诗谜绝不可能是第 22 回中用咏物体书写的那样易于破译，而是第 5 回中太虚幻境的隐晦画谜和双关话语。第 5 回的谜语在宝玉的理解能力之外是正常的：辨认这些诗歌，也就意味着揭示大观园群芳的命运。蔡义江总结道，宝琴的怀古诗是对现在与未来的最佳挽歌：《桃叶渡怀古》的送别主题预示了迎春在第 99 回的离去，《青冢怀古》暗含香菱被发卖的命运，[38] 如此种种。蔡义江的一些解读或许存在争议，但这种诠释框架宣告了新意：宝琴的诗歌不再展示具体化的自我，而是讲述他者的命运；不同于表露小说人物与叙述者认知之间的裂隙，这些诗歌将人物与作者之间的认知等同起来。[39] 这样的诗歌将创作咏物诗所依凭的性别、文类等级进行了转化。如果蔡义江所言不虚，我认为宝琴的作者身份——她的文学独创性，以及她在小说发展中创作者般的洞察力——是《红楼梦》中任何人物都无法比拟的。这对于一个虚构的女性角色来说已经很完善了。然而她语言的修正诗学还有一个更深层次的维度，这次是一个通用的维度。

[37]《红楼梦》，第 51 回，册 2，页 710。
[38] 蔡义江，《红楼梦诗词曲赋评注》（北京：北京出版社，1984），页 259—265。
[39] 一个角色怎么可能在知识上与作者平起平坐呢？对于许多读者来说，宝琴和书中其他人物生活在不同的平面上。参考解盦居士，《石头臆说》，见《红楼梦卷》，页 196；青山山农，《红楼梦广义》，见《红楼梦卷》，页 212；洪秋蕃，《红楼梦抉隐》，见《红楼梦卷》，页 240。

女性的历史

或许《红楼梦》让读者看到了太多奇观。在石化为人、宝鉴幻境、鬼神降世和因果业力的繁复书写之外，一位年轻女性选择书写一种传统男性主义风格的文类,来作为对过往英雄式的沉思,这一小说中的事实却并不为读者轻易接受。然而,对于"怀古诗"体裁的关注,却重复并颠覆了性别化的咏物诗中某些显著特征。17、18世纪的读者们通常将"女性书写的文学"建构为"关于女性的文学"之附属品,创作怀古诗恐怕是女诗人们跨越这个阐释学怪圈最直接的方式。

咏物诗大多被视为一种宫廷消闲娱乐,而怀古诗则是中国诗学中的严肃诗体。如果说咏物诗是对于(诗中隐秘的女性)讲述者谜语般的描绘,怀古诗从定义上来看就是对于他者的书写。有谁会比逝者更能被赋予"他者"的称号呢?更重要的是,这些"他者"是人,而非那些可以被替代的、作为自我隐喻的物:想要在怀古诗中寻觅书写自我(对于"怀古伤今"的期待)的痕迹,那么只能在讲述者语言社交(包含颂扬、悲悯和谴责等等)的表达中找到。讲述者在读者面前形成了一个道德中心,与历史人物的联系也从中显现。通常来讲,这个道德中心是男性化的,是一个不需要明清诗人戴上面具来书写的严肃文体,毕竟大多数诗人也是男性。并不鲜见的是,诗人会选择历史中的女性角色作为抒怀的对象,这或许因为那些柔弱无助的女性——西施、王昭君、虞姬——容易引发人们的悲悯和同情,也或许由于红颜易逝往往象征着命途多舛,还有其他原因,诸如中国传统文化中作者身份、仕途失意和女性特质的复杂关系。

当然,由于怀古诗并非一个容易界定的范畴,所以相关数据难以获得,不过对几位主要诗人的一瞥可以证实,在介于叙述历史时刻和不幸宫廷美人之间的诗歌中,存在着一种无论主题还是情感都十分恒久的彼此隐喻。王维书写沉默反抗的《息夫人》之后,紧接着是抒发主人公孤寂寥落之情的《班婕妤三首》[40]。虽然李白对诗歌的兴趣远远超出了这个文类通常表达出来的东西,但当他真的要写一首罕觏的怀古诗时,班婕妤或王昭君的故事最有可能吸引他的注意[41]。杜甫的五首《咏怀古迹》中就包含了一首以王昭君为书写对象的诗。这三位诗人绝非怀古诗大家,但也恰恰如此,他们可以为怀古诗所需何物提供格外清晰的例证。

因此,怀古诗为雄心勃勃想要尝试的女诗人

[40] 王维著,赵殿成笺注,《王右丞集笺注》(上海:上海古籍出版社,1961),页252—253。
[41] 李白,《棋谣》《长信宫》,见曹寅编,《全唐诗》(北京:中华书局,1960),册3,页1876,1880。

提供了一个语境丰富的先例与隐喻。(有人或许会想,这样一个常常描写女性的诗体应该自动吸引女诗人,然而每个女诗人对主题的选择都会带来不同的性别竞争和礼仪问题。)诗歌选集揭示了女性在这类诗体上令人惊异的长期写作传统。一些例子可以帮助我们将宝琴定位在这些进行历史想象的女性中。

[42] 辽懿德皇后,《怀古》,见苏者聪,《中国历代妇女作品选》(上海:上海古籍出版社,1987),页243。关于懿德皇后被诬私通以致自尽的悲惨命运,见陈衍,《辽诗记事》,杨家骆编,《历代诗史长编》(台北:鼎文书局,1979),册11,页2.4a—6b。
[43]《中国历代妇女作品选》,页289。
[44] 郑光仪:《中国历代才女诗歌鉴赏词典》(北京:中国工人出版社,1991),页1310。
[45] 徐灿,《拙政园诗集》(清嘉庆八年[1803]拜经楼丛书本),页1.2a—b。

宫中只数赵家妆,败雨残云误汉王。
惟有知情一片月,曾窥飞燕入昭阳。[42](辽懿德皇后[1040—1076]《怀古》)

力尽重瞳霸气消,楚歌声里恨迢迢。
贞魂化作原头草,不逐东风入汉郊。[43](朱静庵[活跃于1450年]《虞姬》)

杜宇啼声断客肠,永安回首路茫茫。
锦城丝管浑如梦,惟见春风扫绿杨。[44](徐媛《重吊孙夫人》)

士有不得志,立功赴殊域。
班生走西戎,昭君适北国。
喟然越席起,百端集芳臆。
入宫几何年,尤艳今始识。
遂令人主叹,立见画工殛。
玉佩被雕鞍,珠珰照金勒。
黄沙千万里,穹庐忽焉即。
四弦奋哀响,千载为心恻。
汉宫烂如云,徒与腐草熄。[45](徐灿《咏史六首》其四)

将昭君出塞看作与班超从戎相似的生涯转换，这在王昭君题材的传统中显得非同寻常。宝琴的诗歌与大多咏昭君的诗歌相似，延续了这个故事的悲剧视角，将昭君出塞视为她情非得已的背井离乡——实在是太过不情愿，以至于在一首相同题材的早期著名乐府诗歌中，[46]昭君的辕马都为她悲鸣。在上述这个小小的传统女性诗歌选集中，最后一首诗显示了一个重要事实，即她们的作者已经渗透到对于主题的描写中。如果说咏物诗令人想到闺阁、青楼女子或（最多）宫妇的世界，那些选择书写历史的女性呢？以上给出的例子（摘自现代选集，未经任何代表性的数据要求修饰）表明，这些女诗人很快就占据了男性的想象权威，这也许得益于她们独立的社会地位。[47]徐灿作为高官的女儿和妻子，曾经历过前往至北之地的随宦游，因此她诗歌中的冒险元素和自我的戏剧化书写变得有迹可循，她笔下的王昭君不再是严酷政策的可悲受害者，而是一个对自我价值有着丰富感受的自愿放逐者。同样如此，当辽国的懿德皇后写下年代久远的帝王宫妃时，她的显赫地位或许为这一有些琐碎的主题添上浓墨重彩的一笔。

如前所述，《红楼梦》的读者通常忽略薛宝琴有些男性化的诗歌，或者将它们视为宝琴（男性）创造者的言说。宝琴的诗的确在小说其他诗歌中特立独行。通过重构宝琴诗歌最为自然契合的女性写作语境，我们不仅可以赋予她们逼真的一面，而且可以揭示她们的反常之处。正如她的历史前辈一样，宝琴以咏史模式作为咏物模式的反衬。如果说咏物诗以自我描写为中心，使其女性作者的人格特征成为最真实可读的元素，那么怀古诗就赋予了宝琴以史家的姿态，即观察、记录和评判他人行为。所有创作咏史诗的女诗人都确立了女性主体性，而咏物诗的女诗人则系统性地否定了这一点——虽然这种说法有些夸张，但咏史诗中寻常故事引发的历史伤感和重写的广泛机遇，与宝琴之诗区别于其他姐妹诗作的雄心壮志是一致的。或许她的诗可作为正统诗风的一例，区别于咏物模式中占主导位置的女性诗歌，那些诗歌具有隐微、魅惑而凶险的伪装。也许宝琴与梅翰林之子的婚姻是幸福的，甚至可能作为"伴侣式婚姻"的典范，而高鹗仅仅填补了他所看到的曹雪芹模

---

[46] 石崇，《王昭君辞》，见郭茂倩，《乐府诗集》（北京：中华书局，1979），册2，页426。

[47] 关于一位青楼女子创作怀古诗的例子，见 Maureen Robertson, "Changing the Subject: Gender and Self-inscription in Author's Prefaces and Shi Poetry," in *Writing Women in Late Imperial China*, pp. 171–217.

式,对于这样的结合毫无微词。不过,正如支如增指陈,这样的结局对于一名"福德而才"的女子是极有可能实现的。[48] 毫无疑问,18世纪的中国存在一些幸福的女性,如果曹雪芹的确如不负众望,是莎士比亚式的全才作家,那么他没有理由不去描绘这样一个女性。然而,对这一观点的充分表述需要考虑到小说中所有女性的写作——以及她们的命运。

刘洋河(香港科技大学) 译

[48] 支如增,《〈女中七才子兰咳二集〉序》,见《历代妇女著作考》,页845—846。

不言而喻的句子：
《红楼梦》第三十二回中的
一个思考序列

何莫邪（Christoph Harbsmeier）的诸多研究使我们认识到间接引语的潜在启发：它是一项能够引发心理和文化共鸣的叙事技巧，以某些语言的语法特性为根基，无论尝试将其引入还是引出汉语，都很难处理。诚然，有观点认为中国古典小说中从未有过间接引语，这种在叙述中将第三人称叙述者所言与故事角色所想交织起来的方式，只能是从西方叙事中引入的，是中国文学向杂交化、欧化形式总体转变中的一部分。但至少，前现代中国虚构写作的条件要求我们重新定义"间接引语"（其原本被默认为有语法基底），在缺乏语法基底的情形下赋予它一个可能的含义。

传统说法"自由间接引语"指一种不完美的叙述工具，用来刻画包含多人思想（通常是无法直接被观察到的思想）的叙事序列。它在语言学和文学研究中的临界位置很早就被确定下来：在欧洲小说史上，尽管间接引语的反讽和引证潜能被广泛地开发，但直到查尔斯·巴利（Charles Bally）才基于福楼拜（Gustave Flaubert）和龚古尔兄弟（Edmond de Goncourt & Jules de Goncourt）的例子，首次描述了这种模式的形式特征和涵义。[1] 间接引语中的语法、心理学和语义学三者之关系既造成对该模式的普遍性的质疑，又为较宽泛地描述相似效果提供了一个框架。

无需言语就能表现思想，这在世界文学中是老生常谈。动机常不被表达，实际上，若不牺牲推动情节发展的重要方法，它就无法被表达。

> 国王看到眼前的金子后喜出望外，但他仍不满足。他把磨坊主的女儿关到了比前两次还要大的房子，里面堆满了稻草，并说："你必须在今天晚上把这些稻草纺成金线。如果你成功了，我将娶你为妻。""她虽然只是磨坊主的女儿，"国王想，"不过恐怕找遍整个世界也找不到如此富有的妻子了。"[2]

"间接引语"最初是一个语法术语。希腊和罗马的语法学家们认识到从句和句子可以被表达为更高层次陈述的子部分这一语法行为，并对其作

---

[1] Charles Bally, "Le style indirect libre en français moderne," *Germanisch-Romanische Monatschrift* 4 (1912): 549-606.

[2] "Rumpelstiltzchen," in Jacob and Wilhelm Grimm, eds., *Kinder- und Hausmärchen* (Munich: Winkler, 1988), p. 316. 编辑为原初的口述故事添加了标点符号。译者注：译文参照中译本《格林童话全集》（北京：清华大学出版社，2011），据本文略有改动。

了系统描述：

> 当一个人的言语或思想被原原本本地复现，称为直接引语（Oratio Recta），例如：恺撒说："骰子已被掷下。"相反，当一个人的言语或思想需要借助表示"说"和"想"等的动词来引述时，称为间接引语（Oratio Obliqua），例如：恺撒说骰子已被掷下；恺撒认为他的军队取得了胜利……
>
> 陈述句一旦变为转述句，其主句就要变成有宾格主语的不定式，所有的从句都要使用虚拟语气，例如：Regulus dixit quam diu jure jurando hostium teneretur non esse se senatorem. 雷古鲁斯说在被敌人拘押的长时间内，他不是一位参议员。（直接陈述：quam diu teneor non sum senator. 我有多久不是一位参议员了。）
>
> 有时需依靠语境判断表示"说""想"等的动词，例如：Tum Romulus legatos circa vicinas gentes misit qui societatem conubiumque peterent: urbes quoque, ut cetera, ex infimo nasci. 然后罗慕路斯派遣使节到周围的部落去寻求结盟和通婚权，（说）城市，如同其他事物，需从一个微末的开端壮大起来。[3]

特定标记将间接引语同直接引语——句子中主要的、"活的"部分区分开：使动词结构名词化的不定式-宾格结构及虚拟语气这两种语法机制功能类似，都能将句子的从属部分与生动、现实的主句（一般由主格主语加直述/陈述语气动词构成）隔开。这些结构与印欧语系的其他句法特征有关，例如，过去时和虚拟语气常表示假设或与事实相反的情况。在更晚近的欧洲语言中，比如法语、德语甚至是英语，相似的语法机制被用来制造距离感：过去时与现在时对比，虚拟语气或祈愿语气同陈述语气对比，第一人称代词与间接引语中的第三人称代词也常形成对比（我说：我将会赴约；他说过他将会赴约）。概言之，直接引语是常态，所以无需标记，而间接引语则需要用额外的记号来标示其特殊性。

当与明显的语法结构相分离时，间接引语就

[3] Charles Bennett, *New Latin Grammar* (Boston: Allyn & Bacon, 1908), pp. 206–207.

变得"自由"了。最明显也是首先被去掉的结构是"她说""他想"这类标记,它们既将他人的言语整合到叙述者的叙述中又标示出两者的分离。

在下例中,福楼拜在引入句中使用了一个明确表示思考的动词(elle se demandait),后转写了一连串独立的句子,却没有继续使用其他连接词和引入句相连,因为那些连接词会提醒读者他们只是从叙述者口中接收艾玛的思想,而非偶然听到艾玛的直述:

[4] Gustave Flaubert, *Madame Bovary* (Paris: Garnier, 1974), p. 46。译者注:本处译文引自古斯塔夫·福楼拜著,李健吾、何友齐译,《福楼拜小说全集》(北京:人民文学出版社,2002),页41。

> 她问自己,她有没有办法,在其他巧合的机会,邂逅另外一个男子。她试着想象那些可能发生的事件、那种不同的生活、那个她不相识的丈夫。人人一定不如他。他想必漂亮、聪明、英俊、夺目,不用说,就像他们一样、她那些修道院的老同学嫁的那些人一样。她们如今在干什么?住在城里,市井喧杂,剧场一片音响,舞会灯火辉煌,她们过着心旷神怡的生活。可是她呀,生活好似天窗朝北的阁楼那样冷,而烦闷就像默不作声的蜘蛛,在暗地结网,爬过她的心的每个角落。[4]

福楼拜的间接引语就如同未断线的风筝,自由却也受束缚。但它为读者接受乔伊斯《卡吕蒲索》一章中可见事件与未言思想之间不被解释的过渡作了准备:

> 她又添着茶,并斜眼望着茶水从壶嘴往杯子里淌。
>
> 必须续借卡佩尔街图书馆那本书,要不他们就会寄催书单给我的保证人卡尔尼。转生,对,就是这词儿。
>
> ——有些人相信,他说,咱们死后还会继续活在另一具肉体里,而且咱们前世也曾是那样。他们管这叫作转生。还认为几千年前,咱们全都在地球或旁的星球上生活过。他们说咱们不记得了。可有些人说,他们还记得自己前世的生活。
>
> 黏糊糊的奶油在她的红茶里弯弯曲曲地凝结成螺旋形。不如重新提醒她这个词儿:轮回。举个例子会更好一些。举个什么例子呢?

床上端悬挂着一幅《宁芙沐浴图》。这是《摄影点滴》复活节专刊的附录,是人工着色的杰出名作。没放牛奶之前,红茶就是这种颜色。未尝不像是披散起头发时的玛莉恩,只不过更苗条一些。在这副镜框上,我花了三先令六便士。她说挂在床头才好看。裸体宁芙们,希腊。拿生活在那个时代的人们作例子也好嘛。

他一页页地往回翻。

——转生,他说,是古希腊人的说法。比方说,他们曾相信,人可以变成动物或树木。譬如,还可以变作他们所说的宁芙。[5]

在乔伊斯的例子中,间接引语已"自由"得(没有了语法从属标志)近乎直接引语,只需添上一个"他想:"就和《侏儒妖》的叙述风格无甚差别。

因此,"自由间接引语"不只是一个分类单位,还是一段历史——可以将其看作一个语法人造物,在大众的悦纳中日益完善并向文体学和心理学的领域延伸。读者能看到它不仅是诸多技巧选项中的一种,还代表了文学复杂性标尺上的一个刻度。所以我认为刘禾(Lydia Liu)的观点并不准确,当他提醒人们注意大卫·霍克斯(David Hawkes)在翻译《石头记》时引入了这个现已为人熟知的叙事手法,断言道:"这样的文体特征在曹雪芹的原著中是找不到的;小说作者通常是利用直接引语来描写黛玉的内心世界。"原著仅使用了"一种程式化的词句表现手法(心下想到),它在中国古代白话小说里,用来提示所引述的想法"[6]。那译者究竟改变了什么?或许有人认为,霍克斯放弃原文章节里的措辞和句法,是拒绝了一种在目标语中会使人感到过分简单又不精妙的叙事方法。但无论如何看待中文《石头记》,它都绝不简单。

从"自由间接引语"的案例推演出去,如果小说手法各有其历史并延续着,中国小说手法也一定有自身的起源和历史,这会影响其部分效果。《红楼梦》中间章回的一例可作示范。在小说的这一部分,他人的看法对某些角

[5] James Joyce, *Ulysses* (Harmondsworth: Penguin, 1982), p. 67. 译者注:此处译文引自中译本:詹姆斯·乔伊斯著,萧乾、文洁若译,《尤利西斯》(南京:译林出版社,2010),页77。

[6] Lydia Liu, *Translingual Practice* (Stanford: Stanford University Press), pp. 104–105. 译者注:引用部分的译文参照该书中译本:刘禾,《跨语际实践》(北京:三联书店,2002),页145。据本文略有修改。

色至关重要，尤其是对林黛玉——她在贾府不过是一个"穷亲戚"家的孤女。第三十二回中，贾府的纨绔子弟宝玉因不专心读书被其堂妹史湘云和善良可靠的丫鬟袭人责备。黛玉无意中听到他的辩驳：

"林姑娘从来说过这些混帐话不曾？若他说过这些混帐话，我早和他生分了。"……林黛玉听了这话，不觉又惊又喜，又悲又叹。

所喜者，果然自己眼力不错，素日认他是个知己，果然是个知己。

所惊者，他在人前一片私心称扬于我，其亲热厚密，竟不避嫌疑。

所叹者，你既为我知己，自然我亦可为你知己，既你我是为知己，则又何必有金玉之论？既有金玉之论，也该你我有之，而又何必来一宝钗呢？

所悲者，父母早逝，虽有铭心刻骨之言，无人为我主张。况近日每觉神思恍惚，病已渐成，医者更云气弱血亏，恐致劳怯之症。我虽为你知己，但恐不能久待；你纵为我知己，奈我薄命何？

想到此间，不禁滚下泪来。[7]

"Has Miss Lín ever spoken that kind of nonsense? If she had ever spoken that kind of nonsense, I would have broken with her long ago." On hearing these words, Lín Dàiyù suddenly felt: surprise, joy, grief and frustration.[8]

What caused her joy was: seeing that her anticipations were correct; for a long time she had taken him to be her soulmate, and now indeed she knew he was a soulmate.

What caused her surprise was: He bares the thoughts of his heart and praises me in front of other people in such a warm and intimate way, and doesn't care a bit about becoming suspect.

What caused her frustration was: Since you see me as your soulmate, then I can have you for my soulmate, and if we look on each other as

---

[7] 曹雪芹、高鹗，《红楼梦三家评本》（上海：上海古籍出版社，1988），页 509。为清晰起见，我划分了段落。比较大卫·霍克斯的译本：David Hawkes, trans., *The Story of the Stone* (Harmondsworth: Penguin, 1977), vol. 2, pp. 131-132.

[8] 原著用了一组很好的可测试汉学家们本领的心理形容词! 这里给出的英文术语仅是从语境中迅速派生出来的。

soulmates, then why must there be that talk of [marriage-bonds of] "gold and jade"? Or given that there is this talk of "gold and jade," it ought to refer to you and me; then why on earth must this Bâochäi have come [to disrupt it]?

The cause of her grief was: [My] parents are already dead; even if we had sworn an oath carved on our very hearts and bones, there is no one to speak on my behalf. And furthermore, every time I feel lost and wavering in my thoughts, my sickness worsens. The doctors keep repeating their diagnosis of weakness of vital spirits and deficiency of blood, and [they?] [I?] fear it is a symptom of exhaustion. Even if I am your soulmate, I fear I am not going to last long; even if you are my soulmate, what can I do if I am doomed to an early death?

When her thoughts had reached this point, she could not hold back a burst of tears.

在上例中，尽管可以说"小说作者通常是利用直接引语来描写黛玉的内心世界"（但这意味着什么？"直接引用"未外显的思想？），尽管选段以一个指代思考内容的固定短语（"想到此间"）作结，但对人物思想的引入借鉴了古典学和说明性散文中常见的模式——解释文本关键词。选段开头先以四个修饰语概括黛玉的反应（"又惊又喜，又悲又叹"）；之后，这四个词被当作"经"里的文字处理，附以解释（即"传"；《红楼梦》的评论者确实将这段话描述为"注释"，疏）。

我有意使自己的翻译远离惯用表达、趋于学究，以呼应原文中一些在更易读的译本中会被删掉的层面。其中之一便是从疏离的外部叙述向对内在思想和情感的所谓"直接引用"的转变。在对黛玉四种情绪的第一句"解释"中，人称和视角并不明确：它也可以变成"我现在明白自己的预期是正确的；长时间以来我将他当作知己，现在我知道他的确是一个知己"。原文此处无法让人辨别出是第一人称还是第三人称。代词"自己"既能代替第一人称又能代替第三人称（它回指到句子的主题焦点而非"语法上的主语"）；指称宝

[9]《红楼梦三家评本》,页510。

[10] See Wilhelm von Humboldt, *Brief an M. Abel-Rémusat über die Natur grammatischer Formen*, ed., trans. and comm. Christoph Harbsmeier(Stuttgart–Bad Cannstatt: Frommann-Holzboog, 1979).

玉的"他",无论是出自黛玉还是第三人称叙述者之口,都同样合适。然而第二句解释说完后,明确的代词使我们不得不将此句当作黛玉自己的言语:"他……夸赞我。"("he... praises me.")第三句将"他"变成了"你",黛玉在对宝玉的话有了更深刻的理解后,着迷般地称宝玉"你"。到第三个属句,他们之间相互的爱与理解("知己",霍克斯译为"真爱",涵盖了友谊与彼此完全认同的范围)升华出合成代词"你我"("我们")。在第四句中,似乎因想到自己的堂姐兼对手宝钗,黛玉的思绪转向自身的困境,转向自己卑微的家族地位和日益恶化的健康状况——这一切都被她藏在内心,不属于"知己"的理想条件所揭示的相互交流的领域。从对"我们"的热切假设坠回"我"的残酷命运,沮丧的黛玉潸然泪下,而叙述者正由此将故事焦点拉回到行为和反馈均可见的外部世界。

黛玉的思想语言不同于她和其他角色对话时使用的语言:特别显著的是,她使用了精简的文言文,伴有大量连词(既、则、也、而等)和对偶句。黛玉是用古典散文写作的语言来思考的吗?《红楼梦》中的叙述者可能希望我们如此看待。又或许尖锐、深刻的文言文,就好比一种整体思维模式、一种为社会话语的虚饰和烦琐所掩盖的"深度结构"或潜在模式?

无论如何,在这一回后面的情节中,当宝黛两人有机会说出他们内心的想法时,交流却失败了:说话总是词不达意,二人都感觉"有万句言语,满心要说,只是半个字也不能吐"[9]。这种隔膜削弱了黛玉此前思想中的确定性和明晰性,同时肯定了叙述者的理解和表达能力。叙述来源的模糊性使整个场景变得迷惑。那一系列解释看似旨在传达黛玉未言明的思想,实际上却是叙述者对自己措辞的注释,这种姿态让人们注意到媒介的机巧。旧时洪堡提出的有关语言和思想之间的相互关系以及人类深度结构之差异的问题永远不会消失。[10] 无论以何种语言写就的文学作品,就其本身、阅读和翻译而言,都是一项心理语言学实验。

刘辉辉　黄韵茜　译　陈均(北京大学)　校

"中国与世界":一个传统主题的故事　122
近期英语世界的中国文学史　144
庞德与《华夏集》档案　160
翻译与死亡　172
1935年,梅兰芳在莫斯科:熟悉、不熟悉与陌生化　194

中国与世界关联性研究

"中国与世界"：
一个传统主题的故事[*]

[*] 这篇论文的不同版本曾交给以下学校的工作坊：宾夕法尼亚州立大学、华盛顿大学、耶鲁大学和纽约州立大学水牛城分校。我在此感谢这些工作坊的听众，以及朋友们对我多次修改这篇论文的建议（尤其是 Dan Abramson, Marshall Brown, Walter Castro, Roger Des Forges, Eric Hayot, Victor Mair, Richard Maxwell, Katie Trumpener 以及 Ewa Ziarek）。

时至今日，讨论比较文学本身的"开放性"和"全球化"已被视为理所当然。这门学科起源的核心语言、时期和流派——主要从1800年至今，少量欧洲语言的小说、戏剧和抒情诗——在我们的课程和论文中所占的份额越来越少，因为亚非与中欧的语言或者这些语言的翻译版本成为发现与定义比较文学的工具。然而，这种地理范围的扩大却并不总是伴随着相应时间上的拓展：事实上，正如大卫·达姆罗什（David Damrosch）指出，美国教育和书写的"世界文学"经典围绕着少数几部以20世纪为主的作品。[1] 比较文学向新领域的拓展往往由欧洲向新大陆扩张的现存历史论述引导，这些论述主要与殖民主义和后殖民主义相关。这些论述不但成为常识，还成为指导作品纳入"世界文学"的一套惯用话题，更成为构建或寻求这些作品意义所在的阐释学模式。

我特别关注于比较文学学科对中国文学的热忱，这种热忱通常以上述常识性的论述为依据，并以欧洲对中国事务的干预为路线，将中国文学划分为"传统"和"现代"两个时期。这样的表述同样构成了绝大多数中国人的历史性自我认知，但同时，它也不断被斡旋、重复翻译和争论，目前仍悬而未决。[2] 一旦这个问题被解决，反而会衍生出更多的困扰。

我建议不要直接探讨文学和文化全球化的问题，而是通过一些更有限制性的东西——关于某一传统主题的考古式发掘，在这里意味着"中国与世界"这一短语。"中国与世界"是一个老生常谈的传统主题，一个熟悉不过的内部记忆，就像其他传统主题如"狐狸与葡萄""中庸之道"和"行为善者始为美"一样，"中国与世界"可以自动唤起一个故事与寓意。在经典修辞学理论中，如果传统主题的功能是这样的——作为讲者与听众共享的一套心理系统，它可以点出我们对话中毫无争议的指涉，为我们厘清方向，并指明从假设通往结论的道路，[3] 那么，传统主题意味着对于隐性知识的简略表达，它使我们作为一个言语共同体而汇聚，并分享话语。

然而，我们想知道对于这一传统主题的研究是否真的有用。假设有一本用收缩膜包装着的厚

---

[1] David Damrosch, "World Literature in a Postcanonical, Hypercanonical Age," in Haun Saussy, ed., *Comparative Literature in an Age of Globalization* (Baltimore: Johns Hopkins University Press, 待出版).

[2] 关于翻译的调和中介，见 Lydia H. Liu, *Translingual Practice: Literature, National Culture, and Translated Modernity, China, 1900—1937*(Stanford: Stanford University Press, 1995).

[3] Aristotle, *Rhetoric*, 1.21–22, 2.23.

重佳作，它装帧精美的封面上写着这样几个字："中国与世界"，那么我们会如何想象这本书的内容？如果这是最近出版的一本书，几乎可以肯定，这本书讲述了自20世纪80年代邓小平改革以来中国内部市场的开放；也有可能包含中国对世界事务（以及石油市场）不断提高的参与度，以及中国在持续发展进程中角色的转变。[4] 无论这本想象中的书在纽约、巴黎、北京、台北还是雅加达出版，所有这一切都不言而喻，极有可能发生。

[4] 有关这些议题，参考 Yong Deng, Thoams G. Moore, "China Views Globalization: Toward a New Great-Power Politics?," *The Washington Quarterly,* 27 (2004), 117–136. 一些当下的主题至少和 William Speer 的观点一样陈旧，见 William Speer, *The Oldest and the Newest Empire: China and the United States* (Cincinnati: National Publishing Company, 1870).

[5] 在两个常用的连接词中，"与"比"和"的距离更远，"中国和世界"可以暗示着一种潜在的统一，而非一种尚待解决的关系。

对于说欧洲语言的人来说，"中国与世界"这一主题具有相对的新奇性。外交、商务和其他谈判通常在沾沾自喜的口号"中国加入世界"之下进行，似乎在强调这样一种观点，即在过往的历史中，中国一直在回避与世界的关系。简言之，"中国与世界"的当代意义是对于冷战集团消融与进入单一世界市场时代的提示。

不管全球化是什么，"中国与世界"都是其中的重要一环——这不仅仅因为中国在2001年加入世贸组织，也不仅仅因为2005年1月1日《多种纤维协定》的失效。我们对"中国与世界"这一短语如此司空见惯，以至于当你细究这个词的字面含义或其他未被道破的潜藏意义时，你可能会因过度琐细而被责难。"中国与世界"这一短语似乎暗示着"中国"并非"世界"的一部分，[5] 先有了中国，然后才有世界——显然，这并非事实。然而，十有八九会有人采取这样的方式思考，我们也会发现，真的有人这样想。这个短语暗示了"中国"需要与"世界"建立某种蓄谋已久的关系。正如其他宏大层面的套语如"苹果与橙子"（译者按：指风马牛不相及的事物）、"理论与实践""教会与国家"中的"与"一样，"中国与世界"中"与"联结并隔离了两边的名词。"中国与世界"更进一步唤起了取决于上述关系的是非观念：提起"婴儿与洗澡水"，你绝对不会对这个词产生和"教会与国家""苹果与橙子"相同的感受。可是应该如何破译这种关系呢？哪里可以找到一段相似的文段，来阐释这一过度而又苍白无味的修辞呢？

实际上，我们如此轻易重复和交流的这个短语是一个指向想象行为的谬误,这需要我们重回其生成的现场,那是一个可以被重新拼凑起来的历史事件。据我的考证,"中国与世界"这个注定要被无限重复的短语由彪炳千古的历史学家、哲学家和政治学家梁启超(1873—1929)于1901年发明。在关于李鸿章(1823—1901)的传记中,梁启超史无前例地再现了中国在太平天国运动迨至庚子义和团运动之间非常时期的社会环境,而李鸿章作为一位精明的将军、巡抚与外交官,对这两次叛乱的镇压实属居功至伟。梁启超观察到:

> 李鸿章之初生也,值法国大革命之风潮已息,绝世英雄拿破仑,窜死于绝域之孤岛。西欧大陆之波澜既已平复,列国不复自相侵掠,而惟务养精蓄锐以肆志于东方。于是数千年一统垂裳之中国,遂日以多事:伊犁界约,[6]与俄人违言于北;鸦片战役,与英人肇衅于南。当世界多事之秋,正举国需才之日。加以瓦特氏新发明汽机之理,朦朣轮舰,冲涛跋浪,万里缩地,天涯比邻;苏彝士河,开凿功成,东西相距骤近。西力东渐,奔腾澎湃,如狂飙,如怒潮,啮岸砰崖,黯日蚀月,遏之无可遏,抗之无可抗。盖自李鸿章有生以来。实为*中国与世界*始有关系之时代,亦为*中国与世界*交涉最艰之时代。[7]

如果说梁启超发明了这个短语,他同时也将其广泛流播,并在自己的历史著作和报刊事业中频频使用。正如我们在上文摘录中所述,"中国与世界"在其原初造词语境中可谓一个进退两难困境的简称。一个世纪之前,中国远非当代人假想的那样,为了名利而自愿参与某项活动,而是在受到威胁的窘境中被迫做出选择。"世界"裹挟近乎天灾的强大威力,由外部汹汹而来,直逼中国腹地。正如梁启超在李鸿章传记中多次指认,为了避免事态进一步恶化,这位政治家在与英、法、日、俄谈判时往往只能痛苦地妥协。绝望、茫然、

---

[6] 伊犁属于与俄罗斯接壤的新疆地区,1851年的条约给了俄国人在那里的商业和领事特权,1860年的穆斯林叛乱给了他们蚕食清朝领土的机会。见 John King Fairbank and Kwang-ching Liu, eds., *The Cambridge History of China*, vol. 11: *Late Ch'ing, 1800–1911*, Part 2 (Cambridge: Cambridge University Press, 1977), p. 88.

[7] 梁启超,《中国四十年来大事记》(一名《李鸿章》),《饮冰室合集》(上海:中华书局,未注明出版日期),册2,页10。斜体为本文作者苏源熙所加,意在强调"中国与世界"的两次出现。在此感谢 Liu Dong,他搜索了北京大学的电子数据库并提供了这条线索。

颓丧,种种心境同"中国与世界"相伴相生,促成这一情形的原因是"世界"的双重含义,即"世界"对中国来说无比陌生,两者的关系即使不至于永久势不两立,也必然剑拔弩张。现在,我们意识到这个短语为何在当代的使用中频现"健忘症"。百年以降,双语环境里的"中国与世界"这耳熟能详的词语早已脱离原初语境,这不仅仅源于它的超现实性、异乎寻常的地理特征,或是因为这个短语同时假定了两个可能性(并且是非对称性)立场,而是因为它提出了一个尚未解决的问题而非结果。

[8] 此书为纽约雷维尔(Revell)出版社1900年版。

梁启超描述的1901年"中国与世界"的情形,恰恰是现代新闻工作者定义的"全球主义"特征:允许强盛国家对外扩张的和平红利;可以快速发展武器和商品的新技术、新通讯;长期统治关系的重新洗牌;对被忽视的宝贵资源进行永无停歇的开采。了解中国的人会记得,梁启超曾经是1898年晚清政府维新运动顾问小组的成员,他借鉴30年前日本明治维新的经验,建议改革行政和教育系统、军事采购体系和外交制度,以此来对抗外部势力的入侵。1898年的"自强"运动不但在一定程度上得到了光绪皇帝和一小部分官员的支持,更受到那些同情改革的外国居民的声援。然而,他们的倡议很快在一场宫廷政变中被推翻。1900年夏,在朝廷的鼓动下,义和团以反殖民的方式造成轰动,这些方式包括屠杀"洋鬼子"和"二鬼子"(即皈依基督教的中国人)。这一行为引发了欧美各国以电报和轮船之速结成盟军。李鸿章在力保清政府主权完整的情况下,促成了平定义和团及与八国联军议和的谈判,这可以说是他生前的最后一次行动。梁启超因维新变法失败而流亡日本,他在书写李鸿章的生平时,最新的记忆被排外行动的失败主导,驱散了"中国与世界"的问题。这一短语甚至可能成为一本英文书的变体,即丁韪良(W. A. P. Martin)的《北京围城目击记:中国与世界为敌》(*The Siege of Peking: China Against the World, By an Eye-Witness*)[8]。即使没有好的选择余地,"与世界为敌"似乎都是最穷途末路的做法。

1901年,"中国与世界"是中国思想家的问题;2005年,"中国与世界"是全球经济学家和新闻工作者的标准话题;同时,它也成为为文化学者、文学史家以及世界经济史学者所青睐的主题。尽管我并非历史学家或经济学家,但我仍可以从一名文学学者的角度,满怀信心地演示这一传统话题如何运作,少量平行的故事如何由相似的信息构建而成,风格、语气、趣闻轶事、隐喻和观点的拣选,以及逻辑关联、类比、省略,这所有的一切是如何结合,形塑一个寓意深远的散文体史诗(fashion moral epics in prose),并以各种方式回应"中国与世界"中的"与"——这是一个足以引起史诗级关注的宏大严肃的问题。

1793年马戛尔尼使华是"中国与世界"系列中最为人熟知的故事之一,当时英国王室的一名代表首次试图与大清帝国建立永久的外交和商业关系。在这一过程中,使团的行动却因为优先权和礼仪的问题差点告吹,马戛尔尼勋爵表示,他不愿意在皇帝面前三跪九叩。[9] 马戛尔尼的第二个提议是,只有当一名级别与自己相近的中国官员在乔治三世肖像前进行一系列相同的跪拜行为时,他才会完成这一礼仪,这种勉为其难的态度在中国统治阶层看来简直匪夷所思。最终,马戛尔尼被破例允许以单膝跪地的方式向皇帝致意,而中国方面不需要做出相应回应。在使团访问中国的六个月中,人们不断协商或微妙处理类似的优先权问题。当这次出使活动结束后,马戛尔尼几乎无功而返:北京没有常驻长官,没有稳固的贸易协定,中国内地不对外国臣民开放。不过,他确信自己已经成功创立了一个先例,仅仅因为他拒绝接受中国对于自己和其他国家的认知,在这个认知中,中国才是一个真正的帝国,而其他国家不过是驯顺的附庸。

两百年来,这个故事都充当着中国在一个多中心世界中拥有最高权威的寓言,[10] 正如何伟亚(James Hevia)在其广受好评的著作《怀柔远人:马戛尔尼使华的中英礼仪冲突》中指出,对中国人狂妄自大与闭门造车的描绘是这本书的寓意。在费正清所谓中国的世界体制中,皇帝作为天子和宇宙的枢纽,端居世界正中,附属的人民前来觐见,携当地特产作为礼物向皇帝致敬,并

---

[9] 无论跪拜意味着什么,都不能说明"中国"和"西方"有什么不同。关于拜占庭外交仪式中的"三跪"(triple proskynesis),见 Liudprand of Cremona, translated in Deno John Geanakoplos, *Byzantium: Church, Society and Civilization Seen Through Contemporary Eyes* (Chicago: University of Chicago Press, 1984), p. 23.

[10] 对于这个故事的典型使用,见 James Hevia, *Cherishing Men from Afar: Qing Guest Ritual and the Macartney Embassy of 1793* (Durham: Duke University Press, 1995), pp. 9-20, 225-248. 一些近来的例子见 Alain Peyrefitte, *Un choc de cultures* (Paris: Fayard, 1991); Marshall Sahlins, "Cosmologies of Capitalism: The Trans-Pacific Sector of 'the World System'," *Proceedings of the British Academy,* 74 (1988), pp. 1-51.

承认他是最高领主。虽然用来交换的物品仅仅是象征符号，但朝贡制度充当了中外双方政治合法性的目的，在其庇护下还可以时常进行经济交流。在清朝的礼仪或治国指南中，与一个自治、平等的外部势力接触是前所未有的。此外，无论荷兰、西班牙，还是历史悠久的朝贡国朝鲜、安南和琉球，这些国家的特使都乐于接受（至少是在觐见期间）中国传统的主权原则。然而，朝贡体制的历史体现出骄兵必败的道理，中国无法认识到世界上其他地方存在着势均力敌的对手，这为鸦片战争和整个 19 世纪欧洲列强对中国造成的再三屈辱（借用这一既定的术语）提供了托词。正如何伟亚所说，马戛尔尼使团往往被视为"现代性黎明时期'传统'与'现代'文明碰撞的象征"[11]。在这种建构中，"现代性"坚定地站在"世界"的一边，因此，这次会面常常被称为划时代的相遇，意味着"中国与世界"时代的（未）开启。

[11] *Cherishing Men from Afar*, p. 2.
[12] *Cherishing Men from Afar*, p. xi, pp. 73–74.
[13] *Cherishing Men from Afar*, p. 207.
[14] *Cherishing Men from Afar*, pp. 86–90, 205.
[15] *Cherishing Men from Afar*, p. 79.

为了避免从 1793 年"中国与世界"的碰撞中汲取现成的道德训诫，何伟亚参考了中英双方目击者与参与者的报告。为了防止先入为主的必胜观念，他从特定的文化价值与文化模式[12]入手来描述双方参与者的态度。因此，举例来说的话，马戛尔尼在结束使华任务时断言："深入了解我们（英国人）品性中更好的部分，将平息他们的不满，削弱他们的偏见，乃至消弭他们的糟糕印象。"[13] 对何伟亚来说，这一凿凿之言不应从虚张声势的常识或对现代文化外交的预设角度来解读，而是作为 18 世纪文化建构中价值观的表达，这些价值观涵盖"公共领域""绅士"和"国族主体"等范畴。马戛尔尼对自然历史、地理、建筑、风俗和人物的详细记录被归结为一种科学主义的意识形态，并被同化为通过知识获取权力的间谍活动。[14] 最终，马戛尔尼拒绝跪拜的著名姿态，表达了他对源于英国和启蒙运动的资产阶级、男权主义等信条的拥护，同时也象征着他对外交的理解，即外交是独立平等国家之间进行交易的竞技场[15]——何伟亚并不认为这是一种"普世"正确的理解。

对这位英国特使文化包袱的描述使其本质受到松动，被加上引号，并切断了与现实的联系。它激发了人们的选择：在某种关系中，要么叩头，要么不叩头。这种关系并不指向实际的中国，而是欧洲人对东方的想象（我们很容易想到爱德华·萨义德《东方主义》中相似的转变）。当谈及中国方面的遭遇时,何伟亚承认,朝贡和跪拜的意义的确存在于等级制度与顺服。然而,他的口吻却如同他嘲笑英国资产阶级的自我形塑一样,显现出含混与模棱两可:

> 宇宙整合与时间延展通过中心化的过程产生差异秩序,这种差序体现了仪式构成时人与物在仪式空间中真实无误的恰切布置。这一秩序按照等级划分……此处的等级秩序根植于代理原则。……它可以被视为一种随机应变的定位,在这种定位中,个体代理同时被一些上/下/进/出运动引发的位置转变构成,举凡帝国指令、纪念仪式、人民、事物等皆在其中,而这一过程又产生了秩序差异。
>
> 这种秩序差异涵盖了代理者知识和经验分布变更带来的权力的复杂关系,由于个人过去所担任的职位,他们积累了知识与经验,因此,这些品质既可以引向有效的行动,又为行动提供了评判标准。[16]

这一切都非常宏大,但即便马戛尔尼理解了这一点,这句话的解读是否令人觉得这位英国特使更有可能接受"被置于"一种"顺序差异",承认他在朝贡关系中的低等地位是"真实无误的恰切布置"?尤达式(Yoda-speak)管理者何伟亚将中国的外交礼仪理论用腹语形式表达出来,他认为,在清朝皇帝和官员们的设想与条件中,把自己与外国的关系纳入朝贡和顺从的体系是完全合理的。或许这样的论断在"自己的设想与条件中"无可指摘,但这只重述了问题所在,即条件的选择。何伟亚的论述是备受感慨的外交文化障碍之缩影。无论中国人还是英国人,他们的所作所为在自己的道德架构中都有其道理,也唯其如此,双方都有理由相互谴责。如果我们仍然将这次历史事件视为一场相遇,那么这场相遇的关键问题在于究竟哪一方的条件及其对主权的定义占了上风。

马戛尔尼特使的讲述对我们来说已经习以为常,在他的故事中,信奉启蒙运动和牛顿物理定律者为一个仍然根植于地理中心主义、尊崇他们的主权为宇宙主宰的国家带

[16] *Cherishing Men from Afar*, pp. 130–131.

来了另一个世界的无穷体系。何伟亚通过文化"厚描"的手法削弱了这种唾手可得的胜利。然而，这样的重演只会让双方陷入自说自话：将双方各自的假想相对化使得他们彼此之间更为孤立，并从共同的情形中疏离。把这一切都归结为文化，并将这次相遇完全描述为文化建构的身份冲突，这使得解读"中国与世界"中"与"所暗示的相遇变得没有那么重要。文化交互中的道德议题刚刚显其趣味，却转瞬即逝。

在某些方面，特别从最高阶层的角度来看，1793年英中国际法无异于现今的星际法。这一事件史无前例——即使有，大概率也会起到阻碍作用。无论是马戛尔尼还是他来自中国的对话者，大家都发觉自己处于道德先驱的位置，因为他们进入了一种前所未有的关系中，而以往并无经验可供借鉴。如果这次会面中的双方各自从自己的立场出发而无视对方的意图，那么可以说这次会面根本就没有发生。何伟亚对这次使华人类学的论述指向了一场酝酿中的灾难。一次针锋相对的会面的确令人不安，然而会面的完全缺失则令情况雪上加霜。在两个高度文明的国家之间，既不接受彼此对主权和司法权的定义，又不承认第三方的权威，这就产生了一个相当于霍布斯式自然状态的鸿沟，任何律法都不能占上风。这难道就是1793年"中国与世界"中的"与"吗？何伟亚似乎同意这一点；至少，他的论述并没有解决这一问题。历史还在延续着，50年后，英国配备了坚船利炮，迫使印度种植的鸦片在国际贸易法的掩护下流入中国，这一切都足够称得上霍布斯主义。然而，回到1793年，任何一方都无法强迫对方，如果有人注意到的话，这仍是一个假设的命题。

让我们回顾一下马戛尔尼大使的失败之旅，列出它留给我们的道德选择。有人认为，英国对于指日可待的世界组织的看法是正确的，而中国则错误，对于中国来说，最好的选择是明白他们的皇帝并非世界外交的轴心和顶峰，同时，他们应该开始参与英国提供的国际政治事务。[17] 另一些人则认为外部因素无足轻重，中国与世界其他国家之间的非正式交流历时已久，无论中

[17] 中文语境中表示"国际"(international)的术语在马戛尔尼很久之后才出现，如 W. A. P. Martin 在 1864 年发明的"万国"，还有从日文"kokusai"而来的"国际"。见 *Translingual Practice: Literature, National Culture, and Translated Modernity, China, 1900–1937*, pp. 271, 290. 关于这个新造词汇在中文语境中的传播，见 Victor Mair, "East Asian Round-Trip Words," *Sino-Platonic Papers*, 34.2 (October 1982). Thomas Burkman 曾向我提及，"中国与世界"可能是明治时期日本短语，如 *sekai no naka no Nihon* 世界的中の日本 [世界中的日本] 的借译词。

国主权边缘出现了什么样的法律问题，无论这个问题来自中国内部还是外部，都可以通过诉诸基本的人类是非直觉，这种直觉一如既往地受到实际条件的影响。（这可能是东印度公司的偏好，他们显然对国与国之间使团的提议漠不关心，担心这只会破坏他们与那些远离首都的官员与中间人达成的协议。）还有一些人将外交协议的缺失视为一种实实在在的违规行为，而非需要去填补的空白。这三种看法对于任何一个在过去 30 年内观察过科学领域文化建设论争的人来说都似曾相识。（请原谅我，由于自己从事比较文学研究，除非将一件事物与其他东西比较，否则我难以理解任何东西。）将这个问题进行换位思考，科学的陈述究竟指的是什么？大致来说，波普尔、波兰尼和库恩对 1793 年中英局势的解读是：外交是一个推进并观测国际关系模式的系统，是对现存协定的一个摘要规约，为的是建立前所未有的和平关系。三种解读都暗示了一种伦理立场：其一，拥有最有效世界模式的竞争者获胜（虽有赘述之嫌，但确实便捷）；其二，每个参与者都应遵循铭刻于心的正义律令；其三，在制定一项律法之前，任何行为都无善恶之分，而司法权之间的灰色空间恰恰就是这样没有律法存在的边界。

我承认，这些道德选择具有迷惑性，而"中国与世界"的历史就是一个例子。1863 年，一位法国评论家在回顾鸦片战争时，笃信一个更高权威的存在："毫无疑问的是，那些莽撞的（英国）投机者（在鸦片方面，他们可能因为中国的禁毒法而吃亏）的位置值得考虑，因为他们的遭遇可能会引发无法估量的（财产）损失。然而，即使为了避免这样一场迫在眉睫的灾难，英国有必要如此肆无忌惮地破坏正义与公平的原则吗？……当一个头号强国向一个弱小国家宣战时，不管多么苍白的借口都已经足够。……因此，当英国在谈判桌上被击败后，他们对一个文明国家的惯例置之不理，转而凭借坚船利炮打响了战役。"[18] "正义与公平的原则"，"文明国家的惯例"——这对一个爱好和平的人来讲实属宽慰之言。然而，如果"正义与公平的原则"并无制度基础，向其求助岂非空谈？众所周知，当时较为强大的一方更乐于忽视规则与先例。尽管我希望正义可以获得广泛共识，但我仍然认为，对于正义的设想是一种具有争议而实际上不负责的行为。

[18] H. de Chavannes de la Giraudière, *Les Chinois pendant une période de 4458 années* (Tours: Mame, 1863), pp. 306–308.

那么，我们所需的制度在何处呢？在一个被称为"中国与世界"的特定领域中，更高级的权威如何建立？国家法如何取代偶然的相遇、道德的直觉以及强者的规则？在刘禾（Lydia Liu）的著作《帝国的话语政治：从近代中西冲突看现代世界秩序的形成》中，东亚国际法的诞生是从鸦片战争以来一直未解决的丑闻。毫无疑问，何伟亚和刘禾都视国际法为问题的一部分，而非解决方案的一部分，用他们共同的话来说，所谓国际法不过是"一套霸权话语，是欧洲16世纪以来全球扩张进程的一个产物"[19]。到1850年，在梁启超目为"中国与世界"时代的开端，这套话语霸权开始在东亚生效。国际法在殖民主义的推动下诞生：海军准将佩里的黑色战舰、炮艇、治外法权协议。显而易见，这些法律仍然带着某种火药味，因为它们的目的本身就是迫使中国遵守他国制定的规则。这是刘禾在多种场域中探讨的问题，而外交场域只是其一。

[19] *Cherishing Men from Afar*, p. 27, 转引自 Lydia H. Liu, *The Clash of Empires: The Invention of China in Modern World Making* (Cambridge.: Harvard University Press, 2004), p. 39.
[20] *The clash of Empires*, p. 108.
[21] *The clash of Empires*, p. 124.

刘禾对法律实践的语言实质进行了严格（且正确）的历史研究，她并不接受准则根植人心、伺机而待以言语形式昭告天下的说法。相反，作为一名翻译学者，刘禾认为所谓的平等关系不过是被制造的，而非被发现。她考察了一些特殊的文件，发现文件一旦被翻译成中文和日文，就会被奉为未来国际交流的规则手册，刘禾由此"提出了一个问题，即国际法案文本如何通过坚持一种尚未出现的全球愿景来协调正在上演中的现实"[20]。刘禾指出，无论发起者是中国官员还是美国传教士，无论具体情况为何，将欧洲国际法引入中国都出于他们的自身利益，为自己的特定行为寻找普适性的正当理由。她称之为"普遍立法"（legislating the universal），这一短语恰如其分地表明，无论在欧洲、中国，还是其他地方，没有人可以像律师所说的那样有"资格"为全世界制定法律。[21] 与何伟亚一样，这个过程至关重要，从一个已被接受的结果进行回溯推论只是徒劳。问题的关键在于如何在事件开端从相关人员的自我利益出发，来向前推理。对于刘禾来说，原初的语境从未被充分压抑，而是不断作为虚假普遍性的征兆而回归。例如，"权利"这个概念"被19世纪欧洲国际法的代表引入中国,他们维护自己的'贸易权利',以及侵略、掠夺和攻击其他国家的'权利'"[22]，我们需要对这个词语的普适性、意图及其善意始终保持怀疑。在刘禾看来，由于事物与观察事物的理论之间不能实现充分的分离，一个更深入的问题被提出，这个问题与"国际法"作为一个客体的认知地位有关："所谓的证据（这里指国际法胜利的证据，即它在缔结鸦片战争条约中的运用）不过是它本应产生的结果。"[23] 用约翰·奥斯汀《如何以言行事》（*How to Do Things with Words*）中的话来说，国际法的宣布似乎是一种"不适当的"的表演性陈述，因其倡导者无权宣布国际法，其动机不纯，而且他们在论证国际法的适用性时，将事实陈述与法律陈述混为一谈。

在拒绝承认世界上存在一种纯粹、真实而现成的完美普适性的同时，对于错误普适性的批判是一件好事。根据她的说法，刘禾寻求的似乎是一种普遍的规则或律法，这种律法诞生的必要条件是不求自我利益，杜绝任何背后或认知上的不负责（至少，她并没有提出其他具体的建议）。如果这的确是刘禾的论述所指，那么这与她在此进程中的其他坚持背道而行。普遍性犹如真理，只是一个"对目前状态最好的辩护"，如果期待过多，则会将实用主义引向形而上学领域，正如前述那位义愤填膺的法国人，援引尚未确立的正义和公平规则。就连《世界人权宣言》这样奉行多边主义且充满善意的律法，也是在委员会内部的斗争中诞生，而且现在也被不怀好意地选择性运用。[24] 然而，断言当今世界没有"正义和公平的规则"也是错误的，我们所拥有的规则只不过因为设计拙劣而容易被滥用。换句话说，即使开端的一些问题令我们预见到它在运用过程中的偏离，开端语境与运用中的语境也迥然不同。

回到原点是有目的的。在指出虚假普遍性的同时，刘禾联结了一个强有力的后殖民批评主题，在我们所谓的全球化之下，特定规范、法律和惯习的普遍化与自然化使得这一主题的必要性无以复加。通过阅读爱德华·萨义德、帕沙·查特吉、弗朗兹·法农或乔纳斯·费边的著作，我们可以发现人类群体中那些自诩为施主之人的虚伪嘴脸，并迫使他们遵守自称为文明图腾的镇静、客

---

[22] *The clash of Empires*, p. 131.
[23] *The clash of Empires*, p. 137.
[24] 关于《世界人权宣言》的起源，见 Mary Ann Glendon, *A World Made New: Eleanor Roosevelt and the Universal Declaration of Human Rights* (New York: Random House, 2001); 关于它的运用，见 Paul Farmer, *Pathologies of Power: Structural Violence and the Assault on Human Rights* (Berkeley: University of California Press, 2000).

观和正义的标准。然而，仅仅揭穿欧洲人的狂妄自大并不足以充当目标，这仍然构成了一种消极的欧洲中心主义，与积极形式背道而驰。

正如前文所示，何伟亚将乾隆帝与马戛尔尼勋爵的交流作为一个文化活动，我们也看到了促使何伟亚这样做的必要性。何伟亚不想走上前途璀璨的变革之路，不同于其他人将这一事件视为势在必行且合乎情理的现代性序曲，何氏在其研究中则力图排除辉格党式的纯粹二元对立关系。这样做的代价体现为两种文化现实中互不干涉、漠不关心的生存状态。在何伟亚更深入的研究中，这种影响力的缺失导向了一个看似满意的结果。他的第二本书——《英国的课业：19世纪中国的帝国主义教程》将大使礼仪与鸦片贸易、不平等条约、两次鸦片战争以及对义和团运动的镇压结合，简言之，这些都是梁启超定义"中国与世界"关系的一系列悲惨事件。对于外来者来说，这样的结合引发了中国系统性的"解辖域化"（deterritorialization）和"再辖域化"（reterritorialization），对于帝国的"解码"（decoding）和"重编"（recoding）使其摇摇欲坠，难以为继。"解辖域化"和"再辖域化"来自吉尔·德勒兹和菲利克斯·加塔利的著作，这些术语使得何伟亚能够以相对抽象的方式描述极其多变的过程，在这个层面上，凭借武力夺取地盘和依靠亮光读取单词显得大同小异。何伟亚延续着"中国与世界"的传奇故事，不断将信息领域与战争混为一谈，并产生了非同寻常的效果。在一个典型的段落中，当何伟亚说到炮艇和机动战场大炮，信息和战争两个概念彼此辔辖：

这种解辖域化的军事形式补充了鸦片政权。极速而至的暴力以摧枯拉朽之势显示出抵抗的徒劳无功，很快就将反抗转换成了驯服。在这种层面上，由科技驱动的暴力具有器具性和象征性的一体两面，意即，它既可作为一种工具，同时也是一种表达技巧——一种"强制性的衡量"（measure of coercion），它可以娴熟地应用于剂量或等级的衡量，直到敌人的精神世界被改变。因此，在它的影响力中，摧毁性与建设性并存。毋庸置疑，军事的暴力带来显而易见的损失——横尸千里、财物损毁，以及通讯受阻……但它也的确教给了我们一些东西……作为一种教学手段,高速战争成为一种再辖域化的要素,一种重编和解码的装置。[25]

因此,战争是一种交流,而交流也是一种战争,正如何伟亚接着说道:"在鸦片战争时代,翻译的过程或许可以被视为一种暴力的特殊形式,一种通过其他手段上演的战争。"[26] 构成我们当今全球化的因素——技术创新、快速交流、扩大化的贸易、文化联系——正在于此,但它们却被笼罩在一片明显存疑的道德光晕中。当今我们将客观公正的知识视为理所当然,但实际上它们并不存在,甚至连无攻击性的知识也难以寻觅。

何伟亚第一本书关于如何在陌生人之间谈判主权的开放性问题——他没有将这个问题视为一个整体,而是将其分化为文化孤立的片段——完全在讲述一个用来粉碎和"再辖域化"中国主权的策略。或者更确切地说,是清朝主权——对于外国教育法的接受者来说,帝国王朝正如一个死于手术的病人。何伟亚并没有指责满族统治者在处理外交事务上的无能,而是关注那些逐步蚕食掉皇帝权威的文化毁灭手段:1860 年对圆明园的烧杀抢掠,义和团运动后八国联军对紫禁城的"亵渎"(desecration,何伟亚的词),以及外交礼仪的改革,这些改革"将皇帝及其宫廷'世俗化'并'祛魅',同时将皇帝转变为一个法定代表人,一个国家元首"[27]。解辖域化、世俗化、祛魅——作为"损失"的同义词,其数目之多清楚地表明,这一论述将道德底线设置在了过去的状态中,例如,1792 年及其之后的中国都显示出一个优越但不公的强权如何予取予求。换言之,何伟亚采取了这样一个观点:清政府当然明白这些外国人会平添事端,但除了切断与他们的联系之外,别无他法。

由于叙述的特定焦点与范围,交流被切断了。此处仅举一例:何伟亚将北京郊外皇家圆明园被洗劫一空的事件视为一种极端残忍的"教育",通过这次"教育",英军司令埃尔金勋爵决心给不愿合作的皇帝一个教训。[28](被外国士

---

[25] James Hevia, *English Lessons: The Pedagogy of Imperialism in Nineteenth-Century China* (Durham: Duke University Press, 2003), pp. 56-57.

[26] 例如,何伟亚援引了"贡"和"夷"两个术语,这两个术语被 19 世纪的英国译者翻译为具有冒犯性的"献礼"(tribute)和"野蛮人"(barbarian)。1851 年的天津条约禁止中国人在官方文件中再次使用这两个词。关于这两个术语翻译的案例,见 *The Clash of Empires*, pp. 31-69。"贡"和"夷"在汉语本质上并不是冒犯性的词语,只有在实际情况中赋予它们独特的语义,才会显得冒犯。而问题就出在实际互换上,中国的皇帝只能接受"贡",而无法想象给予;"夷"一直以来都指的是"非华人",而不是"外国人",意即,当中国人出洋后,他们对东道主国家来说是"外国人"。可以说,正是这种术语的不可转化使得外部谈判者无法接受。

[27] *English lessons*, p. 255.

[28] *English Lessons*, pp. 103-111.

兵、外交官们在中国羁押期间死亡事件激怒。）那时，欧洲和中国的观察者们都表达了他们的不满。火烧圆明园无疑是"历史上最大的破坏行为之一"[29]，至今仍作为"国家耻辱"被中国学生们铭记。

然而，这一事件很难称之为独特的犯罪。无论在中国还是欧洲，火烧洗劫一座宫殿都是意义深刻的事情，尽管有些小的分歧，但总体来说大家都会认为，这件事完完全全就是主权问题。

在欧洲方面，到1860年，焚毁宫殿的行为似乎已经成为一种惯习。随着外国军队挺进北京，皇帝逃到了向北200英里的热河行宫。1793年、1830年以及1848年，当法国人在自己国家遇到类似的皇室出逃情形时，他们入侵并劫掠了统治者的宫殿。而1860年在北京的行动似乎也是法国人充当了洗劫圆明园的罪魁祸首。现在，无论是欧洲还是亚洲，所有被卷入此次事件的文化都明令禁止盗窃，它们也都能够区分叛乱和入侵。尽管如此，这些国家的君主似乎都无权终止所有的法律，而一个宁愿逃亡也不愿直面战争的君主只能将自己的宫殿拱手让于暴徒。[30] 去神圣化是许多欧洲人施加在君主身上的行为，这一行为通常表现为洗劫和火烧宫殿，很少有人（至少在美国）会认为他们因此变得更糟。何伟亚为什么抗议呢？是因为整体上对于变革的反对，还是仅仅由于外来者引起中国主权的缺失？通过假设中国等同于中国皇帝，何氏的论述采取了一个埃德蒙·伯克会拍手叫好而卡尔·马克思则嘲笑为感情用事的

[29] "Cosmologies of Capitalism," p. 24, 31. 在费诺罗萨（Ernest F. Fenollosa）的长诗《东方与西方》（*East and West* [Boston: Crowell, 1896]）中，洗劫被描述为划时代的转折点之一。费诺罗萨更为人知的是艾兹拉·庞德《华夏集》（1916）中译本的来源，这本集子改变了美国现代诗歌。

[30] 关于1792年8月杜伊勒里宫的洗劫，见 Louis-Sébastien Mercier, *Le nouveau Paris*, ed. Jean-Claude Bonnet (Paris: Mercure de France, 1994), pp. 158-163, ("En ce jour, l'anarchie fit le premier essai de son effroyable toute-puissance, et préluda aux massacres de Septembre"); 关于1830年对卢浮宫和杜伊勒里宫的袭击，见 Jean-Louis Bory, *La Révolution de juillet* (Paris: Gallimard, 1972), pp. 474-484; 关于1848年对杜伊勒里宫的突袭，见 Eugène Pelletan, *Histoire des trois journées de février 1848* (Paris: Colas, 1848), pp. 106-109, 以及 Henri Guillemin, *La première résurrection de la République* (Paris: Gallimard, 1967), pp. 107-111; 关于1871年火烧杜伊勒里宫，见 Maurice Choury, *La Commune au Coeur de Paris* (Paris: Editions Sociales, 1967), pp. 378-380。关于国王功能的去神圣化，见 *La Révolution de juillet*, p. 621, 以及 Roger Bourderon, ed., *Saint-Denis ou le jugement dernier des rois* (La Garenne-Colombes: Editions de l'espace européen, 1992). 关于那些被抢掠或摧毁物品的命运，见 Simone Bernard-Griffiths, Marie-Claude Chemin and Jean Ehrard, eds., *Révolution française et 'vandalisme révolutionnaire'* (Paris: Universitas, 1992; 这本会议手册因记录了与会者之间的讨论而格外有价值), 以及 François Souchal, *Le vandalisme de la Révolution* (Paris: Nouvelles editions latines, 1993). 关于从"战利品"到"民族遗产"的概念转变，见 Dominique Poulot, *Musée, nation, patrimoine, 1789–1815* (Paris: Gallimard, 1997). 总之，对于何伟亚描述的特殊殖民主义欲望，我们并不缺乏更加丰富的情境化材料。

立场。[31] 伯克与马克思之间的对立，又是一个共识与惯例之间的对立，这一问题妨碍了我们的努力，使得我们对于"中国与世界"关系的道德理解更为任重道远。

在这一点上，传统的中国史学完全呈现出"库恩主义"或"霍布斯主义"，只有当反叛者推翻了一个能够重建秩序并延续下去的王朝时，这种破坏行为才可被称作犯罪；但是如果旧王朝灭亡，而反叛者建立了他们自己的王朝，那么这完全符合道德，历史学家们也会以一个新的范式去研究这个新的王朝。在中国历史上，外来者一次次登堂入室、烧杀洗劫，但这些事件的道德性则完全反映在当权王朝保境息民的能力上，用汉学家的专业术语来说，由"统治权"（mandate）决定。[32] 没有任何一位前现代历史学家指责野蛮人的暴行，这就像在指责冰雪刺骨、猛虎食人，只有那些君权所授之人才需要达到义务和忠诚的道德标准。将火烧圆明园的罪责归咎于行凶者，这有力地证明了现代中国人（甚至何伟亚这样的历史学家）接受了一种主权和国际法的范式，这种范式打破了中华帝国长期以来的自我认知。换句话说，虽然这种行径无论如何都罪大恶极，但只有在何伟亚谴责的"再辖域化"情境下才应被谴责。

一个在常识方面胜于我的朋友会质疑："好吧，暴徒们烧毁了宫殿，可是烧毁自己君王的宫殿和烧毁别人君王的宫殿难道没有道德上的区别吗？"然而，中国的皇帝是"别人的君王"吗？这个问题假定了一个相互平等、相互独立的国家体系，而这正是1793及其后不平等条约时期中国皇帝难以接受的。道德（甚至追溯性的谴责）以司法权为先决条件。如果我们接受中国传统的主权模式（唯一的帝王位居天下正中，身边环绕着尚未融合的部落），那么中国的皇帝并不能说是一位异国统治者，而是一位败北的宇宙领主。如果我们接受多个相互平等国家的欧洲模式，那么我们就有了确定罪行是否合法、是否过火的依据。在中国的

---

[31] 梁启超在描述中国而非其皇帝"无为而治"时也有类似观点，这个词可以追溯到《周易》的"垂裳"，何伟亚引用了伯克的说法，但没有继续论述，见 Cherishing Men from Afar, p. 74. 关于马克思的著名论点，即印度的英国殖民主义给社会革命带来的痛苦与进步，参见 "The Future Results of the British Rule in India," New York Daily Tribune, August 8, 1853, reprinted in Marx, Selected Writings, ed. David McLellan(New York: Oxford University Press, 2000), pp. 362-367. 然而，需要注意的是，这种观点已经被视为马克思麻木不仁的依据。刘禾指责马克思主义历史学家在目的论背景下叙述地方史，"迫使对世界历史和国际法进行普遍主义解读"，从而成为"殖民主义史学"的同谋。

[32] 一个特别生动的例子是，在篡权者王莽短暂的统治期间，匈奴游牧民族对国都进行了破坏。见班固，《汉书》（北京：中华书局，1962），卷99下，页4169—4194，而所有历史学家几乎都认为这是王莽咎由自取。

模式下，这一事件理应标志着清朝的灭亡，尽管它并没有；在欧洲的模式下，它是一个没有任何军事或外交目的的荒唐行径，在这样一个新生国际法秩序的背景下，它本应助其创立。火烧圆明园这一挥之不去的丑闻或许在于此：它在两种世界体系中都有其含义，但它在每种体系内部的含义都与这个体系（更不用说另一个体系）判断它的可能性背道而驰。

对于圆明园的劫掠需要在一个广泛（"全球化"？）国际语境之下进行阐释，不仅包括平行时期的殖民，还应将内战和革命包括在内。如果将预设的意义和叙事性的司法权安插在事件的论述中，那么就会再一次忽视其语境的多重性，有时恰恰运用的是人们本来回避的语境。如果我们将火烧圆明园视为一个与1792年、1830年和1848年那些革命性掠夺相独立的事件，那么乍看上去这起事件似乎更讲得通。至少在它的深层意涵中，在其他以民主为由的焚烧行为中，圆明园事件仿佛一个充满魔力的转捩点，因此我们选择忽视那些类似的事件，或者将它们视为戏仿或黑色闹剧（而非悲剧）。但我坚持认为，对于是否将这些焚烧行为视为一个系列，我们没有任何选择余地。如果你要写一部世界史，它们之间的联系是必然的，问题是这种联系意味着什么。（当然，联系并不意味着它们的同一性。）几乎可以肯定，将要出现的不会是目的性或规范性的意义（因为那会将动因具体化为民主、进步或驯顺），而是一种范式，一种体制，以及令人沮丧的近乎荒谬的感觉：俄国形式主义者会将其称为"文学体系"（literary system），无论是否出于目的论，历史叙述都在这一体系中发生。目前为止，只有这种叙述拒绝固定的状态，这无疑由上述范式中彼此对抗又盘根错节的关系引起。

我们已知的历史现状使我们想象：这是一个弱化了的贝奈戴托·克罗齐（Benedetto Croce）所说的警句："一切历史都是当代史。"无论是马戛尔尼在"打开"中国过程中的碰壁，还是梁启超认为中国国难始于外部的看法，这些都促成了一个想象：中国在外来者到来之前，是一个永远与世隔绝、自给自足的帝国。韩森（Valerie Hansen）的中国通史《开放的帝国》从扉页开始就同"中国与世界"的传统观念相矛盾，将这个"永远"缩减为几百年。

当16世纪耶稣会传教士从意大利来到中国时，他们发现这是一个严防边关的帝国。……意大利人自然将中国描述成闭关锁国。欧洲早期的传教士并不会知道,这些防范外来者的障碍是近来才建立的。正如后来的访问者一样,他们误以为自己的遭遇自古皆然,而他们的这种认识也与中国一贯以来轻视外族贡献的历史传统相关。[33]

在这种情况下,历史学家以文化主权为名重现并捍卫的障碍并非中国认知的固有属性,而是明清政策的特征。韩森告诫我们需要警惕所谓的"日内交易者之误",即从图标上最后的波动来推断未来结果。这在年代和影响两个方面都对"中国与世界"的问题进行了重新定义。主要的问题不再是欧洲列强为何如此残酷无情地入侵,而是这种排外政策如何产生,以及它为何呈现出一种永恒的真相。在韩森的故事版本中,这归咎于明朝目光短浅,明朝统治者对能否控制外部关系产生疑虑;同时还来自清朝的帝国焦虑,他们在清朝建国之初,花了40年平定沿海地区明遗民的反清活动,即使叛乱平息,清朝也一直草木皆兵。如果长远来看,与中国之间的贸易或其他类型的互动从来都不是什么新鲜事,"中国与世界"中的"与"也就不存在问题。或更确切地说,真正需要弄清楚的是那些文化构建的问题,它们应当地的需求被塑造,我们要告诫自己不可将其具体化和永恒化。马歇尔·萨林斯(Marshall Sahlins)关注南太平洋包括茶叶、银器和檀香木在内的贸易网络,他指出:"中国的包容性和排他性政策,是帝国同一个实践概念的不同实践方式。"[34] 清朝时,中国人的身份认同以及反殖民主义抗争很奇怪地始于对一些消极词语的重新商议。

我们首先注意到"中国与世界"这个短语在两个隐含语境中的差异,现在我们已经揭示了它们共同的假设,即孤立。安德烈·贡德·弗兰克(Andre Gunder Frank)的《白银资本:重视经济全球化中的东方》超越了韩森的观点,认为中国的孤立甚至不是历史上的插曲,而是一种不可能的幻觉。弗兰克认为,在过去的几千年里,中国作为历史上最大的商品交易地和单一市场,一直充当着世界贸易的中心。历史学家经常从后中世纪欧洲的本质中寻找经济繁荣和商业扩

---

[33] Valerie Hansen, *The Open Empire: A History of China to 1600* (New York: Norton, 2000), p. 14.

[34] "Cosmologies of Capitalism," p. 27 (参考 Joseph Fletcher).

张的文化解释——理性、创新、竞争、祛魅、个人主义、世俗性、法律、民族国家等等——按照弗兰克的说法,这些都是两个发生在欧洲以外的事件共同作用的结果:其一,亚洲贸易的周期性衰退将价格降低到外部国家可承受的范围之内;其二,对于欧洲的美洲殖民地白银的开采。弗兰克指出:

> 如果没有这些白银在欧洲促成的劳动分工和利润的产生,欧洲人就根本不可能在亚洲市场的竞争中插入一脚,甚至连一个脚趾也插不进来。……然而,哪怕拥有这样的资源和优势,他们在亚洲乃至世界的经济牌桌上也不过是一个无名小卒。不过欧洲人将他们的美洲赌注押在了他们在亚洲的全部家当上,并且在那里坚持了三个世纪。……可以肯定的是,欧洲人并没有什么特殊的(更不用说超凡的)种族的、理性的、组织的或资本精神的优势令其能够在亚洲提供、传播或做任何其他事情。[35]

这种宏观历史视角促使弗兰克谴责世界历史的某些经典问题,这些问题被认为是视角有限的产物。1500年以来"世界体系"的历史、工业和科学革命、欧美霸权、"当前流行的'全球化'论点"[36]、资本主义作为一种特定生产模式的存在[37]——除了作为欧洲中心主义意识形态的分支之外,这些对弗兰克来说都没有意义。当它的主角们在一个早已存在的亚洲市场上开辟自己的道路,这种意识形态就开始了巧妙的崛起。(关于"中国与世界"的问题也可以这样理解,不过在弗兰克的语境之下,这显得多余。)弗兰克的补救方法是让历史学家将视野拓展至更加广袤的时空,他确信,这不免使"长期以亚洲为中心的经济"这一论点在欧洲300年的声望中成为一个问题。[38] 弗兰克对亚洲(乃至世界)经济的长期描述模式

[35] Andre Gunder Frank, *Re-Orient: Global Economy in the Asian Age* (Berkeley: University of California Press, 1996), pp. 282-283. 另外有本书更加详细地考察了白银、铜币和其他交易手段在中国王朝时期的作用,见 Richard von Glahn, *Fountain of Fortune: Money and Monetary Policy in China, 1000-1700* (Berkeley: University of California Press, 1997)。这本书尤其质疑外部白银流入对中国整体经济的影响。

[36] *Re-orient*, p. 340.

[37] *Re-orient*, pp. 330-332.

[38] 更全面地了解历史总是一件好事,近期试图打破区域孤立(虽然在一个已经跨过的次学科中)的一本书是 Olivier Pétré-Grenouilleau, *Les traites négrières: essai d'histoire générale* (Paris: Gallimard, 2004),它将众所周知的大西洋奴隶贸易置于地中海、红海和非洲奴隶贸易及其他市场的背景下。

是贡赐体系中的一个变体，它不受官方和外交认可需求的约束，但仍然是围绕亚洲的中心组织，这个中心能够吸收市场上的大量商品。全球化，或者说全球主义，是世界上最古老的东西。它并非什么新闻，也并没有进入中国；但令人惊讶的是为何它看起来本应该这样？

弗兰克的世界历史同样带来了道德寓意，但其中的寓意并不完全是道德上的。在他看来，欧洲人不该为世界的现状受到赞扬或指责，至少不应该为他们倾向于（并且在后殖民理论中继续）吸引世界而受到褒贬。他们不过搭上了顺风车，其短暂的重要性受到运气成分的影响，以及积极运营这一微小优势。或许这是对欧洲人自命不凡心态的终极谴责：他们以为自己结束了贡赐体系，但其实只不过是在前任领主抱恙的时候让它在新的经营管理下运行。

我承诺让一个文学家来讲述一些关于"中国与世界"的全球化故事，评估它们的寓言(fable)元素（或者正如我们在贸易中喜欢提起的，"协议契约"〔fabula〕）。我并无资格告诉你们故事的真实与否，只是描述它们的结构和含义。每个故事都描述了一个问题（中国还不完全是世界的一部分，受到世界太多的支配，世界的中心还未被认可等等），给出了行动建议或至少是判断，以便在获得正确的知识后继续前进。他们有自己的情节线索、张力、主角和沉默，最重要的是他们的教训。我试图将这些寓言的结构与它们的目的相联系，这样做总会得到一些判断，有关于这个人类世界如何组织，以及它终将走向何方。

把欧洲的介入视为实现现代性必要的"通过仪式"(rite of passage)，这种看法将中国（政府、文化、生活方式……）描述为相对于"世界"的滞后，因此是一个需要被纠正的错误。还有一些观点视欧洲的介入是非正义的，只通过暴力（对人、法律、公平和文明的暴力）来完成，他们认为欧洲人的到来打破了现存的平衡，引发了战争，或至少将国家置于一个延续到今天的混乱中，这种看法也可以被理解。这两种形式的故事都将"中国与世界"的纠葛置于一个特定的时刻，比如马戛尔尼特使到鸦片战争之间的半个世纪，在这个时刻的一边，中国仍然是中国，而在另一边，中国不再是自己，也不再是自己的主人。有人认为中国的正常模式是在一个更广阔世界中的重叠，这一故事形式的对比体现在角色的孤立性上：在前一种故事中，孤立是中国的常态，与"世界"的争执是一种尴尬的后天习得性反射；在后一种故事中，孤立是对中国在世界中预期角色的暂时性曲解。（"在世界中"而非"与世界"：词典编纂的一小步，史学的一大步。）"中国在世界中"故事的影响是相对化的"中国与世界"的故事：不仅忽略了欧洲和北美介入的影响（无论是奇迹般的还是令人沮丧的），而且在假定现代并不构成一个完全独立事实次序的基础上，开辟了可与1800年以前作类比的领域。

[39] 交流具有的无可争议的价值，充当了美国资本主义的另一个虚假之神，关于这个观点的论述，见 Ignacio Ramonet, *La tyrannie de la communication* (Paris: Galilée, 2000)。

[40] 再一次引用 Sahlins 的论述，"世界体系理论成为它所鄙视的帝国主义的超结构表达——世界体系本身的自我意识"，见 "Cosmologies of Capitalism," p. 3。

但是，把这些故事划分为"中国与世界"和"中国在世界中"，就忽视了这些坚持中国现代性经验特殊性的故事所共有的一个矛盾特征：它们表达对交流或"普遍性"的不信任乃至愤恨，尽管如此，在表达道德义愤时，它们似乎呼吁一个共同的是非标准。尽管这种叙述并没有表现出规模上的通约性，但有时似乎确实适得其反：尽管教义上反对普遍主义，但普遍存在的不公正感给这些故事带来了独特的矛盾色彩。我认为这种感觉是正确的，它关乎关系，而非孤立。如同每一个"山鲁佐德"（《一千零一夜》中讲述故事的女主人公）自保的本能，即使是在对抗这个被讲述的故事，讲故事的兴趣依然在于希求引发交流，希求"与"在"中国与世界"中扮演更重要的角色。当然，这并不意味着交流（就像真爱那样）一定要分出彼此胜负，只是这种叙述方式倾向于产生这样一个结果。[39] 而那些表达了历史谬误感的叙述总是呈献给世界各地的观众，这其中就包含了作为读者的你和我。

在我看来，比较文学的一小部分专业观众是世界观众的先驱，他们将会达到世界文化未来（和令人向往）的状态。若果真如此，我们需要想一想可以用来介绍"全球化"时刻的故事模式。在那些选集、教学大纲和大家彼此之间的默契中，最常见的所谓后规范实践（post-canonical practice）看起来像是沃勒斯坦模式的应用世界体系理论，它讲述了初始的欧洲资本主义和当今的比较文学如何通过威逼利诱，将世界其他地区纳入其"现代性"的故事。[40]

我不知道这是不是世界文学史主流叙述的正确模式，对于全球化 (globalization)（或更确切地称为全球性，globality）的不同叙述应该促使我们追问，孤立的故事情节以及随之而来的被迫交流是否能指引我们找到正确的关注对象。抵制这一点说起来容易做起来难：前文论述了一种观点，即受到后殖民影响的历史学家们的反辉格主义叙事，仍然与最欧洲中心主义的辉格历史有着共同的形式、情节和主导问题。这种困境表明，即使在理智上，也很难摆脱融入现代体系的逻辑。但是，如果弗兰克或韩森的版本成为我们的主导模式呢？由此将出现什么样的模型和数据，它们是否可以引发不再围绕"现代性"及其殖民地先驱的叙事呢？无论从文化角度还是商业角度来看，中国从来都不是一座孤岛；我们只需要停止将1492年后的欧洲视为"世界"的同义词，不再将它当作"世俗"的成就时刻，以此来开始看到其他的流通模式（例如，以波斯和中亚为中心的贸易体系，或者基于汉字传播的文化谱系）——首先要从根本上看到它们，然后或许才可以将它们视为标准。作为标题的一部分，本文并未讨论将欧洲视为"世界"这一谬误，因为这样的错误如此明显，如此广为人知。[41] 然而意识到这个错误是一回事，改变人们的实践则是另一回事。正如文中案例所示，打破欧洲中心主义的惯习比看起来更具挑战性，质疑全球化主题的假设将是一个良好的开端。

刘洋河（香港科技大学） 译

---

[41] 正如埃瓦·齐亚雷克（Ewa Ziarek）在一次简短的对话中所言，如果与"世界"的同一性是欧洲中心主义的错误，那么或许"……与世界"是一种更可取的正常距离关系。

近期英语世界的中国文学史 *

* 原文发表于《哈佛亚洲研究》(*Harvard Journal of Asiatic Studies*), 2019 年第 79 期, 题作 "Review Essay: Recent Chinese Literary Histories in English"。

The Oxford Handbook of Chinese Literature (1000 BCE–900 CE), edited by Wiebke Denecke, Wai-yee Li, and Xiaofei Tian (Oxford: Oxford University Press, 2017).

《牛津中国古典文学手册（公元前 1000 年—公元 900 年）》，魏朴和、李惠仪、田晓菲编（牛津：牛津大学出版社，2017）。

Ancient and Early Medieval Chinese Literature: A Reference Guide, edited by David R. Knechtges and Taiping Chang, 4 vols (Leiden: Brill, 2011–2014).

《古代及早期中古中国文学史料丛考》，康达维、张泰平编，共四册（莱顿：博睿出版社，2011—2014）。

A Concise History of Chinese Literature by Luo Yuming, translated with annotations and an introduction by Ye Yang, 2 vols (Leiden: Brill, 2011).

《简明中国文学史》，骆玉明著，叶扬译注并撰写简介，共二册（莱顿：博睿出版社，2011）。

一部文学史为何存在？我们何时需要它？或为查询某个姓名、日期或题名（如，孔尚任写的第一出戏剧是什么？），或为查证某个推论（如，陶渊明所作的奏议类文章都遗失了吗？），或为衡量某些议题是否达成一定共识（如，朱熹的诗词有阅读价值吗？）。诸如此类的用途是实用、短期、有针对性的，即人们通过查阅文学史书籍为自己的写作和思考找寻答案。中国文学浩如烟海，任何一个时期或任何一种类型的文学都充溢着成千上万个陌生的人名和题名，凡有所涉猎的人都会为之叹服。文学史粗粗勾勒出文学的脉络，展示你所知道（如《唐诗三百首》）和不知道（如鲁迅早期的散文或《汉书·艺文志》）的。若你决定潜心研究某一文学领域，文学史可提供相关入门级的阅读材料或收录了代表性片段的集选。与此同时，文学史会简要概括相关背景，指出某一时期文学的理想抱负和问题所在。从这一点来看，文学史不是知识本身，但它引领你获取知识。

和所有文学选集一样，文学史的撰写牵涉材料的选择。文学史无法面面俱到，作者们必须决定哪些重要，哪些有讨论价值。介绍司马迁需多大篇幅？介绍干宝又需多少呢？在中国志怪小说的历史上，干宝的确比司马迁更值得花费笔墨，但一部文学史的任务是在时间长河中书写中国文学的全貌，因此，"重要性"取决于作者对"文学性"的考量，不能只依据某一主题来衡量。一部文学作品对于文学发展的贡献如何？如果它开启了一种类型，一个主题，一种文体形态，或者成为一种写作典范，或者成为被压制的目标，那么它在文学编年史中的篇幅会等比例增加。

[1] Geoffrey Hartman, "Toward Literary History," in *Beyond Formalism: Literary Essays, 1958–1970* (New Haven: Yale University Press, 1970), p. 356.

"符合故事"是一项不言而喻的挑选法则。历史大体上是一种连续性叙事，这项法则同样适用于杰弗里·哈特曼（Geoffrey Hartman）笔下"那些假以文学史之名的伪因果流浪汉小说和那些在注释中声称囊括全貌但实际并不如此的手册"[1]。被写进历史的内容必须对整体故事有所贡献，尽管可能会打破其中的连贯性。想想近期才进入研究视线的古代文稿。当和已有文稿有相似之处时，它们才会被轻易纳入已知的早期中国文学版图。否则，它们的出现会促使我们大范围修正既有看法——既往谈论过和论述过的内容，以及谁、什么时候、为什么这样做。这种修正恰恰凸显了文稿发现的价值所在，它们有能力颠覆既有共识。

我们期待文学史讲故事，但在期待一个故事还是同一个故事之间，文学史显现出巨大的脆弱性。它的意识形态导向显露无遗，不认同其中观点的读者将它拒之门外。近来的几部文学史在这一点上变得更加自觉。很久之前，有民族主义倾向的文学史通常映射国家意志（无论是种族的、文化的、语言的），它所囊括和强调的内容是由最终目的而决定的。凡是有助于建构国家记忆的都会细细审读，并被赋予联结未来的价值和意义，而在此方面无所助益的内容会遭到删减。本着这样的原则，法国文学史百分之百会删除十七世纪萨瓦僧侣的拉丁文著作，法语文化圈扩充法国身份认同之前，海地、毛里求斯和塞内加尔作家创作的法语诗歌和历史也一并被排除在外。对于捆绑身份的质疑使得关乎国家性的文学史难以捉摸。因无法忽视认知批评这一代对年鉴派历史计量学家、修辞分析学家和所有派别的建构主义学家所著历史的批判,德尼·奥利耶(Denis Hollier)和《新法国文学史》的其他编辑只收录可称之为"前进"的内容。他们放弃在法国最伟大、最具代表性作家的作品中追寻"法国身份",转而将历史分解为一系列并不引人注目的事件,每个事件都注明日期,并由不同的作者撰写,对每个条目可能带来的影响进行尽情地陈述或暗示。如"1541 年 7 月,雅克·皮莱蒂尔·杜曼翻译贺拉斯的《诗艺》:作为文学的翻译"(格林·诺顿),又如"1892 年,奥斯卡·王尔德尝试让莎拉·伯恩哈特在伦敦扮演自己的戏剧《莎乐美》中的角色:写作和舞蹈"(弗朗索瓦·梅尔泽)。[2] 奥耶尔组织文学史的方式鲜明地反对了整体性:它提供的是片段、时刻、行动和个体言论,至于其中关联,留待读者自行想象。考虑到国族精粹这一意识形态过去常常被人利用,旨在达成各种目的,因此,采取这种小心翼翼的态度一点也不过分。2004 年大卫·威尔伯里(David Wellbery)的文集就是以这种态度对待德国文学史的,奥耶尔模式在此显露打破旧习的锋芒,[3] 尤其是和以下这份 1940 年的人文系列征稿启事进行对比:

> 当前这场战争很大程度上不仅仅是一场军事战争,更是一场智力与文化的对决,它将决定未来欧洲的学识秩序……(在此)*德国性*必须有所体现,它是这里的关键角色……*写作的使命是从德国的语言和文学中提炼德国性的精髓*……其目的并不在于制成某种新型的手册,也不是对材料进行某种形式新颖的编排,而是直指一个决定性、本质的、核心的问题,这一问题是所有德国研究的基础,即,在某一阶段和类型的文学成就中,*德国性是什么?*……这项工作的全部主题可以概括为:*德国文学中的德国性*(*Deutsches Wesen im Spiegel deutscher Dichtung*)。[4]

---

[2] Denis Hollier et al., eds., *A New History of French Literature* (Cambridge: Harvard University Press, 1989), pp. 180, 813. 一位传统学者对困惑的典型表达是 Richard M. Berrong, "review of *A New History of French Literature*," in *Philosophy and Literature*, 14.2 (1990): 398–99.

[3] David E. Wellbery et al., eds., *A New History of German Literature* (Cambridge: Harvard University Press, 2004).

[4] 斜体部分为原文强调;Franz Koch and Gerhard Fricke, "Zum wissenschaftlichen Ein-satz Deutscher Germanisten im Kriege"(1940 年 6 月),引自 Frank-Rutger Haussmann, "*Deutsche Geisteswissenschaft*" *im Zweiten Weltkrieg: Die "Aktion Ritterbusch" (1940–1945)* (Dresden, Ger.: Dresden University Press, 1998), pp. 170–173. 该项目收集了五卷人文领域的调查文章,作为项目主要发起人的基尔大学校长将其称之为"Aktion Ritterbusch"。关于弗里克(Fricke)战后从事的职业,见 Kader Konuk, *East-West Mimesis: Auerbach in Turkey* (Stanford: Stanford University Press, 2010), pp. 125–127. 关于对"血统和出身"类型的德国文学史的调查和批评,见 Max Wehrli, *Allgemeine Literaturwissenschaft*, 2nd ed. (Bern, Switzerland: Francke, 1969), pp. 18–21.

欧洲人敏锐地意识到国家文学史写作的社会背景（原为德语 Sitz im Leben）。文学故事情节和风格所展现的特征，如媒介、动机、个体、一致性、冲突和决议，奠定了过去笃信的"想象的共同体"。然而有时起作用的不仅仅是历史。文学激发读者的想象和感受，激起读者的同情之心和情感投入。文学史是这样一部小说：文学作家是故事人物，文学时期划分故事章节，赢取我们的认同是推动故事前进的动力。作为史诗体裁中的后起之辈，文学史通过回溯过往因集体意识促成的事件来定义普罗大众，借此吸引读者参与其中。与之相反的是，奥利耶和威尔伯里的文学史使身份认同变得困难，完美遵循了布莱希特式戏剧或反自然主义小说的传统。

[5] Hayden V. White, "The Burden of History," *History and Theory*, 5.2 (1966): 113.
[6] 朱自清，《"诗言志"辨》（上海：开明书店，1947）。

正如海登·怀特（Hayden White）所说，历史学家"必须做足准备好好思考这样一种观点，即历史是一次历史性的偶然，是特殊历史情境下的产物"[5]。阅读文学史时，要思考这些问题：它给偶然事件留了多少空间？历史学家是否已经缴械投降，只满足于编写符合"想象的共同体"理念的故事？过去是否被刻画成一系列的变革阶段并最终导向现今的我们？历史如何对待起源和终点？对于由来已久的话题，它将其视作深化理解的拦路虎，还是值得烂熟于心的知识点？历史的框架和成文过程的关系又如何呢？

尽管康达维和张泰平的《古代及早期中古中国文学史料丛考》一书没有采用前后连续的写作范式，但却未能完全规避叙事模式的限制。如编者所说，本书涵盖"800个条目，提供文学人物、文学类型、文学思潮、文学溯源、文学派别等信息，亦附相关专有名词"（卷1，页 vii）。有的条目十分简短（康达维只用了一句话来解释二班指的是班彪和班固，卷1，页210）；有的条目则如论文一般长达十页。书中不少内容重复了康达维其他著述作品中的注释，他是一位博学多才的学者，翻译并注解过《文选》一书。书中给出的参考书目往往长过条目内容本身，并且以近期的学术成果为主。朱自清1947年的《"诗言志"辨》对于现代学术和诗学意义重大，[6]但本书并未在"赋诗"这一条目中对其有所提及，这不禁让读者怀疑本书是否舍弃了孔夫子式的静默批判传统。据传苏蕙曾为纪念迷失的丈夫作了一首841字的回文诗，然而作者只用半页纸和几个文献来介绍她。这是否意味着，尽管苏蕙在女性文学领域家喻户晓,本书编者却认为她并不真实存在?通常情况下,一个有关作家的条目包括此人的生平、主要作品、作品的传播史,以及编纂者简短的评论。接下来是重磅内容:列出作品的古典和现代版本及评论、索引,不同语言的作品译本和相关研究(主要是中文的学术著作和论文)。以干宝的条目来举例(卷1,页253—266)。人物简介和参考文献各花费一页半的篇幅,但介绍《搜神记》用了五页(一篇1/3页长度的文章和近乎四页半的参考书目,卷22,页1025—1030),介绍《后搜神记》的文章和参考书目共占两页(卷22,页1023—1025),无限放大了他不朽的功名。对于颇受欢迎且长久以来用于教学的《木兰辞》,编纂者总结了辞赋的文本历史,对因词汇层面的障碍而无法判断其在北朝准确的创作日期加以说明,并且点明后续改写的可能性,同时列出从1944年至2009年与此相关的26项研究(卷1,页686—689)。所有的参考书目按照时间先后顺序排列,读者略扫一眼便能感受学术课题如何随时间发展变化。

康达维和张泰平对于署名为历史人物作品的真实性十分谨慎。时光流逝并不是致使原创作者信息模糊的唯一因素。古时候的编纂家和图书管理人员经常对收集到的材料进行重整、重写、润色,这些材料通常是围绕着某一主题的纲要性文本,由不同的人写作而成。一首关于某个历史人物的诗词冠以此人为作者的情况屡见不鲜,而中文代词的使用方法也加剧了错认作者的可能性。因此,早期中国文学的研究者再小心也不为过,尤其是对待佳作。

当现有知识不足以形成结论时,康达维和张泰平便不会做出结论,他们总结归纳有关争议,并明文列出,这种做法无疑是有助益的,因为争论在持续,总会出现新的研究成果。得益于本书提供"研究"书目,一头扎进书中的读者也不会感到困惑。此处以《楚辞》举例说明(卷1,页124—156)。编写者概略性地介绍了楚辞诗歌的历史和别具一格的韵律,也简要论及无数后来者所做的文本阐释,以及原作者无法确定等信息。书中并无毫无依据的猜想,然而,屈原悲惨的命运和宋玉的个人轶事却被分开了,未出现在楚辞这一条目之中。屈原和宋玉的条目(卷2,页745—749,1007—1022)回顾了他们的生平,指明相关佐证的争议性,同时为现代国家主义中的屈原崇拜提供了讨论空间。

包容性是本书最鲜明的特征。很多平生只有一首诗歌闻名的作家都被记录在案，还有不少只被其他作品提及的人物也在此出现，如苏宝生（卷2，页1030—1031）。这些稀缺的记录通常译自中文参考书，如《中国文学家大辞典》（一部完整的中国文学家辞典）。[7] 如果读者对苏宝生一类的小人物感兴趣，可以查询《辞典》一书。既然康达维和张泰平将这些信息带入英语世界，就说明他们意在呈现一切已知的知识，而不是选择所谓重要的信息。

反复翻阅此书足以让读者对此部中国文人的群体传记产生整体观感，成千上万个陪衬人物参与了历史、地方志和纪念文书的创作、编纂、评论与草拟，他们或被任命要职，或被革职流放，他们或和朋友交换诗作，或难以留下只言片语。他们同样是文学史的一部分。没有作品留世或许只是机遇问题，而阅尽他们短暂的一生正是一种提醒，文学史就是这样残酷和随机。我们所拥有的就是得以流传下来的。我们可将其组合成充满意义的模式，也可以想象自己在一场时间久远的争论中表明立场，但这些终究只属于我们。"六艺"是《史记》带给我们的遗赠，但新发现的碑文却始终质疑着它的对称性。很多研究围绕着《文选》和《玉台新咏》的对立关系展开，但"这两部文集只是六世纪前半页浩渺文集中的幸存者罢了"。[8]

本书的时间范围明确限定在"古代与早期中古中国"，但浸润于热衷自我反思的中国文化之中，任何一部作品都会被反复讨论，最终超越时代限制。看一看康达维和张泰平提供的参考文献，几个世纪以来围绕着中国文学进行的激烈争论就一览无余。文本诠释和文本解读从未中断，相关知识也在持续更新。尽管无数书籍已随岁月流失，但一旦一部作品有幸被发掘，研究者们定会趋之若鹜，绝不会任其躺在角落里吃灰。《古代及早期中古中国文学史料丛考》一书值得反复研读，它的内涵远比书本内容更加丰富多彩，善于发问的读者会收获更多回赠。

骆玉明所著《简明中国文学史》的写作格调则有所不同。[9] 本书基于多

[7] 曹道衡、沈玉成编，《中国文学家大辞典》（北京：中华书局，1996）。

[8] Xiaofei Tian, *Beacon Fire and Shooting Star: The Literary Culture of the Liang (502–557)* (Cambridge: Harvard University Asia Center, 2007), p. 108. Mark Edward Lewis, *China's Cosmopolitan Empire* (Cambridge, MA: Harvard University Press, 2012), p. 247.

[9] 这里所说的是骆玉明所著《简明中国文学史》（上海：复旦大学出版社，2004）的英译本。

年本科教学的课程内容展开，编写方式与章培恒和骆玉明的《中国文学史》类似，[10] 采用前后连贯的叙述方式，将中国文学划分为几个主要时代，并将作者分门别类，同时勾勒出每种文学类型的萌芽和发展历程。骆玉明开篇点明"中国文学在数千年中虽屡屡向异质文化汲取养分，却始终保持了一个连贯的、从未中断的发展过程，这在世界上是一个独特的现象"（卷1，页1）。为展现这一"连贯的、从未中断的发展过程"，本书前几章详解了部分文本，认为这些文本启发了后世出现的亚文本类型，同时指出古代的初民族群是现今"中国人"的精神祖先。"中华文明是多元并起、逐步融合的……但是，黄河流域文化显然占了主导地位"（卷1，页1—2）。北方"严酷的生存环境"促使北方文化部落"把分散的人群凝聚为强大的群体"，所以"北方文化中的国家意识形态相比于其他地域要早熟得多"（卷1，页2）。对于孟子和荀子来说，骆玉明关于"早熟的"黄河流域文化崛起的论断是有道理的。"在商代，礼只是祭祀礼仪，而相传为周公姬旦所指定的周礼，则包含政治制度、典礼仪式、伦理规范等多种内涵。"（卷1，页4）现在已经很少有考古或者历史学家把周朝政治秩序的建立归功于一个可能只存在于传说中的人物，但骆玉明却如此，他继而引用孔子所说的"克己复礼为仁"，这"符合周公制礼的本意"。也许孔夫子确实这么说过，但我们也就此打住，不再追寻了吗？总而言之，我们在此读到的是简化版的不过如此的故事。

被丹纳（Hippolyte Taine）和恩格斯（Friedrich Engels）视如珍宝的进化模型推动着论述的持续深入。"礼的建设意味着周文化在多方面摆脱了原始宗教的力量，而运用具有理性的政治手段和道德意识调节社会关系。"（卷1，页4—5）南方的情况则不一样。"在长江流域，气候湿热……维持简单的生存比较容易。因此即使同样有形成强大群体的需要，也不像北方那么迫切。所以，在长江流域，通过抑制个体来维护社会秩序、强化群体的意识形态远没有北方那么发达。"（卷1，页5）在北方文化中，"音乐、舞蹈、歌曲，都被当作调节群体生活、实现一定伦理目的的手段……而楚国的艺术，其主要功能仍然表现在对审美快感的满足上，充分展示出人们情感的活跃性"（卷1，页33）。

理性、勤劳勇敢的北方人，感性、自由自在

---

[10] 章培恒、骆玉明，《中国文学史》，三卷本（上海：复旦大学出版社，1996）。

的南方人，读到这里，一切都是那么自然。骆玉明讲述了屈原的生平，符合传统，也没有提出任何疑问。《离骚》充满"热烈动荡的感情"，骆玉明认为它和《诗经》相比，"有飞跃的进步"（卷1，页40）。它的进步在于"自叙传性质"（骆玉明在此打破了先前所强调的对于北方式理性和道德管控的领导力）展现了诗作"宏大的篇幅和复杂的表现手段"（卷1，页40）。于是，"多元并起、逐步融合"的论述吹响了胜利的号角。

[11] 本书译者叶扬对于该书在中国文学史系列中地位的评价证明了这一点（pp. ix–xiv）。

  本书的前几个章节围绕北方 vs 南方、社群 vs 个体、理性 vs 情感等主题展开，由各种历史事件组成的传统叙事让读者有聆听大学本科讲座的感觉。一位表述生动、个性敏锐的教授，在已知的知识框架下讲述有趣的事例，每一次讲述都引向文学深邃的复杂性和强烈的个人表达：都是为了学生不辞辛苦地将这些内容刻进脑海里，这样可以确信通过课程考试。但并不是所有的读者都是本科学生。我们无须再听一次关于中国文学的伟大故事。郑振铎、刘大杰和其他毫无止境向前看的文学史都讲过这些故事。骆玉明的文学史恐怕无法激起读者精进研究的兴趣，倒是作为大学课程教材比较有价值。[11] 它回答了很多问题，而事实上，它也无法抛出尚未解决的问题。

  然而，一旦意识到这种传统范式写作的局限性，我们就更懂得欣赏它的价值。一方面，骆玉明认可了"《墨子》在中国散文史上不可忽视的地位"（卷1，页66），尽管此书并无什么美学价值。另一方面，骆玉明只花费了3页笔墨对庄子"宏大壮丽、迷离荒诞的幻想空间"加以叙述，并最终总结道"后世许多大作家都曾受到它的影响"（卷1，页71—72），着实简短。他把早期的史书和语录都归结为文学，如《左传》《史记》《国语》和《战国策》。既"铺排辞藻"又"掩饰伦理"的汉赋分别通过扬雄（擅长伦理和讽刺）和司马相如（极度注重修辞艺术）的作品加以说明（卷1，页85，88）。张衡的《归田赋》是"辞赋史上第一篇反映田园隐居乐趣的作品，其中写景的部分，自然清丽，十分出色"（卷1，页95），也是新兴的具有自我指向精神的文学。张衡这个例子使我们有机会把骆玉明精准的列举与康达维和张泰平的文献式写作进行对比，对于《归田赋》，后者的鉴赏十分相似：

此赋是第一首自觉表达田园生活美好的中国诗作，是城市和宫廷之外的生活方式。张衡笔下的乡村是一种理想化的隐士居所，可谓后世描写乡间生活的范本，比如陶潜的《归园田居》。（康达维、张泰平，卷4，页2148）

但在康、张二人的文学史中，我们还可以看到有关张衡的其他信息，比如他在天文学和地震学方面的贡献（康达维、张泰平，卷4，页2148）。这二位学者的书并不局限于当下的故事，所以内容范围更加宽广。

在骆玉明的定义中，两汉文学的地位十分显著。尽管春秋战国时期的诸子散文被写入文学史，但文学终归要和"政论散文"区分开来（骆玉明，卷1，页107），且班固之后"史学将与文学分离，恐怕是不可免的"（骆玉明，卷1，页124）。"艺术性"成为赋的主要特征，"一批专门从事文学活动的文人群"逐渐显现（卷1，页78）。这种新兴的自觉意识预见了南朝"美文学与口语及普通文章的区别"并"为后来文学的进一步发展作了实验性的探索，打下了重要的基础"（卷1，页196）。

在修辞风格上，追求华美本来无可厚非，但过于单一地倾向于华美也必然会带来许多缺陷。这些弊病在南北文学融会的过程中不断受到批评和纠正……但不管怎样说，南朝是文学自觉意识更为强烈的时期，南朝文学……（也因此）在整个中国文学史上是十分重要的环节（卷1，页197）。

当然了，在中国文学史上，关于美学性和功能性的看法时常发生拉锯战（可对照卷1，页202—203,384—385；卷2，页661），彼此之间无法调和。

作为评论家和史学家，骆玉明的立场尽在这些论断之中。他笔下的文学史是一部文学自觉意识越发增强的历史，但过多的自觉意识未必是件好事。伦理和纯美结合，北方和南方融合，这是好的。这些传统主题为他大师级的论述奠定了坚实的基础。

唐宋时期的重点自然是诗词。无论是大家还是一般诗人，骆玉明都对其诗作进行了旁征博引。大咖群集，但无甚惊喜，更像是一份调查报告。翻译过来的仅仅是一些指征性内容，没有中文文本，也没有原文参考资源。读者倒是可以在译者整理的"词汇表"（卷2，页901—987）中查看诗人的姓名，人名和诗名都是中文的，查到后读者可以返回阅读，或者直接参考骆玉明所著的中文版文学史。鉴于本书重在介绍，若能为初学者提供更详细的参考书目指引就再好不过了。但参考文献的缺乏正是此类型写作的特征，以前在课堂讲授这段历史，需要解释的是文集内部节选的依据，而文本的原始出处则留待读者自行查找。

在敦煌石窟发现的文献类型较为混杂，其形式、主题和语言受周边国家文化交流影响，且在二十世纪中叶之前未进入大众视野，这给积累渐进、连续不断的文学史叙事带来挑战。骆玉明只进行了简单论述。北宋时期，道学的出现加强了意识形态管制，推崇"成熟老练、冷静内敛"的品性，在骆玉明看来，这和北方文化有所关联（卷1，页459—466）。与此相对的是，骆玉明对宋朝的诗歌、话剧和小说并不太感兴趣。因其坚持史学和文学分离的写作立场，所以对于这一时期的论述文和评论文，他并未进行过多讨论。

元朝的文言小说《娇红记》被视为文学上的一次重要转折。除却空前的长篇幅，它的"情节之曲折、细节之丰富、描述之细腻，都是过去从未有过的"（卷2，页638）。对于人物内心世界的细致刻画是其突出的优点。然而，小说也无法突破自身限制，如骆玉明所说，"文言是一种与日常生活语言脱离的书面语……所以读者无法沉入小说的虚构世界中去……语言也显得冗杂累赘。由此我们可以看到：中国古典小说朝着白话方向转化，从表层原因来看是出于通俗性的需要，从深层原因看，是由小说艺术自身的特点决定的"（卷2，页639）。

和以往的中国文学史不同，骆玉明并未对元明时期的"通俗小说名著"进行长篇大论，对《三国演义》《水浒传》和《西游记》只简要概述了故事大纲。明朝晚期的小说崇尚感性，这似乎十分符合作者的品味，相关介绍也就更加细致，比如《金瓶梅》所用篇幅就较长。这部小说"开辟了一个新方向……因其对社会现实的冷静而深刻的揭露，因其在凡庸的日常生活中表现人性之困境的视角，因其塑造生动而复杂的人物形象的艺术力量"（卷2，页741）。连贯的时间顺序的叙述被一个长达70页的章节（第十八章）打破，这一章从1644年的"清代诗文"一路谈到苏曼殊，一位于1918年辞世的诗人。但这一章作为本书结尾显然不够有力，所以作者又返回明朝时期，回溯戏曲、话剧和小说的发展历史,从李玉写到《孽海花》,中途又论及《红楼梦》和其他文学著作。这样的结构有些奇怪,好像清朝四种主要的文学类别从无交集,也给读者一种学期匆匆结束的感觉。当然,这样说也是因为把文学史当成了叙事性写作,即基于其写作行为和动机进行判断。本文所评述的另外其他两部文学史并不如此。

骆玉明文学史的译者叶扬考虑到西方读者对于中国传统较为陌生,所以常常根据需要插入一些有用的信息。但是一些直接取自当代中国文学领域的学术名词会使英文读者感到迷惑:比如,骆玉明论及文学发展时用的"合理性"被译为"rationality"。有时,一个词的选择会彰显出对待历史的态度,此处就是一例。

如果说康达维和张泰平回答了哪些作品属于"古代和中古中国"这一问题,那么骆玉明回答的就是"中国文学的发展故事是什么"。而魏朴和、李惠仪、田晓菲处理的则是"(在中国文学史的前两千年间)什么是中国文学?"这一问题。三人所编的书分为不同章节,章节围绕主题展开,但视角各异。前两章由宇文所安(Stephen Owen)撰写,他为本书所使用的"文学"一词下了定义,并规定了本书采用的时期划分。"文学基础"部分(第三至十一章)对文学媒介和机构进行了介绍,包括文字系统、纸张类别、手稿流通和书法展演,也有科举选拔体系和必要的知识储备(评论集、书馆和杂录)。"文学作品的生成"(第十二至二十六章)首次说明了中国文人如何将文稿归为"经、史、子、集"四类,又如何按照现代人的认知对其重新进行分类(如,诗歌类对叙事类,精英文学对大众文学)。当谈到文学作品传播这一同时牵涉体力和智力的活动时,一部分内容借鉴了康达维在参考文献方面的专业知识(第十九章),同时冲破本书设定的期限,对"早期文学在宋朝的接受"(第二十一章,宇文所安作)和"早期文学文本在元明清的传播"进行讨论(第二十二章,李惠仪作)。另一种文学传播的模式是"文学作品的生成"部分的下属内容,详解了人们思考文学的方式:如何根据文学理论、著作者情况和文学传统的形成来衡量和归类文学作品。也可以根据"时刻、地点、人物"(人物指的是众多文本和类型中反复出现的人际关系种类)对文学语料库进行进一步分析和重组,本书有四篇论文就是按此写作的(第二十七至三十章)。

最后，题为"早期及中古中国和世界"部分（第三十一至三十六章）的写作颇具国际视野，文章写殖民化与中国化，写翻译，也写"东亚的汉学圈"和朝鲜、日本及越南的传记文学。

上文根据目录对本书内容进行了概要，可以看出，本书致力于回答我们应该如何思考中国文学这一问题，并回答我们应该使用哪些词汇和概念，或者说，我们应该使用哪些相对的概念，但没有哪一个章节给出完整的答案。概念是有局限性的、是临时的和可被替换的，这种认识越来越成为一种共识。如果我可以稍作解释的话，本书的章节看起来像在进行一场持久的辩论。

文学真的存在吗？宇文所安论及"文"字在中国的话语场域时这样说道："最好根据它和其他词语的关系对其进行定义。"由"惯性"维系，最终"消解于唐朝时期"（页5，10）。划分时期这件事同样令人生疑："划分某一时代的日期应该是叙事的功能，而不是反过来，叙事成了日期的功能。"（页14）任何情况下，"对于准确日期的追溯都建立在一些前提之上，而只要稍加论断这些前提本身就有问题"（页16）。秉持质疑精神的文学史学者倾向"讲述不同的正在发生的事，而绝非一个单一的故事"（页23）。

难道一切都遗失了吗？并非如此。我们仍有乐观之事可期（正如本书章节排序所暗示的）：刻于木片、纸张、丝绸、石头和青铜器上的实体；形状千变万化的字符，透露出有关时间和地点的信息；歌谣、诗歌和故事的表演；誊写和编辑书籍，打印、赠予和存收书籍；图书馆和藏书馆，有可进行阅读的学校和修道院，有用于考场的大堂，还有文人集体的社团。这些都是不用翻阅图书就可证明文学存在的实证。

因此，文学确实存在，至少存在于一些实物之中。很多活动围绕着这些物件展开：评论、收集和分类。一个文本所获评论数量的多少可以作为衡量文本重要性的参考。文学评论也是一种社交方式。读者根据其他读者的观点对文本做出回应，可能出现次生评论。编辑可能发现自己扮演着仲裁者的角色，应对一波又一波观点相左的文本解读。被纳入类书（具有百科性质的文集）的作品很可能会展开一次完全不同的生命，因为面对的读者群不再相同。图书馆藏书，但图书馆的书也很容易被毁坏。遗失的作品可能会被再次发掘，赝品也可能被视为真品进而代代流传。杜德桥（Glen Dudbridge）曾说："这一切都带来家的感觉,对于写作这个无边无际的宇宙,我们只掌握薄弱一角,至今未被发现的,才可以扩展我们熟知的领域。"(页158)我们再次回到这个问题,文学真的存在吗?我们所认为的文学难道不仅仅是那个遗失宇宙的影子而已吗?

当然了,书中的那些人物自然相信文学存在,他们还知道文学分属于不同类别。我们再回顾一次这些类别吧。"经"是文学中的优秀范畴,是或多或少产生其他作品的书。"经"为中国人提供了"一种愿景,这种愿景视他们的文化为一个文本网络,上至先贤圣者,后经一代代人持续不断的写作得以维系"(史嘉柏[David Schaberg],页181)。"史"是"教训和模式的源泉",尽管"它所记载的是那个时期信仰的功能之一"(杜润德[Stephen Durrant],页192, 197)。"子"是"作者"类别的首次出现,它由"智力争鸣和血统亲信"所定义(魏朴和[Denecke],页202)。最重要的是,它们的名字不是自己取的,而来自那些试图将他们融入秩序性智力史的人。然后,这些名字中有"子"的大师们"催发了具备公共影响力的学术辩论",时至今日,影响力依旧持续(魏朴和,页216)。和这些代表性人物不同,"集"的作者们通过他们卷宗中实证性的异质内容向我们展示自己:"诗意的阐述、颂歌、铭文、挽歌、询文、评论、悼词、信件、探讨、王权回忆录、临终嘱托",如此这般,通过个人身份串联起来(田晓菲,页221)。

或者我们索性承认"文学"这一概念出自我们自己,用来处理既有的记录,也用来回应我们自身的需求和愿望。罗吉伟(Paul Rouzer)为自己所写章节的题名加了引号,即,"中国诗歌"(页241, 254),似乎意在申明,二十一世纪的人们使用这一称号之前,这一类别并不存在("诗歌"一词的确是近来才混合使用的术语,意在涵盖所有以"诗"冠名但彼此存在差异的类型)。伊维德(Wilt L. Idema)把"精英"和"大众"这一对概念的起源归结于二十世纪文学和政治的争论,"口头"和"书面"也源于此(页260—261)。在此之前,尽管高雅和粗俗之间的差异已相当明显,人们仍对此保持缄默。伊维德还认为:"把当地的和大众的混为一谈是具有误导性的,从根源上切断了很多现代文学。"(页271)不再理会文学史中这些泾渭分明的对立现象使我们得到"一个更加多样、层次更加丰富、更加高深的写作文化"(页

271)。"历史性"叙事和"虚构性"叙事是另一对相对的概念,出现在艾兰(Sarah Allan)所写的章节中,讨论的是所有已知叙事模式的混杂性(第十八章)。

如果文学只是我们的主观感受,那我们也绝不是第一个欣赏和感受它的,所以接受是感知文学的必经之路。无论是文集,还是文学接受史,还是文学编辑工作,都体现出编制者与文学间的紧密联系。而理论家、传记作者和史学家创造的则是概要性的经典名录(有些只存在于想象之中,无须收录于文集之中),以囊括他们认为重要的作品。

四篇主题性论文(第二十七至三十章)罗列和探讨了作者眼中几乎一切文本所共有的特征。至此,读者才能感觉本书终于开始真正研讨文学作品,以回答文学是否存在的问题,而不仅仅停留在介绍文学作品所在地、封面包装和别人的亲眼所见这些事情上。文学发生在何时?(一生之中总在发生,是关于时刻的体验。)文学发生于何地?(在庭审现场,在闺房之中,在城市,在陈威设立的边界间;在公园和花房,在庙宇和阁楼,在山川和河流,在田棱行走的小路上。)文学发生在何种场景之中?(政权、欲望、超脱均是,李惠仪如是强调。)

对于文学存在这个问题,讨论已经足够,那么文学有何所为?去向何方(第三十一至三十六章)?和他者们又如何相处呢?(他者是文学作为自我存在于世界的条件;我们也听过很多说法,表示中国文学就是它自己的世界。)"甚至在中国的帝王统治时期,局势并不安稳的西北地区也成为文学重镇,一个又一个文学都市诞生于此,文学传统(包括中文)在此延续。"(塔马拉·金[Tamara T. Chin],页492)中国文学长期忽视的佛教触发了长达几个世纪的翻译实践,促成了广泛的国际交流,僧侣们可以穿行至亚洲的另一角去学习和取经。这就塑造了始于六朝时期的中国文学,深刻影响了文学的情节和类型。韩朝、日本和越南人正是通过中文写作首次认识到普通书写的力量,包括用于记录、管理、交流和艺术的写作,几个世纪过去之后,这些地方才产生本地写作文稿,自此打破了"中文书写"和"普通书写"间的平衡。这部分的作者详细记录了晚清之前这一区域的汉学交流情况。

用系列主题式论文来书写文学史,特别是对特定概念进行溯源的方式在二十年前引起一些学者的质疑,他们的学术训练偏向以时间为顺序的传记式写作。[12] 魏朴和、李惠仪和田晓菲证明多论文式的方式是可行的，前提是在计划初期就要制定周密的目录大纲，并要求作者严格执行自己所负责的部分（虽然《哈佛手册》中的部分章节游离主题，对于出自他处的材料进行了改编）。像《剑桥中国文学史》般具备兼容性且照时间顺序写作的文学史减轻了负担，[13] 所以编者可以自由进行试验。但《哈佛手册》以质询为基础，必须远离单调的中心主义，不再坚持文学发展观，同时舍弃不加质疑的判断，正是这些判断让文学史的读者昏昏欲睡。文学史和文学一样，当它不再对大部分事情熟视无睹的时候，才是最好看的。

李雪伊（深圳大学）　译

---

[12] 见 the review of *The Columbia History of Chinese Literature*, ed. Victor H. Mair (New York: Columbia University Press, 2001) by Martin Kern and Robert E. Hegel, "A History of Chinese Literature?," *Chinese Literature: Essays Articles Reviews*, 26 (2004): 153–179. 科恩（Kern）和黑格尔（Hegel）表达了对一种综合的、叙事的、发展的、跨学科的文学史的希冀 (pp. 178–179)。

[13] Kang-i Sun Chang and Stephen Owen, eds., *The Cambridge History of Chinese Literature*, 2 vols (Cambridge: Cambridge University Press, 2010).

庞德与《华夏集》档案

《华夏集》常被视为埃兹拉·庞德（Ezra Pound）的诗歌杰作。但正如本书将要展示的那样，这只是其中一半事实。其实，许多人都参与了它的创作——来自不同朝代的中国歌者和诗人、日本学者、十九世纪的一位美国艺术史学家，和一个努力在伦敦文学界为自己争取一席之地的美国年轻人。《华夏集》也经常被视为中国诗歌的翻译集，而这也只是另一半事实。它的部分原创性正是源于它与中国"原文"之间的距离。将《华夏集》称为编辑艺术的杰作（这是庞德最擅长的艺术）可能是最不准确的说法。但若要理解庞德的编辑，就得知道得远比庞德多。他的编辑补充了中文文本之间缺失的联系（它们大多是 8 世纪的诗歌，摘自流传于日本的一本 18 世纪中国诗集），厄内斯特·弗朗西斯科·费诺洛萨（Ernest Francisco Fenollosa）用日语和英语对它们进行了释义，庞德在费诺洛萨草草的笔记中选取了他能理解的部分，将之提炼成为 20 世纪最常被阅读和模仿的诗歌。读者们早已熟知的英文诗集《华夏集》有着看不见、猜不到的中国背景，它用一系列连续对话的档案对诗集进行了补充，并把我们从 1915 年的现代主义带回了青铜时代的抗议诗。

发明

"上帝啊，这不是翻译：（而是）一首用另一首诗的词写成的诗……我们应当十分明确，它们是有意为之的偏离。"这是休·肯纳（Hugh Kenner）1971 年为《华夏集》（1915）中存在的非原创性和原创性所做的辩解。[1] "诗人译诗"是一种翻译形式，人们并不以其是否忠实于原文来评判它。[2]《华夏集》是其中最有名的例子，甚至可能是其起源。那么，我们该如何理解这种偏离呢？

艾略特（T. S. Eliot）担心在后世文学史上留下话柄，便极尽迂回曲折之能事，说道："至于《华夏集》，我们必须指出的是，庞德是我们这个时代中国诗歌的发明者。"[3] 艾略特知道"发明"曾经

[1] Hugh Kenner, *The Pound Era* (Berkeley: University of California Press, 1971), pp. 141, 213.

[2] 参见 Lawrence Venuti, "The Poet's Version; or, An Ethics of Translation," *Translation Studies*, 4 (2011): 230—247, esp. pp. 231-233.

[3] 译注：这句话出自艾略特为《庞德诗选》撰写的前言，全篇已由秦丹英译完成，并收录于蒋洪新、李春长英选，《庞德研究文集》（南京：译林出版社，2014），页 237—248。该句转译自页 243。

是"发现"的同义词,但他使用的是这个词的现代意义。他将庞德塑造为中国诗歌的发明者,意在否定庞德作为中国诗歌发现者或译者的角色。译者和发现者所揭示的是在他们抵达前就既已存在的东西,但发明者却要承受探索新奇事物所带来的良心煎熬。(就如,镭的发现者居里夫人赢得了我们的尊重,因为其放射性并非她的过错;但是,无论谁发明了原子弹,都要对此负责。)艾略特不愿意被视为支持庞德学术即探险的观点(探索发现既已存在的东西,并对其进行真实描述),他把《华夏集》等同为"发明":一个工艺品———一个可能有一定原创性但肯定是捏造出来的新奇事物。"我们今天所了解的中国诗,只不过是庞德发明出来的东西。""我们这个时代的中国诗歌":不是中国诗歌本身,也不是中国诗歌的权威版本,而是专属经历了第一次世界大战的人的中国诗歌,是那些用咖啡匙衡量生命然后跳到莎士比亚的抹布上的人所知道的中国诗歌。《华夏集》可能成为"'温莎翻译'……'20 世纪诗歌的杰作',而不仅仅只是'翻译作品'"[4]。对有时间和自我限制的东西而言,庞德是发明者。就算是那些比庞德更懂中文的学者,也没有一个人能在艾略特审慎的赞美中找到任何轻率的言外之意。

庞德就没那么谨慎了,否则《华夏集》就不可能存在,但他同样意识到了中国诗歌和他对其来源的"解读"之间的区别。这本薄薄的书之所以叫作《华夏集》而非《中国集》,是因为中国是一个你买一张船票就能抵达的地方,而华夏是只存在于你的想象中或记忆里的地方。1866 年,亨利·裕尔(Henry Yule)撰写的历史地理学著作《东域纪程录丛:古代中国闻见录》首次出版,并在庞德完成他的诗集前一年左右再版。这本书几乎没有一个字出自中文或由中国人书写,但它提供了四卷关于中国的文字,这些文字的作者也大多从未见过中国,只是转录了关于中国的报道。这些报告前后矛盾,并不可靠,直到 17 世纪后期,地理学家才最终确定"华夏"就是"中国"。[5]

但"华夏"和"中国"真的是一回事吗?这两个词的意思相同吗?虽然"晨星"和"昏星"这两个词所指代的是同一天体——那个从数百万英里外向我们闪烁光芒的金星,但是我们说"晨星"和说"昏星"是两个不同的话语行为,尤其

[4] T. S. Eliot, "Introduction," *Ezra Pound: Selected Poetry* (London: Faber & Faber, 1928), pp. 14–15.
[5] Henry Yule, ed. and trans., *Cathay and the Way Thither* (London: The Hakluyt Society, 1915), "Preliminary Essay," I: 181–182.

[6] Frege, "On Sense and Reference," Max Black trans., in P. T. Geach and Max Black, eds., *Translations from the Philosophical Writings of Gottlob Frege* (Oxford: Blackwell, 1960), pp. 56–78.

[7] *The Pound Era*, p. 148.

是在一首诗歌中；正如戈特洛布·弗雷格（Gottlob Frege）所说，这两个表达的所指相同，但却有不同的意义。[6]"华夏"可能在"通往东域之路"漫长而曲折之时意指中国：华夏是人们向往的、期待的，或间接感知到的中国，因此无论从任何角度而言它都不只是中国。庞德将他的诗集命名为《华夏集》而非《中国集》，表明这本诗集的文字应该有独立于其所指的意义。《华夏集》是一部在"意义"和"呈现方式"（弗雷格）范畴内运作的翻译作品。它向我们展示的不是中国，而是通往东域之路。

我们尚不清楚该用什么样的标准去评判这样的翻译。要是抓住《华夏集》的错谬不放，然后宣布它是糟糕的翻译，就是迫使它回到翻译非真即假、非好即坏的评判标准里去，这等于砍掉了《华夏集》所能提供的最好的东西。然而，要是忽视那些错谬，然后放弃呈现原义的所有任务，这又是另一种暴力，毕竟华夏或多或少，终究还是中国。

若不提原创性，自1915年起，庞德的文学个性主要由戏仿、伪装、拟古、模仿，以及其他介于两者之间，既非"我"也非"你"的模式构成。翻译为这些面具和伪装提供了一个统一的媒介：普遍而言，翻译既不是"我的"也不是"你的"。但是，如果一本译著是基于译者无法理解的原文，通过戏仿我们通常理解的翻译行为，模仿一个会说外语的人进行戏剧性独白而完成的，那么这个翻译就将常见的翻译中间性提高了一个等级。《华夏集》能否被回译成中文呢？除了1915年版的"盎格鲁语，中世纪英语，英式英语，美式英语"[7]外，我们还能在中文或是其他任何语言中，找到什么文体风格上与之对等的形式，来描述这种刻意为之的节奏被打断、用词和贴切毫不沾边的非地道特质呢？这些特质正是庞德的"发明"所用的零件。

不曾遗失的档案

学术专著基于大量参考文献才能完成。历史学家同样离不开档案：现今，与其说历史记录事件，不如说是历史记录文献，文献记录事件的痕迹。我们如果想要书写历史的历史，则必须回溯档案。[8] 当我们再度打开或重新发现遗失的档案，历史就会重写。在一些传统中，诗歌的创作便是脱胎于档案，就如黄庭坚对杜甫的盛赞："字字有来处。"此版将带你一览庞德是如何挖掘《华夏集》的档案：其诗歌的原材料。虽然对该档案的一些研究表明，庞德在费诺洛萨的笔记中，经常发现森、有贺和志田三位教授为他的"诗人版解读"几乎提供了现成的"教授版解读"。不同寻常的是，这个档案并不需要被发现。没有人需要等待其保密期结束。几十年来，它一直被耶鲁大学的美国文学馆编目、妥藏，不时被好奇的学者仔细翻阅。但由于所藏材料汗牛充栋，它才姗姗来迟，时至今日才呈现到普通读者面前。费诺洛萨的论文里包含的几组关于中国诗歌（不总是相同的诗歌）的平行注解，是由不同的日本学者提供的。庞德从不同的笔记中汲取灵感，少数尝试重构庞德创作过程的专家，有时也模仿他试图从错误的笔记中提炼出一首诗。费诺洛萨的笔记和庞德的最终版本之间的差别让评论家可以尽情地赞美庞德那令人费解的直觉："森的评论摆在庞德的面前……他却把他们都推到一边。"肯纳也以文学史之名将他们推到一边："创作的思路"——庞德的思路——"可比漫不经心的记录有趣得多"——费诺洛萨起辅导作用的笔记中明显存在空白、猜测和分心。[9]

[8] Anthony Grafton, *The Footnote: A Curious History* (Cambridge: Harvard University Press, 1997).
[9] *The Pound Era*, pp. 205, 210.

虽然休·肯纳、叶维廉（Wai-lim Yip）、黄运特（Yunte Huang）、钱兆明（Qian Zhaoming）等付出了巨大努力，但我们对《华夏集》与其档案、庞德与费诺洛萨、费诺洛萨与唐代诗人之间关系的了解仍不完整。蒂莫西·比林斯（Timothy Billings）现在给我们提供了逐字追踪变化的方法。我们比以往任何时候都有更严谨的证据证明，二十世纪最有影响力的诗歌小册子的全部新鲜感是如何从阅读中产生的——从阅读对阅读的阅读中产生的。

无人不承认但丁是博学的大诗人。在他最具代表性的长诗中，随处可见对圣托马斯·阿奎纳、亚里士多德、盖伦、圣维克多休、托勒密以及塔西佗的引用。《华夏集》同样是这样一部底蕴丰厚、无一字无来处的作品。然而，它却从未显摆过它的博学。

译文：

I went up to the court for examination,

Tried Layu's luck, offered the Choyo song,

And got no promotion,

and went back to the East Mountains

White-headed.

And once again, later, we met at the South bridge-head.

And then the crowd broke up, you went north to San palace [...]

("Exile's Letter")

中文原文：

此时行乐难再遇，西游因献长杨赋。

北阙青云不可期，东山白首还归去。

渭桥南头一遇君，酂台之北又离群。……

(李白《忆旧游寄谯郡元参军》)

译文：

The paired butterflies are already yellow with August

Over the grass in the West garden;

They hurt me. I grow older.

("The River-Merchant's Wife: A Letter")

中文原文：

八月蝴蝶来，双飞西园草。

感此伤妾心，坐愁红颜老。

（李白《长干行》）

被掩藏的不仅是其作品的底蕴。上述这种不遵从任何韵律的朴素表达方式，表明庞德有意消解人们以往对精致诗歌语言的固有认知，让诗歌原文的异域性得以彰显。（事实上，英语诗歌的典型读者知道中国诗歌是什么样子的吗？）有人将庞德的译文：

O fan of white silk,

clear as frost on the grass-blade,

You also are laid aside.

("Fan-Piece, For Her Imperial Lord," from *Lustra*)

与丁韪良略显烦琐的译文进行对比——

Of fresh, new silk, all snowy white,

And round as harvest moon;

A pledge of purity and love,

A small but welcome boon. [...]

This silken fan, then, deign accept,

Sad emblem of my lot—

Caressed and fondled for an hour,

Then speedily forgot.[10]

中文原文：

新裂齐纨素，皎洁如霜雪。

裁作合欢扇，团团似明月。

出入君怀袖，动摇微风发。

[10] W. A. P. Martin, "The Poetry of the Chinese," *The North American Review*, 172 (1901): 859 (see p. XXX below). 对于相似的对比，参见 Eliot Weinberger, "Inventing China," *Oranges & Peanuts for Sale* (New York: New Directions, 2009), pp. 16–34.

庞德与《华夏集》档案　166

常恐秋节至,凉飙夺炎热。

弃捐箧笥中,恩情中道绝。

(班婕妤《怨歌行》)

——然后猜测反感是现代主义诗学的动机:编辑的红铅笔划掉了矫揉造作、自命不凡的辞藻。但庞德不仅仅是对中国译者的习惯感到不满,甚至可以说他并不针对他们。第一次世界大战激起了他对爱德华七世时期诗歌的全盘否定,《华夏集》将这种抵触付诸实践。鲁伯特·布鲁克(Rupert Brooke)和庞德曾一度是死对头,他的诗句在报纸和讲坛上被人诵读:

> If I should die, think only this of me:
> That there's some corner of a foreign field
> That is for ever England. There shall be
> In that rich earth a richer dust concealed...

("1914, v.: The Soldier")

> 如果我死了,只要想起我:
> 在异域的某个角落
> 那是永远的英格兰。
> 在那肥沃的土地上,
> 一定
> 隐藏着一层更肥沃的尘土……

(《士兵》,1914)

这是一首描写行军途中的抑扬格五音步"军旅—格律"诗,韵律精妙,情绪高昂,饱含爱国主义情怀和思乡之情。[11] 然而,《华夏集》不愿落入窠臼,它描写的国家起源遥远,只有一个轮廓,诗篇几乎都未入韵,也不对称,它所蕴含的情感

---

[11] Meredith Martin, *The Rise and Fall of Meter: Poetry and English National Culture, 1860-1930* (Princeton: Princeton University Press, 2012), pp. 139, 144. 我发现马丁对战后现代主义的描述(即庞德所关注的故事)令人信服。

更不是理想主义的牺牲精神：

> Horses, his horses even, are tired. They were strong.
> We have no rest, three battles a month.
> By heaven, his horses are tired. [...]
> We come back in the snow,
> We go slowly, we are hungry and thirsty,
> Our mind is full of sorrow, who will know of our grief?
>
> （"Song of the Bowmen of Shu"）

中文原文：

> 戎车既驾，四牡业业。
> 岂敢定居，一月三捷。……
> 今我来思，雨雪霏霏。
> 行道迟迟，载渴载饥。
> 我心伤悲，莫知我哀！
>
> （《诗经·小雅·采薇》）

这本卡其色装订的小书对 1915 年的主流诗歌文化的反抗是审慎而精确的。[12] 它摒弃了多愁善感和尚武精神，在语言的最小细节中展现出一种可以算是异域感，但并非奇异风情的气质。人们无须了解楚王、五岳、汉水这些内容的含义就能够理解（作为意义而不是所指）下面的诗句：

> King So's terraced palace
> is now but barren hill,
> But I draw pen on this barge

[12] *The Pound Era*, pp. 201–202, 219–220. 能够说明《华夏集》对诗歌面貌产生影响的具体公共事件并不确定：牙买加黑人激进诗人克劳德·麦凯（Claude McKay）曾在他的诗中再现布鲁克的《士兵》的形式和措辞，据说丘吉尔曾在下议院朗诵过这首诗。参见 Jahan Ramazani, *A Transnational Poetics* (Chicago: University of Chicago Press, 2009), pp. 30, 189; Lee M. Jenkins, "'If We Must Die': Winston Churchill and Claude McKay," *Notes & Queries*, 50 (2003): 333–337.

庞德与《华夏集》档案　　168

Causing the five peaks to tremble,

And I have joy in these words

like the joy of blue islands.

(If glory could last forever

Then the waters of Han would flow northward.)

("The River Song")

中文原文：

楚王台榭空山丘。
兴酣落笔摇五岳，
诗成笑傲凌沧洲。
功名富贵若长在，
汉水亦应西北流。

（李白《江上吟》）

"（某位）国王的宫殿，（某条河流）的水"：即使所指被冲走，意义仍然存在。诗中"永远"（forever）一词的出现，指明诗歌在大多数时间和地点都是成立的。这一词的使用，就足以阐明布鲁克和庞德之间的区别。"永远的英格兰"（For ever England）是在他国宣称自己的主权，这个"永远"（forevers）对距离条件有所限定，让人更为存疑："如果荣耀将永存"和：

At fifteen I stopped scowling,

I desired my dust to be mingled with yours

Forever and forever and forever.

("The River-Merchant's Wife: A Letter")

中文原文：

十五始展眉，

愿同尘与灰。

（李白《长干行》）

[13] 译者注：庞德在翻译中采用创造性翻译的方式，其译诗通常与汉语原诗差别较大，此处的《流亡之信》和《河商之妻》分别对应中文原文李白诗《忆旧游寄谯郡元参军》和《长干行》。

请注意诗文中的过去时态的使用"desired"，这里用时态加以区分的表达方式让被表达的事物有了区别。我们无法确定河商之妻再次提到之前反复谈及的"永远"（forever），到底是为了重申还是为了驳斥。她的语调和心意让话语意义的所指是否为共同的未来产生了悬念。正如《流亡之信》（"Exile's Letter"）中所言的"心中事无止尽"（"There is no end of things in the heart"）。译者在《华夏集》中通过疏离的、多层面调和的翻译技法，将那些所谓的"事"（thing）留存在字里行间。[13]

幻肢

尽管如此，我们想象中的如同"华夏"一样的中国依然是存在于某个地方的，它值得我们将其充实。就如此时此地，它存在于我们的注解中。

失去一只胳膊或一条腿的人常会在他们不再拥有肢体的部位感受到疼痛或难以忍受的瘙痒。一百多年来，人们在医学文献中了解并记录了这种"幻肢综合征"，却仍然对这些患者无能为力：药物无法对不存在的肢体产生镇定效果，而进一步的截肢残忍且毫无用处。后来，一位名叫拉玛钱德朗（V. S. Ramachandran）的年轻神经学家想到，这个问题的症结会不会不在于肉体或是神经组织，而是由大脑引起的？这种疼痛有没有可能是因为大脑没有从原先活跃的解剖部位得到任何信号而感到不安，从而释放的信号呢？为了验证这个直觉，他组装了一个木箱，并在里面放置了一面镜子。当病人将完好的手臂插入箱子的一侧，同时将截肢的手臂插入箱子的另一侧，他便通过操纵镜子的角度，将一条完好无损的手臂和手部的镜面图像投影到了被截肢的手臂上，从而诱使接收到图像信息的大脑认为失去的肢体已经复原了，可以感知和行动。这样一来，疼痛症状便暂时性消失了。[14]

中国的"原作"，也就是庞德《华夏集》的镜像，长久以来一直是诗歌读者心中的痛点，也是渴望企及的彼方。原诗亦是一种幻象：庞德诚然不是对中文直接进行翻译，而且他所作的诗通常也不能和中文原文完全对应（比如他乐于把两首诗中的某些部分拼凑成一首新诗）。而这里关于《华夏集》双重涵义的考辨则还原了历史上的创作过程：三千多年以来，它在不同的语言文化中，几经不同创作者之手；于是与曾经的"赫龙河"一样，它创造出了从未有过的涵义。[15] 那么，就让它成为"为我们的时代所发明的新的《华夏集》吧"。

李响（中国人民大学） 译

[14] V. S. Ramachandran and Sandra Blakeslee, *Phantoms in the Brain: Probing the Mysteries of the Human Mind* (New York: Quill, 1999), pp. 23-58.

[15] On *hrönir*, see Jorge Luis Borges, "Tlön, Uqbar, Orbis Tertius," trans. James E. Irby in *Labyrinths* (New York: New Directions, 1964), pp. 3-18.

翻译与死亡[*]

[*] 本文原文最初发表信息如下："Death and Translation," *Representations*, 94 (2006): 112-130。原文后经作者修订，载于 *Translation as Citation: Zhuangzi Inside Out* (Oxford and New York: Oxford University Press, 2017), pp. 23–44。本文依据修订后原文译成。

虽说诗歌的艺术性难以迻译，但波德莱尔的诗仍给全世界现代诗歌潮流以启发，可见他的诗在一定程度上是可以被翻译的。或者说，别的诗人，不管什么国家或什么语言的诗人，都能发现他的诗里有一些可以借鉴之处。可能是题目，可能是表现方式、态度、意象、构造等等。总之，波德莱尔的诗具有高度的可传播性。

中国20世纪20年代的现代派诗人对国际文学很好奇，也很开放。他们的诗吸收了那么多来自其他语言的题目跟形式。徐志摩当然会邂逅这位法国现代诗的鼻祖。必须承认，徐志摩对波德莱尔的接受是间接的。徐氏不会法语，他读的是英文翻译本。不过可能正是这种间接的接受方式，使得徐氏格外关注翻译过程，因而将《尸体》一诗的翻译变成对翻译本身的一种独特宣言。诗和序一起成为一种统一的艺术品，其中包括散文，也包括诗；包括抒情，也包括分析，总之是一篇有代表性的现代综合书写。

我研究徐志摩的翻译是为了让读者同时看见徐译的忠实性与创造性。我不知道这一目的是否已达致，但至少我与两颗伟大的诗魂一起度过了一些兴奋的时光。

翻译即肉体的死亡。

模仿论

模仿论和作者身份是两个存在已久的关于文本生成和阐释的学说，为了语言的自主性取代它们成了现代主义文学创作和文学理论的共同目标。"任何文本都是由种种引文镶嵌而成的，任何文本都是对其他文本的吸收和转化。"这句话常被视为对翻译的注解，揭示了翻译长期以来对反思写作的本质至关重要。当一部作品正在被翻译，距离被"毁谤"就不远了：译作应忠于原文并代其发声，不免招致滥用的骂名。翻译甚至被视为对艺术模仿论的曲解，模仿对象从人或现实变成了文本（柏拉图、亚里士多德和贺拉斯认为模仿人或现实是诗歌的目的)。理想状态下,阅读遵从模仿论的译文应当与阅读原始文本感受相似,毕竟译者所"说"的只是对原始文本的如实报道而已。倘若翻译偏离模仿论的条例约束和原始文本的从属地位,开始为自己发声,一切就显得不合时宜了。译文是否有权质疑原文文本的主导地位?也许是有的,当"原始"文本引诱它这么做。波德莱尔一首诗歌的早期中译本就展示了这是如何发生的:

译菩特莱尔诗《死尸》的序

徐志摩

这首《死尸》是菩特莱尔的《恶之花》诗集里最恶亦最奇艳的一朵不朽的花。翻译当然只是糟蹋。他诗的音调与色彩象是夕阳余烬里反射出来的青芒——辽远的,惨淡的,往下沉的。他不是夜鸦,更不是云雀;他的像是一只受伤的子规鲜血呕尽后的余音。他的栖息处却不是青林,更不是幽谷,他像是寄居在希腊古淫后克利内姆推司德拉坼裂的墓窟里,坟边长着一株尖刺的青蒲,从这叶罅里他望见梅圣里古狮子门上的落照。他又像是赤带上的一种毒草,长条的叶瓣像鳄鱼的尾巴,大朵的花像满开着的绸伞,他的臭味是奇毒的,但也是奇香的,你便让他醉死了也忘不了他那异味,十九世纪下半期文学的欧洲全闻着了他的异臭,被他毒死了的不少,被他毒醉了的更多,现在死去的已经复活,醉昏的已经醒转,他们不但不怨恨他,并且还来钟爱他,深深的惆怅那样异常的香息也叫重浊的时灰压灭了。如今他们便嗅穿了鼻孔也拓不回他那消散了的臭味!……

我自己更是一个乡下人,他的原诗我只能诵而不能懂;但真音乐原只要你听:水边的虫叫,梁间的燕语,山壑里的水响,松林里的涛声——都只要你有耳朵听,你真能听时,这"听"便是"懂"。那虫叫,那燕语,那水响,那涛声,都是有意义的;但他们各个的意义却只与你"爱人"嘴唇上的香味一样——都在你自己的想象里;你不信你去捉住一个秋虫,一只长尾巴的燕,掬一把泉水,或是攀下一段松枝,你去问他们说的是什么话——他们只能对你跳腿或是摇头：咒你真是乡下人！活该！

所以诗的真妙处不在他的字义里，却在它的不可捉摸的音节里；它刺戟着也不是你的皮肤（那本来就太粗太厚！）却是你自己一样不可捉摸的魂灵——像恋爱似的，两对唇皮的接触只是一个象征；真相接触的，真相结合的，是你们的魂灵。我虽则是乡下人，我可爱音乐，"真"的音乐——意思是除外救世军的那面怕人的大鼓与你们夫人的"披霞娜"。区区的猖狂还不止此哪！我不仅会听有音的乐，我也会听无音的乐（其实也有音就是你听不见）。我直认我是一个干脆的 Mystic。为什么不？我深信宇宙的底质，人生的底质，一切有形的事物与无形的思想的底质——只是音乐，绝妙的音乐。天上的星，水里的洇的乳白鸭，树林里冒的烟，朋友的信，战场上的炮，坟堆里的鬼磷，巷口那只石狮子，我昨夜的梦……无一不是音乐做成的，无一不是音乐。你就把我送进疯人院去，我还是咬定牙龈认账的。是的，都是音乐——庄周说的天籁地籁人籁；全是的。你听不着就该怨你自己的耳轮太笨，或是皮粗，别怨我。你能数一二三四能雇洋车能做白话新诗或是能整理国故的那一点子机灵儿真是细小有限的可怜哪！生命大着，天地大着，你的灵性大着。

回到菩特莱尔的《恶之花》。我这里大胆地仿制了一朵恶的花。冒牌：纸做的，破纸做的，布做的，烂布做的。就像个样儿；没有生命，没有魂灵，所以也没有他那异样的香与毒。你尽闻尽尝不碍事。我看过三两种英译也全不成——玉泉的水只准在玉泉流着。[1]

译诗

我爱，记得那一天好天气
　　你我在路旁见着的那东西；
横躺在乱石和蔓草里，有
　　一具溃烂的尸体。

[1] 原载《语丝》周刊 1924 年 12 月 1 日第 3 期。

它直开着腿,荡妇似的放肆
　　泄漏着秽气,沾恶腥的粘味
它那痈溃的胸膛也无有遮盖,
　　没忌惮的淫秽。

火热的阳光照临着这腐溃,
　　化验似的蒸发,煎煮,消毁,
解化着原来组成整体的成分,
　　重向自然返归。

青天微粲的俯看着这变态,
　　仿佛是眷注一茎向阳的朝卉,
那空气里却满是秽息,难堪,
　　多亏你不曾昏醉。

大群的蝇蚋在烂肉间喧哄,
　　酝酿着细蛆,黑水似的汹涌,
他们吞噬着生命的遗蜕,
　　啊,报仇似的凶猛。

那蛆群潮澜似的起落,
　　无屡的飞虫仓皇的争夺;
转像是无形中有生命的吹息,
　　巨量的微生滋育。

丑恶的尸体,从这繁生的世界,
　　仿佛有风与水似的异乐纵泻。
又像是在风车旋动的和音中,
　　谷衣急雨似的四射。

翻译与死亡　176

眼前的万象迟早不免消翳，
　　梦幻似的，只模糊的轮廓存遗，
有时在美术师的腕底，不期的，
　　掩映着辽远的回忆。

在那磐石的后背躲着一只野狗，
　　它那火赤的眼睛向着你我守候，
它也撕下了一块烂肉，愤愤的，
　　等我们过后来享受。

就是我爱，也不免一般的腐朽，
　　这样恶腥的传染，谁能忍受——
你，我愿望的明星！照我的光明！
　　这般的纯洁，温柔！

是呀，便你也难免，艳宛的后！
　　等到那最后的祈祷为你诵咒，
这美妙的丰姿也不免到泥草里，
　　与陈死人共朽。

因此，我爱呀，吩咐那趑趄的虫蠕，
　　它来亲吻你的生命，吞噬你的体肤，
说我的心永葆着你的妙影，
　　即使你的肉化群蛆！

十一月十三日

同化

　　波德莱尔的原诗与徐志摩的译诗兼序言之间的关系似乎违反了翻译的模

仿准则，但若更加仔细地审视模仿这个概念，结论可能大有不同。

"模仿"这个术语对亚里士多德《诗学》的读者而言并不陌生，几乎是其科学专著中的一种普遍范式（倘若非要用一种抽象的语言来描述它，我们称之为普遍存在的）。例如人体消化食物的过程：食物中的各种混合物质通过咀嚼、分解，最后有选择性地被血液吸收；人体只会吸收那些能够维持体热的同类成分，而将食物残渣排出体外。相似地，知觉活动也可以解释为感觉器官感知与其本质相同的事物。眼睛易于捕捉形状和颜色，因为它潜在地与被感知对象的质料相似。也就是说，眼睛既受到外部对象的形式影响，又能够通过自身重现这一形式。耳、鼻、肌肤也是基于这些感官的生理机能来接收和再现感觉的，但仅限于这些感官。知觉通过形式而非质料层面的分解、吸收来"消化"目标对象。通过对更古老的修辞术语——"暗喻"的认知性再定义，亚里士多德将这种思维模式扩展到了语言学领域。暗喻有助于在两个不相关事物中"看到同一性"，它不再是词与词之间的关联，而是一种知觉活动和同化行为。是的，暗喻是一种行为。如果我说阿喀琉斯（Achilles）是头雄狮，并不是说他拥有狮子的血肉之躯，而是指他的活动、他的能量与狮子的活动拥有相似的感知形式。在知觉过程中，感官会受被感知对象的影响，与后者拥有短暂的相似性，在此基础上知觉的形式被提交给大脑进行进一步的净化和消化。（在某种程度上，把头脑视为消化器官并不完全是一种修辞。亚里士多德认为人的心灵同胃一样靠热量运作。）当头脑像暗喻或模仿那样把两种不同的输入物看作是相似的，它便为这些事物临时创造了一种"形式的形式"，一种对它们之间相似性表示尊重的标记。这一信息提取方式构成了我们所谓的学习和模仿。不仅仅是作为可以思想的动物，也是作为生物的我们，总是在吸纳需要的东西而排斥其余事物。

这种器官隐喻似乎并不能为我们所处的信息时代提供些什么。在当今时代，身体、自我、物质对文化、经济和政治的掌控早已被即时数字信息传递（而非类比型信息传递）取代。一个人收集到的信息不是单一的，而是可复制的，能够在各种不同译码或程式中实现自身，并且在不同物理形态和媒介间的传播中保持不变。一些人认为信息具有道德中立性；其他人认为它是一项基本权利；还有一些人强调信息交流的自由。有些人把我们的性格描绘为可以被下载到电脑上、复制到新机体的信息集群。正如凯瑟琳·海尔斯（Katherine Hayles）所言，"信息是可以脱离载体而存在的意识形态"，这一观点已经从20世纪40年代控制论的诞生绵延至今。

克劳德·香农（Claude Shannon）在其1948年划时代的论文中写道，"通信的基本问题是，在一点精确地或近似地复现在另一点所选取的讯息"。复现，意即表示、再制定、模仿。"信息"暗含了模仿的可能性以及传输的挑战性。它从一个载体被传送到与其本质相似或相异的另一载体（比如一个电话号码可以从号码簿上抄写到一张纸上，然后念给某个人听，再由这人在脑海里记下并随后按下按键），而任何信息载体的其他属性则仅仅是附带的。当然了，信息载体可能会有误导性：假设我用黑墨水来标记想要被拨打的号码，用红墨水标记永远不要拨打的号码，号码本身并不能承载所传达的信息，而需要某种进一步的标记。但是，这种标记不必与原始信息中的相应记号完全一样，只要指出二者之间的不同点即可。

正如香农发现的那样，人类接收和传播信息的渠道非常广泛。即便每隔一个字删除文本内容（比如波德莱尔的《死尸》），该文本的易读性可能也不会受到很大影响。冗余信息防止了信息缺失，因为随着消息传播过程中错误频出，信息的准确度就下降了。或许我们可以预先判断收到的消息中哪些是信息、哪些不是，但是这些判断也可能会受错误或误解的影响。

使用文学语言的人从来不能确信什么是信息，什么是噪音或单纯的载体。当达达主义者们和俄国先锋派诗人开始摆弄字体，他们声称自己呈现给读者的这些可复制的艺术品拥有一种毋庸置疑的独特性。雨果·鲍尔（Hugo Ball）在他的17行诗《商队》（"Karawane"）中每一行都使用了一种不同的字体。如果你把它翻译成像日语这样印刷字体有很大差异的语言，或是大声朗读，就得考虑原诗中的这种字体差异性如何找到对应表达。这里假定读者已经把字体当作诗文信息的一部分，而不仅仅是修饰（事实上，鲍尔的这首诗经常被打印成同一字体）。作为一名文学读者，你要准备好接收惊喜，或如克劳德·香农可能说过的那样，信号运载容量的扩充。

常言道："诗乃翻译中失去的东西。"诗歌拒绝释义，拒绝消减到只剩信息价值。若想用刚才的术语来解释这句话，先得抹掉一些熟悉的词义联想。

当一首诗被翻译成英语或汉语时，我们通常会说原诗的形式，即诗的格律、韵脚、词序等等将被抹去，只有诗的实质或内容得以存留。但是从诗歌的价值、作诗的辛劳来看，以及从亚里士多德的角度出发，能够被翻译的只有形式，而非诗的内容本身，这种说法则更加准确。人们对"形式"一词常常感到疑惑，因为它同时出现在两组对立关系中——形式与内容，形式与物质；并且含义完全不同。让我们校正这些术语，以便看清亚里士多德的形式质料说（包括知觉、消化、模仿）和包括指导大多数翻译的信息内隐理论（信息即意义）在内的当代信息论之间的类比关系：把"形式/内容"中的"形式"看作"具体化"，"内容"看作"主题"；"形式/物质"中的"形式"理解为"形式"。因此我们可以说，任何精准或近似直译的东西都实现了译诗的形式，而任何忠于不同版本（甚至是原诗）措辞的东西则被视为诗歌的质料。这实际上是把文学用语中原本称作"内容"的部分叫作"形式"。而这种术语名称的对调将会带来许多好处，比如变得明晰。

亚里士多德的学说和信息论之间不仅仅是类比关系，更展现了一种谱系特征。"信息"一词起源于中世纪，最初是用来阐释亚里士多德的一个学说。《炼狱篇》的第25首中，但丁问罗马诗人斯塔提乌斯为什么脱离躯壳的灵魂有面容和表情，甚至呈现出变胖或变瘦的样子。斯塔提乌斯解释说当灵魂飞跃到来世：

[2] 但丁著，朱维基译，《神曲》（上海：上海译文出版社，2007），页336。

> 等到在那边的空间里安定下来时，
> 它把自己成形的力量向四边辐射，
> 在形状和数量上与活的身体相同；
> ……
> 因此在这地方，那四周的空气
> 变为那灵魂印在上面的形状，
> 灵魂就赋有这种成形的潜在力；
> ……[2]

死亡和翻译为验证"信息效力"（virtute informative）（演变自斯塔提乌斯的"virtù formativa"）或者说"信息价值"提供了机会。但丁的科幻小说中，灵魂在它所占据的空间之外为自己打造了一个身体，一个虚拟的身体。信息传送畅通无阻：这一模仿是完美的，不受天电干扰地将身份诠释为表象。任何从事不同语言翻译的译者都会嫉妒这种完美。如果一首法文诗可以自发地"印刻"在英国或中国的空气中，并且在那儿重组自身的形状，不是很好吗？如果上帝也从事翻译，建立起整个宇宙，使身份的重建不受空间和物质的阻碍，人类将不再需要图灵测试来检测结果。但是根据我们惯常的经验，诗歌的个性（不同于电话号码）与它们实现自身的物质条件有关，失去那些条件也就失去了诗歌本身。尽职的从业者会发现翻译是一种低忠诚度的迂回。

异乐

徐志摩自谦自己的译诗《死尸》是"糟蹋"，是原诗被丢弃的下脚料；是冒牌的恶之花，"就像个样儿……你尽闻尽尝不碍事"。言下之意似乎翻译是不可能的，诗的风格完全是个人化的。在译序的结尾，他写道，"玉泉的水只准在玉泉流着"。

尽管徐志摩承认翻译很大程度上听天由命，依赖运气，但他并不否定诗的个性早已确定。《死尸》是波德莱尔《恶之花》诗集里"最恶亦最奇艳的一朵不朽的花"，散发着最强烈的"异臭"。奇怪的是，徐志摩把这异臭和十九世纪的欧洲直接联系了起来，观察它对别人的影响而不是自己去亲身经历。这至少是部分事实。徐志摩没有读过《死尸》的法文原诗，而是依靠词典和先前的英文译诗来阅读波德莱尔。他先是承认，"他的原诗我只能诵而不能懂"，继而又为自己辩解，"但真音乐原只要你听……你真能听时，这'听'便是'懂'……诗的真妙处不在他的字义里，却在他的不可捉摸的音节里；他刺戟着也不是你的皮肤（那本来就太粗太厚！）而是你的魂灵"。这话听上去像是对那些无法探知诗歌真义之人的一种补偿：含义对诗人的创作而言无足轻重。徐志摩把自己阅读波德莱尔的经历与"诗的真妙处"归结于音乐的非语言层面。瓦格纳崇拜者和颓废派将这种音乐性推崇为其他一切艺术追求的境界。这篇译序可能会让不知情的中国读者误以为徐志摩所谓的翻译只是他自己的创造。(事实上,尽管忽略了很多概念间的关联,并且误导读者把诗的主题想象成人类,而非动物死尸,徐的译诗仍不失为准确的改写。)徐志摩一方面鼓吹"听"便是"懂",借由"听"读者可以直接阅读波德莱尔;另一方面他似乎难以超越自身语言的边界,在汉语书面语中使用英文术语"mystic"以及外来语"piano"对应的上海话音译词(披霞娜):这些对大多数读者而言恐怕只是无意义的"音乐"词汇或者纯粹的声音。(排字工人将"Mystic"误打成"Mystu",由此可以看出这个信号的接收存在困难。)就像撒谎者被迫用更大的谎言去掩盖之前的谎言,徐志摩把波德莱尔的诗歌抬高到了音乐的地位,否定了诗歌独有的语言特色(这一特色无法被其译者欣赏),并且声称不仅是波德莱尔的诗歌,自然界、人类生活乃至整个宇宙都只是音乐。这里他借用了公元前 4 世纪的哲人庄子所言——"天籁地籁人籁"。在这样一个包罗万象的语境下,不同语种(比如法语和汉语)之间的差别似乎变得微乎其微。徐志摩试图为自身公然的无能为力开脱,同时他的译序又最恰当地引用了波德莱尔:"异乐"(étrange musique)是《死尸》中最引人注目的比喻之一。"音乐"——这个在不同语言和意义下多次重复的术语,连接了三个文本:波德莱尔的原诗、庄子的比喻以及徐志摩融合二者的新文本。前两个文本在某种程度上相互关联,为当前文本中所谓的"神秘主义"提供了依据。这种重复是否以某种方式构成对波德莱尔原诗中定义的"异乐"的模仿?

就像徐志摩的辩白式序言一样,波德莱尔的诗歌充斥着渣滓和残余物。《死尸》以"我爱,记得……"开头,召唤爱人回想在野外郊游时遇见的可怖场景——烈日之下,一具不知名的、腐烂的动物尸体(奶牛?马?)四周爬满了食腐动物。这首诗是及时行乐主题的一种残酷变体(较为温和的版本有龙沙[Ronsard]《美人,让我们去看那玫瑰花》和《当你老了,在夜里,烛光摇曳》)。叙述者提醒"我"的爱人终有一天,"临终的圣餐礼之后",她也会变得像这腐尸一样,并吩咐她告诉那些趑趄的虫蠕,他的心"永葆着爱的形姿和爱的神髓"。这里传达的信息很奇怪,相当于让女子告诉虫蠕她自己或她的身体是渣滓,是糟粕,是他所爱的"形姿和神髓"偶然的载体。在波德莱尔那里,"形姿和神髓"被保存在他处,并且不可磨灭。《死尸》的叙述者很难想象波德莱尔会拥有不坏之身,他一定预料到自己也难逃同样的命运。因此当他说已经保存了爱人的本质,这里的"我"是诗中重复出现的纯粹的语言学记号,而非传记中那个于1867年中风不愈而亡的"我"。"我"作为一系列成功复制的成品继续发声:从手稿传递到印刷品,从一个印刷版本传递到另一个印刷版本,相继在抄写员、编辑、排字工人、照相胶版印刷工、译者和读者手中流转;他们识别出一种形式上的模仿,并将其重新打造成传递链上最新的链环。形式克服了不断重复的信息熵而取得某种不可思议的一致性,这让我们有理由相信波德莱尔仍然在对我们言说。

《死尸》把"形式"与"残料"的分离看作一个消化的过程而非一对类别。诗的臭气不容忽视:"臭气是那样强烈,你在草地之上,好像被熏得快要昏倒。"火热的阳光照临着死尸(哈姆雷特称之为"就像神亲吻腐尸"),蝇蚋和蛆群潮澜似的在它四周起落,仿佛赋予了它一种奇妙的新生命:"好像这个被微风吹得膨胀的身体,还在度着繁殖的生涯。"尸体的腐败被类比成信息的衰退、消除和遗忘。诗中的明喻展现了这只动物是如何失去它独有的全部属性,回归到原始的粗略草图:"形象已经消失。"(注意这里使用了未完成时态来表示进行中的、未完成的动作。)奇妙的是,消除被叙述为一种逆向的创生:"就像对着遗忘的画布,一位画家单单凭着他的记忆,慢慢描绘出一幅草图。"这种非线性叙事时间(同样参见于《天鹅》里建筑工地被塑造成古老的废墟)提出了一个观点:动物尸体的腐败正是艺术品的新生。作为讲话者的"我"——受惠于印刷机而不断复制再生的人像素描,难道不是另一个这样的"草图"吗?动物肉体的腐朽预示着结尾处蛆群所受的警示:神髓将永存不朽。究竟神髓是因腐朽而生,还是为抗拒腐朽而生?

波德莱尔对腐朽的矛盾叙述中暗含了一个隐喻,引发了徐志摩对翻译的思考:"丑恶的尸体,从这繁生的世界,仿佛有风与水似的异乐纵泻。又像是在风车旋动的和音中,谷衣急雨似的四射。"蝇蚋和蛆群腐蚀尸体的喧嚣声就像流水和风(自然界的两种无机物质)的乐响,又像谷物过筛的声音。风与水是干净的、清爽的,使读者从前面诗节中的腐烂场景暂得舒缓。然而,簸麦子的蓬勃意象提醒我们食腐动物以腐尸为食,就如同我们以小麦为食。

食腐动物筛选、挑拣、分离腐尸，就像我们去除食用谷物的谷壳那样。昆虫和收割庄稼的农夫做着同样的工作，如同诗人从腐败中保存"形式"。这条以"异乐"为起始点的明喻链消除了害虫的食物和人类食物的两极对立，并将之相对化。以草图为终结而非起点的艺术创造过程是奇特的，这种奇特与音乐的奇特如出一辙（至少从十九世纪的标准来看）。伴随着动物转化成食腐动物的食物的声音对我们而言是噪声，对一些耳朵而言却是奇妙的乐响。对徐志摩而言，这是奇妙的乐响，是超越功利的军事目的（救世军的那面怕人的大鼓）与对资产阶级虚荣心的满足目的（你们夫人的"披霞娜"）的音乐。

不只是从波德莱尔的诗中，徐志摩声称从万事万物中听到了音乐，即庄子所言"天籁，地籁，人籁"。通过引用早期道教的哲学专著，徐志摩把《死尸》挪用到了很久以前的本土语境中，并赋予了波德莱尔一种独特的中国声音。但究竟什么是"籁"呢？

庄子作品中一个虚构的人物——子綦，在回过神来后抒发了一段玄妙之论：

> 子綦曰："……女闻人籁而未闻地籁，女闻地籁而未闻天籁夫！"……"夫大块噫气，其名为风。是唯无作，作则万窍怒呺。而独不闻之翏翏乎？山林之畏佳，大木百围之窍穴，似鼻，似口，似耳，似枅，似圈，似臼，似洼者，似污者；激者，謞者，叱者，吸者，叫者，譹者，宎者，咬者，前者唱于而随者唱喁。泠风则小和，飘风则大和，厉风济则众窍为虚。而独不见之调调、之刁刁乎？"
>
> 子游曰："地籁则众窍是已，人籁则比竹是已。敢问天籁。"
>
> 子綦曰："夫吹万不同，而使其自己也，咸其自取，怒者其谁邪？"

叙事者又继续说道：

> 喜怒哀乐，虑叹变慹，姚佚启态；乐出虚，蒸成菌。日夜相代乎前，而莫知其所萌。已乎已乎！旦暮得此，其所由以生乎。

这三种"籁"是广阔的、杂乱无章的音乐会的不同章节。这场音乐会是庄子对宇宙不同部分相互作用的一种想象。人籁指竹制乐器吹出的乐声;地籁是充盈天地间的风吹拂林木发出的声音;而所谓天籁,就是其他物根据自身的形态发出的各种不同的声音,不论我们能否听见。庄周及其后学认为,能够听到"天籁"的人脱离了人类愿景和欲望的局限,站在了一个对大多数而言"奇特的"立场。例如,当子来奄奄一息时:

其妻子环而泣之。子犁往问之,曰:"叱!避!无怛化!"倚其户与之语曰:"伟哉造化!又将奚以汝为?将奚以汝适?以汝为鼠肝乎?以汝为虫臂乎?"

当子舆身患丑疾:

曰:"伟哉夫造物者,将以予为此拘拘也!曲偻发背,上有五管,颐隐于齐,肩高于顶,句赘指天。"……
子祀曰:"女恶之乎?"
曰:"亡,予何恶!浸假而化予之左臂以为鸡,予因以求时夜;浸假而化予之右臂以为弹,予因以求鸮炙;浸假而化予之尻以为轮,以神为马,予因以乘之,岂更驾哉!"

这些虚构的道家超人认为,面对死亡和腐朽这样的苦境甚至自身的消亡,正确的态度是要保持愉快而专注的好奇心。"至人无己":正是心中无我让他们得以无利害地静观,聆听万事万物吹拂而过的"音乐",并随之而变。

徐志摩借用庄子在音乐上的见解,把波德莱尔一同招揽进来。但这究竟是何意?是说庄子像波德莱尔吗?还是把波德莱尔比作法国的庄子,抑或庄子是中国的波德莱尔?波德莱尔与子犁、子舆所体现的泰然自若截然不同:他毫不讳言对动物腐尸的厌恶,把腐朽的场景细致入微地呈现在同伴和读者的面前,并且骄傲地宣称对虫蠕的来之不易的胜利。我们越是费心从这种比较中得出结论,越是一无所得。徐志摩本人似乎也无意作一个延展的、实质性的比较，不论是将法国高蹈派诗人比作无为的道家，还是将两位作家归入诸如物质主义或自然主义的同一阵营。"异乐"和天籁的巧合只是一闪而现的灵光，在不相关的事物中"看到相似性"，是一种不同文化间的双关语。我们从这偶然的碰撞中既看不出什么，也追寻不到什么。波德莱尔和庄子就像在电梯里偶然相遇的熟悉的陌生人，互相脱帽致意而后各自离去。

好吧，避免了一场无果的问询。然而仅此而已吗？徐志摩在他不可译的译诗中将波德莱尔与庄子并举，或好或坏地连接了"异乐"和"天籁"的命运。我们仍然会忽视徐志摩的译诗，认为他的语言是单纯的记叙式语言；而那篇译序，从诗人的角度来说，是对思想的思考，是通由一系列行为（或者示意动作）完成的述行语。与隐喻一样，行动所包含的不仅是一种认知内容（如果我称你为雄鹰，即使这一说法不切实际，它仍留下一个额外产物，即奉承的行为）。把庄子和波德莱尔结合在一起的隐喻也留下一个额外产物。或许没有人先于波德莱尔的《死尸》把苍蝇的嗡鸣描述成"音乐"。"异乐"的说法一定曾被当成反语或讽刺，被视为对整个《恶之花》写作计划的高度概括：于万事万物中都听到音乐是最低级堕落的表现。翻译的读者接受理论告诉我们，只有事先熟稔柏拉图、奥古斯丁、但丁、帕斯卡尔以及他们的价值尺度，波德莱尔才是可译的、可以对抗和颠覆的。但徐志摩无须复制"中国波德莱尔"的存在所需的这些条件，就能实践其"翻译即挪用"的理念。徐志摩预测出"忧郁"和"理想"之间的距离，在此基础上把波德莱尔的讽刺回译为庄子有关"天籁"的寓言，展现了对波德莱尔与庄子之间差异性的极度漠视，借用"至人无己"的形象，超越波德莱尔原诗的讽刺意味。

徐志摩引证"天籁"作为波德莱尔"异乐"的一种可能性注解，可谓一举多得。如前所述，他成功地把波德莱尔挪用到了有关音乐、王权和宇宙观的中文语境中，在这里反抗仪式、审美或道德上的区别不再被视为一种卑劣的行为，而是一种超越。庄子寓言的讽刺对象——那些仪式专家们认为音乐是对秩序井然的宇宙的一种想象，近乎巫术般地为秩序井然的社会树立了典范：基调被牢固地建立起来，和声按时奏响，并行不悖。对他们而言，音乐的感染力使之有别于单纯的噪音。庄子发出了不一样的声音，将噪音也视为一种音乐。他把精通礼仪者的秩序观归入了一个更为广阔的概念：噪音即秩序,将其还原为声音本体论的一个无足轻重的子集。

徐志摩借庄子回应了波德莱尔的诗歌:要像庄子的发言人理解死亡、病痛、残疾以及其他任何引发恐惧和厌恶的事情那样去理解波德莱尔。《恶之花》呈现出一种尼采式的姿态:它要求读者能够超出对部分经验的是非判断。对人类观念毫无信心的相对主义者将在波德莱尔的诗歌里找到许多胡言乱语,第一个废话就是诗人从腐朽中拯救"形姿和神髓"。但至少这样一个人将会是波德莱尔在中国可能的读者———一个从未有人声称过的角色。

首先,"异乐"和天籁共同迎合了徐志摩提出这个说法的言语行为。这篇译序的作者就像蛆群、打谷者和饿狗那样,挪用现存语料库(更准确地说应该是腐尸的一部分),吸收一小块养分满足自己的需要,丢掉剩余部分。徐志摩的翻译并非是一种对等,而是挪用;他也无意于在独立、分离的个体间建立新的身份,而是将这些东西分解、再回收利用。我们倾向于在暗喻和信息模式下理解翻译,将其视为用另一种语言来表达相同含义的重构活动。(20世纪20年代的上海作为重构波德莱尔的大背景本应提供理想条件。)作为暗喻的翻译忽略了,或者说有些看似聪明的暗喻型翻译无耻地利用了语言系统化的、安排有序的特征:法语中的术语A有含义是因为它与无穷多的其他术语相关联,而在汉语中很难找到拥有所有这些类比关系的一个术语X。用术语X来翻译术语A损伤了索绪尔的语言本体以及双方语言的想象空间。然而,翻译发生了而且是必要之举:这个光荣的索绪尔本体也是由先前各种如徐志摩的大胆隐喻那样看似别扭、具有冒犯意味的借用、注释和"滥用"(词形误变)行为组成的。倘若我们把翻译视为消化和腐坏的过程,那么它所处理的对象就不是可传递的完整形式,而是一片零碎的、但是紧紧依附于赋予它们主要含义的语境的语言实体的黏性粉体;即便我们努力重建一个完整、清晰的"信息效力"(virtù informativa)体系,我们对这些零星碎片的咀嚼和吸收仍然是不超然的。消化不像是暗喻的替代选择。更确切地说,同化吸收是消化的最后阶段,而撕咬、消化、有选择地摄取共同组成了一个闭环:先是提喻,然后是转喻,最后是隐喻的挪用。这种挪用是"看见同一性"、发现整体中的关联的条件。

我们可以像解读波德莱尔诗歌叙事那样,将徐志摩特立独行的翻译和评论解读成引证型、物质型或消化型翻译模式的象　　[3]《神曲》,页334。
征,这一模式改写、颠倒了暗喻和知识的一个重
要模式,即亚里士多德模式。在此模式下,我们通过发送和接收"形式"实
现与世界的往来。亚里士多德把知觉和知识描述为同一模式下的消化过程。
但是有一个阶段超出了消化,斯塔提乌斯在《炼狱篇》中的发言再次为我们
提供了参考:

> 精美完善的血是干渴的血管
> 所不能喝尽的,却留在那里,
> 就像你留在桌上要搬去的佳肴;
> 它于是在心脏中获得一种潜在的
> 力量,将生命赋予人的身体各部,
> 就像流过血管变成身体各部的血。
> 再经过精炼后,它流到不说出来
> 比说出来较为合适的那个地方,
> 然后借自然器官滴在另一人的血上。[3]

但丁从大阿尔伯特(Albertus Magnus)、托马斯·阿奎那(Thomas Aquinas)、阿维森纳(Avicenna)和阿威罗伊(Averroes)处吸收了许多亚里士多德的学说。这几行诗不仅浓缩了这些哲思,同时也是对但丁的散文《飨宴》第49章中一些段落的改写。"根据亚里士多德的观念,食物只有通过一系列变形分解或消化才能让自身变得可吸收,继而转化为身体的成分。"消化活动把食物吸收进血液。男性血液中过剩的精经过进一步的"烹调"转化为了精液。精液虽与血液相同,但拥有更高程度的"信息效力",能够使女性经血中不连贯的物质转化为一个新生命。(亚里士多德认为男人提供了新生儿的形式,而女人仅仅提供了质料。)在《飨宴》里,男性对后代的贡献被比作在蜡或金属的表面打上印记,一种不掺杂物质传递的、纯粹的形式赋予。也许有人会说子宫是一种知觉器官,像眼、耳那样从外部接收形式,并以作为父亲仿制品的孩子的形式储存起来。亚里士多德在解释有性生殖的

翻译与死亡　188

形成和原因时暗示道："对于处于正常发育阶段的生命体而言，最自然的行为就是繁衍一个与自身相像的生物。为了这个目的，在其本性允许范围内，它将分享永恒和神性。这是一切生物生存的目的。"斯塔提乌斯借用亚里士多德的学说来解释生活在炼狱的人的"类生命体"，宣称只有上帝才能创造灵魂——显而易见，这是中世纪的阿奎那对亚里士多德学说所作的一种嫁接，目的是为灵魂不朽与肉身复生腾出空位。

这是中世纪的信息论。阐释灵魂与胚胎、肉体的关系正是"信息"一词得以创立的原因，同时也是认为信息可以被远距离传送而不失本真的当代信息论的一种预示。让我们把这个理论的平行部分放在一起来看。知识的学习者或生产者，像胃消化田间的产物那样来消化理解的对象。暗喻和消化是同化、分解、筛选异物并使之成为自我一部分的过程。正常情况下（尽管与现实有很大出入），繁殖可以看作是已经实现的自我"召集"大量非自体，并在上面刻印自身形象的过程。用不那么明显的神学术语来说（只是不那么明显），暗喻实际上与标准的男性人格相似，都可以看作灵魂—信息，或者身份—信息的传递过程。自我掌控消化，就像上帝和父亲掌控灵魂那样。

《死尸》讲述的则是肉体腐烂的故事，是自我变成他者的故事：完全实现的生命体堕落为一张草图和一股恶臭，身份和作为暗喻基础的"同一性"纷纷瓦解，物质被偷走的同时形式也便消亡了。这是物以类聚的颠倒。《庄子》中的疯子和圣人提醒我们这仅仅是他者，或者说许多他者自我形成的过程：个体不再是其自身必要的、不变的参照系，可以变成像公鸡、弩上的弹子、老鼠的肝或虫子的腿一样的东西。《死尸》并非真的拒斥暗喻性的消化模型，毕竟诗中的"我"尽管实质上简化为一串重复信息，仍然自称"永葆着爱的形姿和爱的神髓"，这点是诗中的动物残骸和女人所不能表达出的（也是对亚里士多德从未真的脱离这些前提的另一种暗示）。《死尸》只是换个方向，展示消化的过程而非消化的完成。它试图把"无我化"的过程翻译为死后"本体"的草图。这首诗的关键是两种时刻的关联性。（遗憾的是，徐志摩的译诗更多地呈现这两种时刻的对比，因而表现出爱伦坡式的阴郁的哥特风格。）说话者耐心又细致地研究有关腐败的"异乐"，从而弥补性地跳跃到信息领域，而这个领域中的自我不会腐烂。"对美的探索是艺术家败北之前发出恐怖叫喊的一场决斗。"[4] 尽管这句话搁置了我们对美的大部分期望，我们必须承认《死尸》的结尾描绘的正是波德莱尔笔下的艺术家如何"恐怖地哀鸣"，最终放弃了与物质的斗争。庄子笔下的道家贤者长期受天籁熏陶，超然世外，至少在寓言层面不断转化，直至变成虫子的腿。他们既不为己辩护，也不采取任何一种观点。而波德莱尔的诗完全是在歇斯底里地支持一种观点。徐志摩的译序确定了它的自我诊断；即一篇"神秘主义的"译序：它似乎要消解任何有限视角，宣称一个看起来疯狂而伟大的新见解。"无一不是音乐"这一空洞的宣言很容易被改述为"无一不是某种东西"。

[4] 夏尔·波德莱尔著，钱春绮译，《恶之花 巴黎的忧郁》（北京：人民文学出版社，1991），页382。

徐志摩将庄子和波德莱尔相结合，由此制造出"异乐"。他的译序就是有关异乐的一个例证。徐志摩从十九世纪法国高蹈派那儿摘取一小块碎片，同公元前四世纪中国原始主义的一个小片段一起烹调，从而使翻译、比较文学和阅读呈现为一种分解、腐朽和选择性吸收的过程。波德莱尔在写作《死尸》的过程中也曾对彼特拉克体的抒情传统做过同样的拆解和吸收。重写、翻译或引用耗尽了它们所消化的材料。这也许是瓦尔特·本雅明所说的——译文是原文"后来的生命"（afterlife）？如果真是这样，徐志摩的重写就不是他赋予不朽性主题以个人化形式的问题，而是让亚里士多德、彼特拉克、波德莱尔和庄子在一定程度上都变得无法辨认的过程。在徐志摩的重写过程中，消化活动无疑发生了，但却没有促生一个新我，至少没有促生一个强我，它催生的是一个不同于原始死尸但受其喂养的自我的"全体"（monde）（徐志摩将其误译为"群众"[crowd]）："全部都是音乐"中的"全部"（everything）。20世纪的中国，新的白话文学尚在建构中，勇于创新的年轻作家们都在为国家意识打造新的"身体"，此时"异乐"的提出不失为一种堕落的、有可能产生反效果的选择。同样奇怪的是我们竟然能够在其中听到音乐——一种疏离的乐响：

"等待他们的传译员"

第一次大流放期间，居住在莫斯科的奥西普·曼德尔施塔姆（Osip

翻译与死亡 190

Mandel'stam）写了如下几行字，也许是一首诗，也许只是诗的草稿：

鞑靼人，乌兹别克人和涅涅茨人
和整个乌克兰民族，
甚至伏尔加河畔的德国人
都在等待他们的传译员。

也许就在这一刻，
某个日本人正把我
翻译成土耳其语
且看穿我的灵魂。[5]

"他们的传译员"？是指那些能把从前独属于鞑靼人、乌兹别克人和涅涅茨人的文学宝藏变成世界文学一部分的译者吗？不，就像贺拉斯和普希金那样，曼德尔施塔姆心里有更狂妄的图景。普希金过去模仿贺拉斯《颂诗集》的第三卷第三十首，而曼德尔施塔姆正在呼应普希金的《纪念碑》。他们在等待着能够翻译曼德尔施塔姆的译者，也许此刻一个日本人正把他译成土耳其语。

贺拉斯认为文学不朽（"不完全死去"）依凭的是罗马帝国和拉丁语永不败落，而普希金则把它归于俄罗斯幅员辽阔。曼德尔施塔姆一举超越了他们二人：他将借由翻译继续活着。我们可以想象一个日本人用日语翻译一个俄国诗人的难度之大，而这个日本人现在却要把他译成土耳其语，简直不可思议！不仅如此，这一非俄裔的译者正在用非母语的土耳其语"看穿我的灵魂"。

我们幻想中的翻译经常假定一个前提性的唯我论框架。只有我对自身的思想活动有知晓的特权；也只有理解我的语言的人能够获知我的想法；译者的天赋在于让其他不同的语言社群能够理解这些表达的想法。受此框架影响，译者往往被期待把外来语本土化——听取他者的话语，并且"朝向自身"来翻译，也就是说，让外来语变得熟悉。曼德尔施塔姆所宣称的借由翻

[5] 奥西普·曼德尔施塔姆著，黄灿然译，《曼德尔施塔姆诗选》（南宁：广西人民出版社，2015），页178。

译永垂不朽，则呈现了一种截然不同的立场：译者把自身话语"朝向他者"输出到遥远的涅涅茨人、乌兹别克人的社群；在想象的可能世界中，作为他者的日本人正在把它们译入另一个他者的国度——土耳其。尽管，或者说由于存在这些以同心圆的方式不断向外拓展的距离，这样的译者还是能够直达诗人灵魂。软禁的最佳对策是像用无线电那样广播自己的主体性，从原本立足和熟悉的地方走出去。这也是曼德尔施塔姆面对自身险境的回应，神秘而陶醉。

"翻译即肉体的死亡。"但是不要用它来交换一个脱离肉体的精神形式。我们从翻译中获得了一个不同的身体，一系列不同的身体。外来语打破本土话语方式，在一系列模仿所构成的异乐声中将其拆解另作他用。现有的翻译理论充斥着自我和他者、主要和次要、主导与附属的两极分化，以及源自文学所有权和文学特性观念的伦理焦虑。事实上，它们对于我理解类似于徐志摩对波德莱尔的那种翻译并没有多大帮助。搁置这些所谓的对立，我发现徐志摩的翻译对原诗的拆解正是对原文意涵的准确回应。徐译在中文世界中实现了原诗的美学构想，特别是在译者最偏离诗人可能希望表达的意思时，即译者显得最不负责任的段落中，译者对原诗美学构想的实现显得格外完美。"翻译伦理"是一种食人以自给的伦理吗？如果能从翻译的日常话语中跳脱出来，也许它会告诉我更多。

张梦　译　杨振（复旦大学）　校

1935年,梅兰芳在莫斯科:
熟悉、不熟悉与陌生化*

* 这篇论文的初稿是为朱迪·格林(Judith Green)博士在2004年6月组织的"东方主义与现代主义:跨文化与跨艺术联系"学术研讨会准备的。此后,刘东、詹妮·瑞森(Janne Risum)、韩瑞(Eric Hayot)以及两位匿名评审极大地帮我厘清了思路。

前言

一位中国公主,穿着白色绸缎质地的绣花束腰长裙,戴着高耸的白色头饰,垂着丝带和发饰,站在左边,恬淡地笑着。右边站着两位俄国人,穿着厚重的羊毛制服,正用带着强烈的好奇心的眼睛打量着"她";至于戴眼镜谢顶的那位,看起来很是关心。"她"泰然自若、心平气和,不发一语;而他们似乎想要说什么。

这一场景对从事中国戏剧史研究或研究中国与其他国家文化联系的任何学者来说,都是再熟悉不过的。这位"公主"其实是个男人,才华横溢的演员兼导演梅兰芳;而另外两位聚精会神的俄国人是苏联杰出的戏剧与电影导演亚历山大·塔伊罗夫(Aleksandr Tairov)与谢尔盖·爱森斯坦(Sergei Eisenstein)。这一幕发生在梅兰芳戏曲艺术团1935年3月访问莫斯科之时。[1]

相同的景象继续出现在布莱希特20世纪文化批评经典中极有影响的论述《中国戏剧表演艺术的间离方法》(Verfremdungs-effekte in der chinesischen Schauspielkunst,1936)中。[2] 布莱希特在中国剧场中看到一种表演形式,这

---

[1] 梅兰芳在莫斯科、列宁格勒登台表演,并与当地戏剧家(其中有梅耶荷德[Meyerhold]、铁捷克[Tret'iakov]、爱森斯坦。斯坦尼斯拉夫斯基[Stanislavsky]因病未参加,而当时从德国流亡而至的布莱希特[Brecht]却未获邀请)座谈。这次访问与讨论的记录相当丰富。关于梅兰芳莫斯科之行及其后续影响,参见:梅兰芳,《我的电影生活》(北京:中国电影出版社,1984),页46—56。梅绍武,《我的父亲梅兰芳》(天津:百花文艺出版社,1984),页126—159。郑培凯,《梅兰芳对世界剧坛的文化冲击》,《当代》1994年第103期,页26—43;第104期,页66—90。《梅兰芳在莫斯科》,《当代》1995年第105期,页140—149。关于梅氏早年的事业,参见Joshua Goldstein(金斯坦),"Mei Lanfang and the Nationalization of Peking Opera, 1912-1930." *Position : East Asia Cultures Critique*, 7 (1999): 377-420。梅兰芳的传记(许姬传编,《舞台生活四十年》[北京:中国戏剧出版社,1987])只记到1920年代初;后续章节的手稿在1966年被毁坏。拉尔斯·克莱贝尔格(Lars Kleberg, *Starfall : A Triptych*, trans. Anselm Hollo[Evanston : Northwestern University Press, 1998])对梅兰芳在莫斯科的座谈进行了想象性的重构。克莱贝尔格随后发现并出版一份真实的座谈记录(Lars Kleberg, "Zhiv'ye impul'sy iskusstva" [The live impulse of art]. *Isskustvo kino*, (1992) 1 : 132-139. Manuscript translation by Marilena Ruscica)。关于梅兰芳的访俄之行作为文化交流的一个典范个案,参见 Banu, "Mei Langfang : A Case Against and a Model for the Occidental Stage." trs. Ella L. Wiswell and June V. Gibson. *Asian Theater Journal*, 3, 2 (1986): 153-178; Chen Xiaomei, *Occidentalism : A Theory of Counter—Discourse in Post—Mao China* (New York : Oxford University Press, 1995); Tian Min, "'Alienation—Effect' for Whom? Brecht's (Mis) Interpretation of the Classical Chinese Theatre." *Asian Theatre Journal*, 14 (1997): 200-222; Haun Saussy, *Great Wall of Discourse and Other Adventure in Cultural China* (Cambridge: Harvard University Asia Center, 2001); Eric Hayot, *Chinese Dreams : Pound, Brecht, Tel Quel* (Ann Arbor : University of Michigan Press, 2004); 以及 Janne Risum, "Mei Lanfang : A Model for the Theatre of the Future." In Béatrice Picon—Vallin and Vadim Sherbakov, eds., *Meyerhold, la mise en sécne dans le siècle* (Moswcow : OGE, 2001), pp. 258-283。

[2] Bertolt Brecht, *Gesammelte Werke*. 8 vols (Frankfurt am Main : Suhrkamp, 1967), pp. 617-631; *Brecht on Theatre : The Development of an Aesthetic*. ed. and trans. John Willett (New York : Hill and Wang, 1964), pp. 91-99. 关于评论,见"'Alienation—Effect' for Whom? Brecht's (Mis) Interpretation of the Classical Chinese Theatre." Janne Risum, "Brechts 'kinesiske' Verfremdung : Hvordanog Hvorfor" [Brecht's 'Chinese' V—effect:(转下页)

种表演形式公开承认自身的虚构性（artificiality），并不寻求创造现实的假象，而是创造某种程式化的熟练表演。相应地，观众的反应也允许背离亚里士多德所谓的"移情"原则，而变为批评性的：观众不是将自己放到角色表演的位置，而是质疑与判断舞台上模仿的情境：

> 演员表演蕴含着极大激情的事件，但没有他的演绎就不能点燃。在这些地方，被扮演的角色非常激动，表演者抓起发辫，放在唇口之间，啮咬起来。但这就像一种仪式，什么也没有喷薄而出。很明显，其他人也在重复这一事件：这是一种表现，纵然是艺术家的表现……因而情绪之控制被如此高雅地表现出来……（演员）小心翼翼地不把（角色的）感受转嫁为观众的感受。观众没有被他塑造的个体形象而强加上什么东西（vergewaltigt）。[3]

于是，对布莱希特而言，"超越动作"能够成为演员最高的召唤。布莱希特把他对梅兰芳古典表演方式的理解与他自己先前的剧场实践熔铸在一起，形成了所谓"间离效果"（alienation-effect）的学说。正如詹妮·瑞森已经指出的，"Verfremdung"这个术语尽管被译为英语时，经常使用有古典马克思主义色彩的"alienation"一词，但与维克多·什克洛夫斯基（Viktor Shklovsky）1917年提出的"ostranenie"（疏离）作为艺术作品的主要目标相一致。[4] 布莱希特这种双重的挪用——对中国剧场与1920年代形式主义美学的挪用——在1935年的政治语境中，颇有某种反讽的含义在其中。

在美学现代性的叙述中，这位中国"公主"所扮演的是一个复杂的角色，涉及若干对立意义的层次。不仅现代主义的未来（如果没有对未来有一种预示，现代主义什么都不是）在1935年的苏联紧迫地受到挑战，而且这位"公主"演绎的艺术在中国也无望地抵抗着现代化，而"她"被迫代表着某种完全现

（接上页）how and why]. In Alette Scaveniuis and Stig Jarl, eds., SceneSkift : det 20. *Ärhungdredes teater I Europa* (Copenhagen : Multivers, 2001), pp. 194–206 ; *Great Wall of Discourse and Other Adventure in Cultural China* ; *Chinese Dreams* ; *Pound, Brecht, Tel Quel*, pp. 74–88.

[3] Bertolt Brecht, *Gesammelte Werke*. 8 vols. (Frankfurt am Main : Suhrkamp, 1967), pp. 622–623 ; Bertolt Brech, "'Alienation—Effect' for Whom? Brecht's (Mis) Interpretation of the Classical Chinese Theatre." *Asian Theatre Journal*, 14 (1964) : 93–94.

[4] Janne Risum, "Brechts 'kinesiske' Verfremdung : Hvordan og Hvorfor" (Brecht's 'Chinese' V-effect : how and why). In *Ärhungdredes teater I Europa*, p. 198.

代戏剧的可能性，两者是一个悖论。现代性、现代主义、现代化，是三个未经准确或很好界定的、多有重叠的术语，也是三块多有冲突的领域。1935年春梅兰芳的俄国之行的意义发生在现代性至少三个互相矛盾模式的交叉点上：未来主义者/形式主义者，马克思主义者，以及现实主义者。这就是为什么"公主"的表情如此平静，而"她"的翻译表情如此之沉重。

正确的人站到错误的位置

梅氏到访的时候正值苏联的戏剧处于危机之时。二十世纪初戏剧先锋中的大人物还健在，但一直处于政治监控之下。在1934年召开的"全苏作家大会"上，安德烈·日丹诺夫（Andrei Zhdanov）提出的"社会主义现实主义"的美学政策，得到斯大林的支持，并成为一条准绳，所有的表演与创作都要受到这一准绳的制约。如果说早年的艺术先锋人物与政治先锋人物还有共同的诉求，并且两者的人员常常是合一的；那么1910—1930年代的"高级"艺术运动在政治上被宣布是"倒退的"。这种倒转意味着对现代性意义的分歧。

尽管艺术形式与主题之间的差异颇为重要，但是象征主义、未来主义、结构主义、至上主义、宣传鼓动、形式主义，以及电影蒙太奇的新艺术形式在提出新的内容这一方面有共通之处：从服务到现实主义表现为艺术过程的解放。正是年轻的罗曼·雅各布森（Roman Jakobson），他有不少诗人、评论家与语言学家的朋友，在1919时对现代主义下了一个定义，很好地表达了这些艺术运动的倡导者认为他们自己在所有的媒质上都取得了成就：

> 绘画从基本的幻觉主义解放出来，这使得绘画表现的各个领域细密的精致性成为必要。体积、构成的非对称性、色彩的对照以及肌理之间的交互关系，进入到艺术家意识中最显著的位置。实现这个，其结果如下：（1）一系列技巧的经典化，因此亦允许人们称立体派（Cubism）为一个流派；（2）技巧的显露。于是，已实现的肌理不再为自身寻找任何理由；它成为自主的（只需要为自身找到新的系统表达方法）、崭新的材料。若干片纸被粘贴到画上，又把沙子掷于其上。最后，硬纸板、木

料、罐头盒，等等统统都用上了。[5]

随着表现的对象从创作者与观众关注的场域中退出，表现方式成为新宠。材料开始为它们自己说话。舞台布景不再与被模仿的外部世界联系在一起，而是与人物的内心世界相联系。未来主义诗歌是作为语音的与书法的管弦乐而被创作出来的。绘画可能完全是黑的或白的，或者就有一个真的锤子粘在画布上。创作于1913年的未来主义戏剧《战胜太阳》(Victory over the Sun)，在一种去神圣化的仪式中上演；在这种仪式中，太阳（日常生活中很熟悉的意象，人们对其有一致的认知）为一种新的不依赖其自身发光的视镜所取代。这种模式下的现代艺术寻求现实的"陌生化"。它经常更关心自身的创作过程可能（但也不是绝对无疑地）触发了对超艺术（extra-artistic）之认知与判断的批判性理解。[6] 什克洛夫斯基（Shklovsky）[7]、提尼亚诺夫（Tynianov）[8] 这些批评家重新写作文学史，将之处理为一系列技巧的发现及耗尽，如果真有主题内容以及时代精神（Zeitgeist）在其中的话，它们也只起次要的作用。

这就是对现代的一种定义，它与一种断裂相关：以表现断裂、抛弃现实主义作为文学发现的程式。相反，日丹诺夫为苏联文学制定的程式（颁布于1934—1936年），声讨非表现的艺术是资产阶级的、颓废的形式主义的，与之相对的是一种"革命的浪漫主义"的理想："真实性与历史具体性……与意识形态的改造以及用社会主义的精神教育劳苦大众结合在一起。"[9] 这种对"陌生化"美学的

[5] "未来主义"(1919)，见 Jakobson, *My Futurist Years*, ed. Bengt Jangfelt, trans. Stephan Rudy(New York : Marsilio, 1998), p. 147. 自主论出现在许多为现代主义经典性的辩白中，例如克莱门特·格林伯格（Clement Greenberg）很长时间重复过许多次的话："先锋绘画的历史就是对绘画媒介阻力之渐进屈服的历史。"(《通向更新的洛可可艺术》[Towards a Newer Laocoon, 1940] Clement Greenberg, *The Collected Essays and Criticism*, ed. John O'Brian [Chicago: University of Chicago Press, 1986], vol. 1, p. 34)

[6] "先锋主义者再一次要求艺术是实用的之时，他们并不意味着艺术作品的内容应该有社会意义。这种要求不是在个别作品内容的层面提出的。相反，它把自身导向艺术可以在社会中发挥功能，这个过程所决定的效果就如同艺术作品决定特定内容一样。"(Bürger, *Theory of the Avant-Garde*, trans. Michael Shaw [Minneapolis: University of Minnesota Press, 1984], p.49)

[7] Viktor Shklovsky, "Art as Technique." in Lee T. Lemon and Marion J. Reis, eds., *Russian Formalists Criticism : Four Essays* (Lincoln : University of Nebraska Press, 1965[1971]), pp. 5-21.

[8] Yurii Tynianov, "On Literary Evolution." In Vassilis Lambropoulos and David Neal Miller, eds., *Twentieth—Century Literary Theory*（Albany : State University of New York Press, 1985[1927]), pp. 152-162.

[9] H. G.. Scott, *Problems of Soviet Literature: Reports and Speeches at the First Soviet Writers' Congress* by A. Zhdanov, Maxim Gorky, N. Bukharin, K. Radek, A Stetsky (New York: International Publishers, 1935). 关于背景参见 Irina Gutkin, *The Culture Origins of the Socialist Realist Aesthetic, 1890—1934* (Evanston: Northwestern University Press, 1999).

反对并不新鲜：1924 年，列夫·托洛茨基的《文学与革命》(Literature and Revolution）已将形式主义文学理论以及未来主义艺术斥责为唯美主义、唯我论以及缺乏实际的应用——这一系列的攻击，一直流毒至今。托洛茨基与斯大林也许政见并不相同，但他们都不喜欢现代主义音乐、绘画、诗歌，以及"波希米亚式的虚无主义"[10]，却是人所共知的。

于是在 1935 年，反对非表现的、"形式主义"艺术的运动开始动起真格。控制美学理论的选择是为了政治上的巩固。莫斯科的公开审讯——公审戏剧的严酷形式，老布尔什维克们承认他们从未想过要犯的罪行——就在这一年发生。许多安排并欢迎梅兰芳访问莫斯科的戏剧工作者，在媒体上发表文章介绍梅氏，不久就被流放，在家中被捕并被送到劳改营，还有很多被处决。

这一切使得梅兰芳的到访，以及从前那些先锋人物的倡议，变得似乎格外不可能。但这次访问还是成行了，这完全是外部政治作用的结果。中国的国民党政府希望与苏俄以及苏联顾问保持互助关系，这些顾问中有不少极有天赋的作家与文化人物，他们在中国都非常活跃。这次访问的主要支持者与策划者铁捷克（Sergei Tret'iakov）就曾在北京做过两年教授。就像《真理报》登载的对梅兰芳表演的剧评中所言的，中国"对苏联来说，既是一个不断进步的，又是一个同情苏联的国家"[11]，这一事实对任何可能的艺术上的干扰起了政治保护作用。

因为确实存在着干扰。如果有人把日丹诺夫的标准套到苏联戏剧工作者与梅兰芳之间的座谈记录上，那么通过宣扬中国传统戏剧的特质，梅兰芳的对谈者或多或少地暗中（而有时也经常出于热情，几乎是公开地）重新引入了形式主义美学，这种艺术来自倡导表现方式的自主性。这就是说，他们的目标是很不同于布莱希特的。（布莱希特尤其表现为资产阶级想象力的内在批评者。苏联作家被允许公开附和维克多·什克洛夫斯基的理念，这大可怀疑，但布莱希特是西方来的访客，并且是一个潜在的可以利用的合作者。）苏联的观察家把梅兰芳的艺术与自然主义对比，但对他们大部分人而言，音乐成为决定性的隐喻，好似在说，梅兰芳的戏剧因为比对生活任

---

[10] Leon (Lev) Troksky, *Literature and Revolution*, trans. Rose Strunsky (Ann Arbor : University of Michigan Press, 1960[1924]), p. 131.

[11] Sergei Tret'iakov, "Mei Lan-fang—Our Guest," *Pravda*, 12 March, 1935. Manuscript translation by Marilena Ruscica.

何简单的模仿更加紧扣生活，更加全面，所以取代了自然主义。铁捷克在为《真理报》所写的文章中，向苏联的公众介绍中国的戏剧，他解释道：

> 音乐与动作几乎一直相互配合。（人们很快就会意识到）特有的而原创的、与节奏合拍的及音乐的结构，以及这种结构与演员动作及演唱之间的互动。所有的声音与动作都是精心设计的。梅兰芳的手：他的十根手指就像舞台上其他十个不在节目单内的演员。有人可能不能明白其中的音乐，或不能欣赏服饰的优雅，或对戏剧的线索并不了然；但一定会被这些手吸引，这些手一直处于运动变化之中，所以一定会被手指的舞动吸引。这之于做成装饰的云、树叶，做成微型模型的草，变得充满意蕴，充满装饰性，极其契合。梅氏戏剧巨大的重要性值得探究其详。[12]

同样，作为梅兰芳这次拜访尾声的座谈又回到音乐的得势，以及相应自然主义的失势上。亚历山大·塔伊罗夫说：

> 梅兰芳在舞台上表演之时，手势变成了舞蹈，舞蹈变成了文字，文字变成了唱腔（这种唱腔从音乐与发音的角度而言，极端的复杂，更不用说其技巧之高超了），于是我们从这种戏曲中看到一种有机的完整性……我们所认为的表演上的程式化元素就是有机性规则的必要形式以及整个表演内在结构的适度表现。[13]

这里，"音乐"代表两种东西：非模仿美学以及超越细节多样性而形成的创作统一性。让我们再回到布莱希特，对他而言，亚洲戏剧最关键的要素就是反自然主义（antinaturalism），用惯例与援引取代了模仿。一系列的对立构成了他的理解：在一系列与自然性（naturalness）和被建构性（constructedness）相关的问题上，东方刺激着西方，因为东方是西方的对立面。东方戏剧能够承认自身的虚构性：这就是使其成为对现状不满足的西方人的某种乌托邦（参见罗兰·巴特[Barthes]《符

[12] "Mei Lanfang—Our Guest".
[13] Lars Kleberg, "Zhiv'ye impul'sy iskusstva"（The live impulse of art）. *Isskustvo kino*, 1(1992)：135.

[14] "Zhiv'ye impul'sy iskusstva" (The live impulse of art): 136.

号帝国》[*Empire of Signs*, 1997]),西方人发现他们母体文化中的自然化的意蕴如此之难以忍受。对布莱希特与巴特而言,现实与程式之间的界线揭示了与社会现实之间存在一种批判性关系的可能,预示着史诗剧(epic theater)的直接观众,以及对资产阶级"神话学"的去神秘化;所以这就成为中国舞台艺术的宝贵经验。不过,对俄国人来说,他们对梅兰芳的欣赏不是围绕着"幻象/非幻象"这根主轴,而是环绕着自发艺术语言的理念,这种有着内在"合理性"的复杂"技巧"(artifice)在所有细节中都是显而易见的——这种"绝对的""有机的"舞台动作通过其连贯性合理化了其程式与细节。他们的理解相比布莱希特的理解并没有太多的争议性,但其通向了一个不同的面向。梅氏戏剧的非模仿传统,以及梅氏戏剧"韵律"与"音乐"(在字面及引申意义上用这两个术语)的整体性,是支持艺术形式自主以及反对以政治导向的"现实主义"为主的首要教训。事实上,相同的例子也用来证明不同的论点。参考一下塔伊罗夫对跨性别(cross-gender)表演的评论:

> 非常值得惊奇的事情:……我指的是,在梅兰芳的戏剧中,我可以看到令人惊异且众多的角色聚集。我们总是在自然主义的戏剧中,讨论在何界线内,角色的转换是可能的;而梅兰芳的艺术实践在这里向我们揭示:克服所有的内在困难实际上是可能的。我们看到梅兰芳是一个有血性的男士,在舞台上却化身为女人。这就是艺术家最困难、最复杂,以及最难完美实现的变形。[14]

梅耶荷德承认梅氏的艺术超越了单纯的模仿(这里指模仿女性),但很快转到"韵律"与"建构"的语域中:

> 我还从来没有见过,在我们的戏剧舞台上,一位女演员能够如此令人惊异地传达出梅兰芳所展现出的女性气质。这里我不打算再举例子,因为这些例子可能会冒犯不少导演。但很有必要向他们指出这一点。于是,现在在我们国家有太多关于所谓布景之韵律建构的讨论。但任何观

看过梅氏表演的人都会激赏其韵律的巨大力量,这种韵律就是这位戏剧天才赋予的。[15]

[15] "Zhiv'ye impul'sy iskusstva"(The live impulse of art): 133.
[16] Sergeib Tret'iakov, "A Great Mastery." *Pravda*, 13 March, 1935. Manuscript translation by Marilena Ruscica.

而铁捷克谈到令布莱希特印象极为深刻的姿态(gesture),试图用它去泯合"现实主义"(好的)与"自然主义"(不恰当的)之间的界线:

> 人们必须观察到梅兰芳对现实主义(是现实主义而非自然主义)的非凡诠释。在第二出戏中,他演绎了一位年轻女子,她寻求报复她的复仇对象的机会,装扮成他的未婚妻,并在新婚之夜将他杀死。这里值得注意的是,在她用匕首捅向她的未婚夫之时,她所演绎的姿态:咬着她的辫子,这在中国戏曲中表示的是,在死亡与悲剧性的恐惧面前,她内心十分痛苦。在杀人之后,她处于愤怒之中,并意识到她的行为是无用的。[16]

在同一个座谈中,爱森斯坦没有谈到音乐,但同样以有机主义的模式展开:

> 我们看到他如何以一种几乎象形文字式的方法施展一整套必要的技巧与动作,并且我们认为在这种戏剧中,这是一种完美的确定性表达,既是深思熟虑,又是完整的。对某种至关重要的传统的反映,还有一整套必要的姿态。
>
> ……
>
> 我们都知道书本上所下的关于现实主义的定义。我们也都知道多元性必须通过单一性才能被感知到,就像一般必须通过个别才能被感知到,所以现实主义就建立在这种相互渗透之上。
>
> 如果我们以此去看梅兰芳的艺术才能,那么就很可能看到一种奇妙的特质:在梅氏的戏剧中,两种对立的元素都被推挤到极限。这种概括达到符号与象征的地步,而部分的表演成为表演者的个性所在。以这种

方式，我们得到不同寻常的象征，这是通过表演者独创的个性表现出来的。换句话说，就好像这些对立面的界线更加明显了……我们（苏联）的艺术现在几乎完全简化为一种元素，即表现。而这将是对形象艺术巨大的伤害。我们已经目睹了形象文化（即高度诗化的文化形式）的消失，完完全全地，不但从我们的戏剧中，而且从我们的电影中消失。我们要指出，在我们的时代即默片的时代，纯粹的形象构思起着巨大的作用，并不仅仅是人民的（自然主义式的）表现。[17]

铁捷克不仅与布莱希特有共同的榜样，而且两者在不相信"自然主义"的立场上也是一致的。自然主义是模仿的；在舞台上，其能产生移情作用，而移情作用也不一定是人人想要的。铁捷克在中国戏曲中看到的那种现实主义，其细节受到程式的影响（譬如，咬辫子必须从其常规的意蕴去解释），并且附属于总体的结构。爱森斯坦也批评"表现"，但比铁捷克走得更远，表达了对苏联官方美学的不认同，并对"形象的文化……最诗性的文化形式……纯粹的形象构思"的无限向往。梅兰芳指出了一条构成主义者理想中的道路。在我看来，爱森斯坦的评论，明白道出了其他参加座谈的人不太敢直接说出的话：梅兰芳戏剧的成功显示了艺术上要以内容为中心，教条式的现实主义艺术标准是无用的。在俄国艺术家对梅兰芳的解释中，正是音乐与节奏的非表现的组织特征使动作产生意义，使男人变为"极精彩女人"，使魔幻般的变形成为可能；只有"音乐"（在字面与比喻的意义上用这个词）才能实现角色的"巨大集中"，并使细节与整体艺术相啮合。

这样就有了若干种梅兰芳"异域的"戏剧运用的"现代主义"。有一种现代主义抛弃了程式而拥抱直接的现实主义（就是直接反映现实或与现实一致的现实主义）。还有一种现代主义，将现实主义作为一种程式而抛弃掉，而不敢指称其名。另有一种现代主义继承了象征主义对总体效果的热情以及对艺术自主的支持。再有一种现代主义拒绝一种承袭而来的意识形态，即用马克思主义观点对资产阶级的主题加以转换，布莱希特与巴特也吸收他们的反应并运用到亚洲的表演中。还有一种政治来世论的说法，按这种说法，社会主义将取代资本主

[17] "Zhiv'ye impul'sy iskusstva" (The live impulse of art) : 137-138.

义,"革命的浪漫主义"将取代资产阶级的形式主义——这也是一种现代主义,尽管它要返回到十九世纪的艺术经典。这些现代主义的变体及其间的冲突构成了由浪漫主义开启的且仍然与我们同在的(甚至与"后现代主义"也有联系)未完成的伟业。[18] 可以用一个简单的姿态来概括 1935 年的中国戏剧艺术访问团,即像梅兰芳的扮相:冷静地咬着发辫。

[18] 这些现代主义之间相互冲突痛苦的后果,参见 Andres Huyssen, *After the Great Divide: Modernism, Mass Culture, Postmodernism* (Bloomington : Indiana University Press, 1986)。
[19] Faye Chunfang Fei, ed. and trans., *Chinese Theories of Theatre and Performance* (Ann Arbor : University of Michigan Press, 1999), p.109.
[20] 陈独秀著,秦维红编,《陈独秀学术文化随笔》(北京 : 中国青年出版社,1999),页 121。Faye Chunhuang Fei 的翻译,见 *Chinese Theories of Theatre and Performance*, p. 119.

错误的人站到了正确的地方

从另一番意义上看,梅兰芳访苏的巨大成功对他而言亦是一种重生,因为作为中国戏曲的领军人物,自从 20 世纪 10 年代兴起白话文学运动以来,他一直作为现代主义的对立面而受到公开指责。

自十九世纪末叶以来,中国戏曲的改革就一直困扰着许多人。1902 年,梁启超撰作了一篇著名的讨论重塑小说作为改造社会的关键力量的文章,正如费春放(Faye Chunfang Fei)所言的,他实际上指所有的大众艺术,不仅仅指的是小说;而戏曲是 1900 年前后最受欢迎、最流行的大众艺术,甚至众多不识字的中国百姓都可以接触。[19] 陈独秀最早发表的文章之一,也是他最早用现代白话文写成的文章之一——《论戏曲》(1904),就号召从五个方面加以改革戏曲,包括重写剧本以强调民族英雄,并删除让年轻妇女感到脸红的场景,而她们正不断地成为公开演出的观众。其他方面,还有"采用西法。戏中夹些演说,大可长人识见,或是试演那光学电学各种戏法,看戏的还可以练习格致的学问"[20]。如果破坏了节奏的统一性与表演的整体效果,那么梅耶荷德可能不太愿意接受,而布莱希特则正因为这一点而会大加接受。1918 年掀起了一场关于中国传统戏曲的大规模辩论,辩论的文章刊载于此年数期《新青年》上,《新青年》发表过鲁迅划时代的短篇小说《狂人日记》以及许多最初用现代汉语自由文体写成的文章。1918 年 10 月号的《新青年》刊登了胡适、傅斯年、周作人、钱玄同——他们是中国现代主义文学运动的领导人物——的文章，主要关于改革中国戏曲的必要性，或更准确地说，改革已经过时的中国戏曲，并用欧洲自然主义风格的话剧取代它。傅斯年云：

> 真正的戏剧纯是人生动作和精神的表象（representation of human action and spirit），不是各种把戏的集合品。可怜中国戏剧界，自从宋朝到了现在经七八百年的进化，还没有真正戏剧，还把那"百衲体"的把戏，当做戏剧正宗！中国戏剧，全以不近人情为贵，近于人情反说无味……百般把戏，无不含有竞技游戏的意味，竞技游戏的动作言语，却万万不能是人生通常的动作言语……何以有打脸？因为有脚色。何以有脚色？因为是下等把戏的遗传。譬如"行头"，总不是人穿的衣服。何以要穿不是人穿的衣服？因为竞技游戏，不能不穿离奇的衣服。譬如花脸，总做出人不能有的粗暴像。何以要做出人不能有的粗暴像？因为玩把戏不能不这样。譬如打把子，翻筋斗，更是岂有此理了，更可以见得是竞技的遗传了。平情而论，演事实和玩把戏根本上不能融化。[21]

傅斯年要一个分离。戏剧应该是人生动作与情感的表现；这就是它的目标，正如傅氏引用亚里士多德观点所言的。不能实现这个目标的表演就不能称之为戏剧。中国戏曲在这一方面特别不成功，就因为他所称的"形式主义"的东西作祟。我注意到，在1918年，"形式主义"这个术语主要用在法律与宗教的范畴之中，是指因坚持旧的惯例及外在的形式而表现出来的衰败，除了在一些逻辑学家口中，此词并无正面的意义。奇怪的是，尽管傅斯年指出了中国戏曲元素的弱点，这一点可能会吸引后世的形式主义者，他们视形式为首要的元素，并视之为好的与合适的元素；但傅斯年拒绝了这个词，并从他的提纲中删除。

另一个关于这场戏剧改革讨论的奇怪事实是：它包含了我个人比较关注的比较文学中一些中国术语第一次使用的情况。在傅斯年辩难式地反对中国戏曲并回答了张厚载为这一艺术形式的辩护之后，胡适提出了"比较的文学研究"，对揭示中国戏曲的不足有比较好的效果：

---

[21] 傅斯年，《戏剧改良各面观》，《新青年》第4号，1918年，页322—341。

我现在且不说这种"比较的文学研究"可以得到的种种高深的方法与观念，我且单举两种极浅近的益处：

（一）悲剧的观念——中国文学最缺乏的是悲剧的观念……

（二）文学的经济方法……（关于戏剧，胡适将其经济方法分为四类：时间的经济、人力的经济、设备的经济、事实的经济）我们中国的戏剧最不讲究这些经济方法。如《长生殿》全本至少须有四五十点钟方可演完，《桃花扇》全本须用七八十点钟方可演完……这是时间的不经济。中国戏界最怕"重头戏"，往往有几个人递代扮演一个脚色，如《双金钱豹》，如《双四杰村》之类。这是人力的不经济。中国新开的戏园试办布景，一出《四进士》要布十个景；一出《落马湖》要布二十五个景！这是设备的不经济。再看中国戏台上，跳过桌子便是跳墙；站在桌上便是登山；四个跑龙套便是一千人马；转两个湾便是行了几十里路；翻几个斤斗，做几件手势，便是一场大战。这种粗笨愚蠢，不真不实，自欺欺人的做作，看了真可使人作呕！

正是这些令布莱希特以及1935年莫斯科所有那些有着现代、最低限度辩才的聪明人惊艳的中国戏曲特征，在胡适的文章中被列举为"粗笨愚蠢"，破坏了"戏剧的经济"，因为1918年的胡适很清楚，什么样的戏剧基本能达到这一点。事实上，胡适文章的题目是《文学进化观念与戏剧改良》，并运用进化论的叙事方式作为反对传统戏曲的权威武器。胡适声称戏剧起源于一种综合的活动，包括舞蹈、音乐、念白与把式；但在其发展过程中，它摆脱了其附带的东西，而变为"纯粹戏剧"，他所指的就是一种用口语的自然主义话剧。音乐、把式、手势、表意动作都是古代传下来的"遗形物"，其功能就像"男子的乳房"一样（所以胡适对性别变换的讨论毫不让步）。音乐是这个问题最明显的部分：

此外如脸谱、嗓子、台步、武把子等等，都是这一类的"遗形物"，早就可以不用了，但相沿下来至今不改。西洋的戏剧在古代也曾经有过许多幼稚的阶级,如"和歌"(Chorus)、面具、"过门"、"背躬"(Aside)、武场等等。但这种"遗形物",在西洋久已成了历史上的古迹,渐渐的都淘汰完了。

依胡适的理解,西方戏剧史直到 19 世纪末,都能为欠发达国家(例如中国)的戏剧提供一种模式:

> 以上所说中国戏剧进化小史的教训是:中国戏剧一千年来力求脱离乐曲一方面的种种束缚,但因守旧性太大,未能完全达到自由与自然的地位。中国戏剧的将来,全靠有人能知道文学进化的趋势,能用人力鼓吹,帮助中国戏剧早日脱离一切阻碍进化的恶习惯,使他渐渐自然,渐渐达到完全发达的地位。

"旧戏"已是"遗形物",以易卜生(Ibsen)与萧伯纳(Shaw)的戏剧译本为范型的"新戏",开始创作出来,并是未来戏剧的主流。胡适运用他掌握的外国知识去合理化他对中国戏剧的反对:这些知识是他在美国苦读多年得来的,并给了他全球及全人类(panhistorical)的视角,从此视角出发,中国也只是"文学进化"的例子之一。就像傅斯年开始使用"形式主义"这个术语一样,胡适使用了"文学进化"一词,也先于 1927 年泰涅亚诺夫(Yurii Tynianov)发表的名文《论文学进化》("On Literary Evolution")。但胡适的"进化"观念完全是十九世纪斯宾塞式的(Spencerian),与泰涅亚诺夫历史的结构性理解是不同的,泰氏将历史的结构性理解视为不可预测的、形式上的位移顺序。任何反对胡适进化论叙述的人都会变为胡适所强烈指责的蒙昧主义与阻碍主义例子之一。这种命运正是张厚载等传统主义者所遭遇的,张氏根据旧式艺术的主张来为旧式艺术辩护,傅斯年攻击了旧式艺术的主张,但他引用席勒[22](Schiller)、谢林(Schelling)(显示了真正的攻击手段所在)不够准确,而钱玄同在他为《新青年》专栏所写的稿件中,简单地拒绝与张氏辩论,告诉他:"(我)实在没有功夫来研究'画在脸上的图案'。张君以后如再有赐教,恕不

[22] 译者注:傅斯年原文作"失勒"。

奉答。"[23]

这场讨论是怎样说到梅兰芳的？他有点不情愿，只是作为"过渡戏"的倡导者而得到傅斯年短暂的赞同，"过渡戏"将增加一些新戏的元素到旧戏的基础之上：

[23] 钱玄同，《"脸谱""打把子"》，《新青年》第5号，1918年，页429—431。
[24]《戏剧改良各面观》，页332—333。

> 第一种人是自以为很得戏的三昧——其实是中毒最深的——听到旧戏要改良的话，便如同大逆不道一样，所以梅兰芳唱了几出新做的旧式戏，还有人不以为然，说："固有的戏，尽够唱的，要来另作，一定是旧的唱不好了，才来遮丑。"……我有一天在三庆园听梅兰芳的《一缕麻》，几乎挤坏了，出来见大栅栏一带，人山人海，交通断绝了，便高兴的了不得。觉得社会上欢迎"过渡戏"确是戏剧改良的动机；在现在新戏没有发展的时候，这样"过渡戏"也算慰情聊胜无了。[24]

尽管俄国与欧洲现代主义刚刚离开这个"方向"，当梅兰芳——用中国的术语说，作为一个革新者——到莫斯科之时，他是作为一种古代传统的倡导者而受到接待的，这一点并不值得惊奇。但他的表演具有的意蕴，对俄国观众（巴特与布莱希特继续沿着这条路）而言，是以与自然主义的断裂，以及创造表意手势及自立常规的戏剧为中心的。根据中国现代主义的领导者傅斯年与胡适的观点，新戏之现代主义的特征就是自然主义，运用了舞台布景以及现实主义两大支柱，而避免行头、假嗓、武把子、脸谱。甚至对已经上了年岁的梅耶荷德与斯坦尼斯拉夫斯基来说，胡、傅所言早已是过时的旧东西，事实上是形同虚设的东西。这两种现代主义被定义为对先前传统的反叛，而吊诡的是，欧洲人从前的传统正是中国人孜孜以求的，中国人从前的传统也是欧洲人现在要得到的。好像文化交流真是一种互换了。就像对我来说，我要把我的表换成你的表，我必须放弃我的表。一般而言，在我讨论"文化交流"之时，隐喻也是半真半假的，因为我真正谈论的是再现、模仿或整合的过程。但对二十世纪初追求欧洲现代主义的中国人而言，似乎他们必须抛弃他们不知不觉已经拥有的现代主义；对准备接受梅兰芳带来的中国形式中的现代主义的欧洲人而言,他们必须抛弃斯特林堡(Strindberg)与易卜生的现代主义:第四堵墙以及生活的断片。[25] 交流作为隐喻,在必要的双向性上,有更多的优势。它排除了让文化史有一种欺骗性明晰的单向叙述。说起来很简单:中国的现代主义比欧美的现代主义慢了一代,所以"他们的"1920年代,就相当于"我们的"1890年代。我们一旦离开翻译、教学及普及的范畴,去看一种混杂的、以传统为基础的表演及其在国际上的反响,虽然简单却是错误的。当然,说东亚国家最早"有"现代主义,也失之简单并很荒谬——好像现代主义是一个过程,而不是这个过程梦想得到的目标。

詹明信(Fredric Jameson)对"现代"(the modern)最近的思考,警告说,"我们不能断代"[26],即承认这是对语言进行纠缠不清的及有歧义的编年,这传达出他希望在某些地方保存同时性(contemporaneousness)精确计时的标准:

> (因为)各种延误或过早成熟的现代主义的非同步性动力……现代主义意识形态建构的多时性及多线性图景出现了,这不可能被拉平为任何影响的简单模式或文化及诗学帝国主义的任何简单模式,跨文化播散或目的论实质的任何简单模式(即使所有这些选项都能提出本土的、令人信服的说法)。[27]

"多时性""多线性"而无"简单模式":就梅兰芳访苏之行而言,这些术语是描述性的而非程序性的。中国戏剧与俄国戏剧、形式主义美学、史诗剧、结构主义以及后结构主义之间的相互作用,清楚表明了廓清现代主义类型的必要性——什么是我们所称的"自然主义的现代主义"与"形式主义的现代主义"——在理解复杂的现代主义历史时,在许多国家相当长的一段时期内的多元性与发生性中,它们之间互相竞争。而这就是诸如"延误或过早成熟的"之类的术语造成问题的地方:标准的时间为何?单数的现代主义是一个目的论的术语,总是与特定的现代主义相混淆,这些特定

---

[25] 关于中国与美国现代主义诗歌之间相互交流的例子——美国人从中国古典诗歌中发现他们所需要的,中国人从意象派的自由诗中发现他们所需要的,参见 Weinberger, *Works on Paper* (New York: New Direction, 1986), p. 73-74。

[26] Fredric Jameson, *A Singular Modernity: Essay on the Ontology of the Present*(London: Verso, 2002), p. 29.

[27] *A Singular Modernity : Essay on the Ontology of the Present*, p. 180.

的现代主义给单数的现代主义一个历史性的实体。梅兰芳的多重意义,是他在不同的现代主义中的对立叙事中占据着不同地位,证实了现代主义任何诉求中的论辩性。因此,只有在论辩与预言的面向中,时间总是并故意地"脱节",是这位"中国公主"立足——如果不是用语不当——并保留的。

卞东波(南京大学)　译

土尔扈特的回归,普希金的流放——诗人,帝国,游牧民族的命运　214
东亚文学史的比较研究:一份研究宣言　224
畸异主体——可渗透的边沿:类型学评论　232

东亚文学研究

土尔扈特的回归，普希金的流放——诗人，帝国，游牧民族的命运

本文以"移民文化"和"难民文化"为话题，将围绕俄国的亚历山大·普希金（Alexander Pushkin, 1799—1837）和中国清代的纪昀（1724—1805）这两位诗人的两首诗展开。

普希金在文学生涯后期创作过一首题为《纪念碑》（题目原文为"Exegi Monumentum"）的诗歌，他在诗中用高高矗立的俄国沙皇亚历山大一世纪念碑来形容自己的诗作，自认作品会千古流传。他坚信，因作品表达了对被征服者的解放和怜悯，所以生命力之久将超过这位俄国沙皇的纪念碑。诗的第三节描绘了普希金对自己来世的想象，他认为那必定是散落在广袤俄罗斯土地上喋喋吟颂的合唱：

> 我的传说将席卷伟大的俄罗斯帝国，
> 我的名字将被千万种方言铭记。
> 无论是骄傲的斯拉夫子孙，芬兰人，
> 还是现在野蛮的通古斯人，还是草原朋友卡尔梅克人。[1]

通过罗列不同族群的名字，这节诗描绘了"伟大俄罗斯帝国"的疆域：波兰人代指俄罗斯帝国的西界，芬兰人代指北界，通古斯人代指东界，卡尔梅克人代指南界，而普希金则和其中的两个方向渊源颇深。他和诗人同道亚当·密茨凯维支（Adam Mickiewicz）辩论过1831年的波兰叛乱，普希金用"顽固"[2]和"无知"[3]两个形容词明确定义了这个国家。密茨凯维支也在交锋中反复嘲讽俄国，称他们为卡尔梅克人，以此羞辱所谓的"亚洲"野蛮人。卡尔梅克人至少两次出现在普希金的诗文中。在《埃尔祖鲁姆之行》（"Journey to Arzrum"）一文中，他讽刺地把自己塑造成抗拒和亚洲草原人群接触的游客[4]：

---

[1] Alexander Pushkin, Sobranie sochinenii v desati tomakh, Moscow: Khudozhestvennoi literatury, 1959, 10 (2): 460. 译者注：苏源熙教授的论文给出了普希金诗歌的俄语原文和英语译文，为了行文流畅，译者只给出普希金诗歌的中文版本，均由译者根据论文的英文译出。此处的英文译文由苏源熙修订 Babette Deutsch 的翻译版本而成，见 Alexander Pushkin, *The Poems, Prose and Plays of Alexander Pushkin*, ed. Avrahm Yarmolinsky (New York: Modern Library, 1936)。有关此处诗歌的来源，详见 Michael Wachtel, *A Commentary to Pushkin's Lyric Poetry* (Madison: University of Wisconsin Press, 2012), pp. 351-358.

[2] Katya Hokanson. "In Defense of Empire: Pushkin's 'The Bronze Horseman' and 'To the Slanderers of Russia'", in Tetsuo Mochizuki ed., *Beyond the Empire: Images of Russia in the Eurasian Cultural Context* (Sapporo: Hokkaido University Slavic Research Center, 2008), pp. 149-166.

[3] Katya Hokanson, "The 'Anti-Polish' Poems and 'I Built Myself a Monument...': Politics and Poetry," in Alyssa Dinega Gillespie ed., *Taboo Pushkin: Topics, Texts, Interpretations* (Madison: University of Wisconsin Press, 2012), pp. 283-317.

[4] Monika Greenleaf, *Pushkin and Romantic Fashion: Fragment, Elegy, Orient, Irony* (Stanford: Stanford University Press, 1994), pp. 142.

随着时间推移，欧洲向亚洲的过渡越来越明显。森林消失了，山岭平缓起来，草地愈发浓密，展现出勃勃生机。以前从没见过的鸟儿出现了，老鹰则蹲在用以识别道路的土堆上，像是在放哨，神情傲慢地盯着过往游客。

不久前我走访了一个卡尔梅克人的毡房（一层白色毛毡覆盖着用枝条编成的十字形网格）。一家人正准备吃午餐。毡房中央是一口沸腾的大锅，烟从毡房顶部的一个开口处排出。一位长得还不错的卡尔梅克姑娘一边缝着东西，一边抽着烟斗。我在她旁边坐下。"你叫什么名字？""×××。""你几岁了？""十八。""你在缝什么？""裤子。""谁的裤子？""我自己的。"她把手中的烟斗递给我，开始吃午饭。锅里煮的茶加了羊油和盐。她把自己的勺子递给我。我不想拒绝她，便尽力屏住呼吸抿了一点。我实在无法想象，还有哪个民族会做出比这更难吃的东西。我要了点其他吃的帮助下咽。令我开心的是，他们给了我一块干马肉。我被卡尔梅克人的情调吓到了，于是连忙逃出毡房，离开了这位草原瑟茜。[5]

[5] Alexander Pushkin, "A Journey to Arzrum," in *Novels, Tales, Journeys: The Complete Prose of Alexander Pushkin*, Richard Pevear and Larissa Volokhonsky trs. (New York: Knopf, 2016), pp. 364–365.

[6] Monika Greenleaf, *Pushkin and Romantic Fashion: Fragment, Elegy, Orient, Irony* (Stanford: Stanford University Press, 1994), p. 142.

[7] 此处诗歌详情见 *A Commentary to Pushkin's Lyric Poetry*, pp. 129–130.

普希金把自己代入奥德修斯的角色，他从嘲讽为"草原瑟茜"的引诱者身边逃离，逃脱了变成动物的命运。[6] 但他并未彻底摆脱她——他写了一首讽刺女性的短诗，题为《致卡尔梅克姑娘》，并总结道：

朋友们！思绪在哪里游荡
岂不是都一样吗？
在金碧辉煌的厅堂，在时尚入流的剧院，
还是在游牧民族的毡房？[7]

换句话说，普希金认为女性都是相似的，可以互为替代。
总的来看，在普希金的游记和诗歌里，"卡尔梅克"是普希金用来测试自己的屏障，无论这道屏障来自语言、饮食、性爱或是审美。如果说《纪念碑》中的"草原朋友卡尔梅克人"会加入欣赏普希金诗歌者的合唱，那么这意味着卡尔梅克人最终将被他征服。

普希金时代的作家刚刚意识到文学作品跨越国家和语言边界后的影响力。因作品在世界各大都会出版、改编、翻译，作家们有了新的读者群。这一发现的标志正是歌德在与爱克曼谈话时说的那句话："世界文学时代指日可待，大家必须努力加快它的到来。"[8] 在中国，众所周知，歌德这番关于世界文学的沉思是因一部中国小说而起，而这部小说通过翻译被欧洲人所熟知。在此，我们稍稍切换一下话题，回顾下这部中国小说是如何到达魏玛的。

我所指的小说就是《好逑传》（署名为17世纪"名教中人"）。这是一部爱情小说，伴有刀光剑影、行侠仗义的情节，属才子佳人派的写作传统。它虽不是文学巨制，却是外国人了解中国语言习俗的佳选。[9] 当时欧洲在广州设有贸易机构，这部小说就在欲学习中文的机构员工间流传，一代一代保留了下来。第一本印制出来的英文译本名为 *Hau Kiou Choaan, or The Pleasing History*，由托马斯·珀西（Thomas Percy）编辑而成，1761年出版。[10] 此版基于之前的一份葡文翻译手稿[11]（P310—311），一个定居于中国的英国船长詹姆斯·威尔金森（James Wilkinson）[12] 将之译成英文，得以流传。这部小说另有两本英文版于19世纪面世。但是，为何一位英国人会久居广州，并且对中文的通俗小说产生兴趣呢？一位葡萄牙语导师又为何会参与其中呢？陈受颐为此提供了解答，这位葡萄牙人应该正是威尔金森的中文老师。[13]《好逑传》有葡文本和英文本，是因为当时英国和

[8] 此句英文翻译来源为David Damrosch, Natalie Melas, and Mbongiseni Buthelezi, eds., *The Princeton Sourcebook in Comparative Literature* (Princeton: Princeton University Press, 2009), pp. 22–23.

[9] 鲁迅，中国小说史略（北京：人民文学出版社，1973），页84.

[10] Thomas Percy, ed., *Hau Kiou Choaan, or The Pleasing History, a Translation from the Chinese* (London: Dodsley, 1761).

[11] Chen Shou-yi, "Thomas Percy and his Chinese Studies," in Adrian Hsia, ed., *The Vision of China in the English Literature of the Seventeenth and Eighteenth Centuries* (Hong Kong: The Chinese University Press. 1998), pp. 301–324.

[12] 我认为詹姆斯·威尔金森就是埃塞克斯号的船长，东印度人，于1718年前往广州（http://www.ampltd.co.uk/collections_az/EIC-Factory-1/description.aspx）。《好逑传》这部小说的详情见 Ling Hon Lam, *The Spatiality of Emotion in Early Modern China: From Dreamscapes to Theatricality* (Berkeley: University of California Press, 2018). pp. 154-157. 几本《好逑传》的其他欧洲语言译本于19世纪出版，其中包括Jean-Pierre, *Iu-Kiao-Li, ou les Deux Cousines, roman chinois*, trans. Abel-Rémusat, 2 vols (Paris: Moutardier, 1826).

[13] "Thomas Percy and his Chinese Studies," pp. 301–324. 沈安德，《现在翻译理论与过去翻译实践：以好逑传的欧译为例》，《中外文学》，2000, 29 (5): 105–129.

葡萄牙都与清帝国有远洋贸易往来，外国商人通过水路到达广州一类的港口并在此生活，每天和当地人打交道，理所当然地想多了解一些当地的风土人情。除了交易诸如茶叶、瓷器、银器等可欲的商品，隔海而居的帝国间并没有太多语言和国家层面的交流，因此塑造了歌德对这部小说的理解，他像一个精明的消费者般阅读这部小说，对小说的来源和优点进行细致入微的观察。后人在评论"世界文学"这一观念时，很容易将其与马克思和恩格斯提出的"世界市场"[14]相联系。他们认为世界市场是世界文学之所以成为可能的前提，世界文学往往被理解为是"世界体系"的文化投影。[15]

类似的贸易往来也可解释普希金在土耳其边境的一家小旅馆里诧然发现一本自己创作的已被人翻烂的《高加索俘虏》（*Prisoner of the Caucasus*）。顺便说一下，类似的贸易往来也可解释中文小说在俄语中的首次出版，这本被首译为俄语的小说是《好逑传》的节选，出现在1832年的一份文学年鉴，年鉴编者恰是我们的朋友普希金。[16]但是，普希金在叶列茨通往新切尔卡斯克的路上为什么与一群卡尔梅克人邂逅？这也是"世界市场"的结果吗？

其实并不尽然。"卡尔梅克"一词源于土耳其语，用于称呼西蒙古族联盟，蒙古语为瓦剌人。瓦剌人中一个名为通古斯（中文称为土尔扈特）的部落接连被喀尔喀部和东蒙古族打败，被迫一路迁至西部草原地区，到17世纪早期，他们越过中亚北部草地，一路与柯尔克孜-哈萨克人作战，最终定居在阿斯特拉罕地区，伏尔加河正是经此注入里海。[17]他们进入俄国时是难民，正如下文将提及的，离开时也是难民。一开始，俄国历代沙皇承诺保证他们安全，因可借他们之力抵御柯尔克孜和乌兹别克，将两部控制在安全范围内。然而在第五次俄土战争期间（1768—1771），叶卡捷琳娜女皇所要求的人力和军事支持让通古斯人苦不堪言，他们决定拔营悄悄离开，返回故土。由于误判了伏尔加河的春季融冰情况，他们当中

[14] Karl Marx, and Friedrich Engels, "Manifesto of the Communist Party," *Selected Works in One Volume* (New York: International Publishers, 1968), pp. 36.

[15] David Palumbo-Liu, Nirvana Tanoukhi, and Bruce Robbins eds, *Immanuel Wallerstein and the Problem of the World* (Durham: Duke University Press, 2011).

[16] L. G. Frisman, and A. L. Grishnin eds. and annot., Anton A. Delvig and Alexander S. Pushkin eds., *Severnye tsvety na 1832 god* (*Northern Flowers for the year 1832*) (Moscow: Nauk, 1980), p. 344.

[17] René Grousset, *Empire of the Steppes: A History of Central Asia*, trans. Naomi Walford (New Brunswick: Rutgers University Press. 1970). 卡尔梅克人的历史详见 Michael Khodarkovsky, *Where Two Worlds Met: The Russian State and the Kalmyk Nomads(1600–1771)* (Ithaca: Cornell University Press, 1992).

有一半人滞留在伏尔加河西岸，被迫留在俄国接受可以预见的未来命运；剩下的人被人数比他们多的俄国和哈萨克军队追击，他们挣扎着朝东前行，穿越一个世纪前先祖们越过的草原。

"1771年5月，通古斯人的粮食储备耗尽，部落人数减半，仅剩五万至七万左右，他们筋疲力尽，却意外发现已经抵达清王朝的西部疆域，于是寻求庇护。"[18]这就是著名的土尔扈特部归顺。

就在几年前，乾隆皇帝刚将土尔扈特部的宿敌准噶尔部的反叛势力彻底平定。将土尔扈特部安置在前准噶尔的据地，也就是现在新疆的北部地区，这个地方人烟稀少，且面临俄国入侵的威胁，为守护这片草原，土尔扈特部是最佳选择。[19]于是乾隆帝召见土尔扈特部贵族到热河的夏季狩猎行宫，设宴款待他们，此地正可昭示他是中亚之主、是成吉思汗的继承人：

他们朝清朝狩猎行宫进发，先经过乌鲁木齐，接着取道向南经河西走廊到凉州，再北上经山西和直隶两省，最终抵达承德。一路所经地方的官员对他们有求必应，对贵族更是豪华宴请以待。土尔扈特部于十月中旬到达木兰围场，部落首领渥巴锡向乾隆进献礼物，乾隆帝也亲自用蒙古语垂询渥巴锡，并在蒙古包里以奶茶相待。第二天的宴请共有86位瓦剌人以及内蒙古和外蒙古的贵族们出席。为尽显他对难民们的欢迎，乾隆分别赐予他们满、蒙头衔：渥巴锡成为有名无实的可汗，其他王子分别加封亲王、郡王、台吉、贝勒、贝子等爵位，同时慷慨地分赐与爵位相称之礼品。

对历经艰险的土尔扈特部来说，这般上等的礼遇着实暖心，但当知晓清王朝对他们的重置安排后，渥巴锡才明白这些新的身份地位意味着什么。尽管他有可汗头衔，但并未取得部落的实际领导权。土尔扈特部和其余与他一起返回准噶尔地区的人被分隔在不同区域，皆由贵族掌管。[20]

[18] James A. Millward, "Qing Inner Asian Empire and the Return of the Torghuts," in James A. Millward, Ruth W. Dunnell, Mark C. Elliott, and Philippe Forêt eds., *New Qing Imperial History: The Making of an Inner Asian Empire at Qing Chengde* (London: Routledge, 2004), pp. 91-105.

[19] Peter C. Perdue, *China Marches West: The Qing Conquest of Central Eurasia* (Cambridge: Harvard University Press, 2005), pp. 268-291, 292-299, 490-493.

[20] *New Qing Imperial History*, p. 102.

乾隆下旨将土尔扈特部归顺铭碑纪念。当时陪伴在他身边的正是纪昀。纪昀接到旨令，当下立成一首七十二行的五言颂诗，以纪念这一光荣的时刻。纪昀开篇称颂了乾隆：

  酞化超三古，元功被八纮。圣朝能格远，绝域尽输诚。

接着讲述了土尔扈特部归途中穿越高地所受的磨难：

  杳隔罗叉地，空传赞普名。冰霜途久阻，葵藿意常倾。
  贡篚先遥至，宸章忆载赓。初来瞻禁御，早已仰天声。[21]

土尔扈特部对于乾隆来说，是清王朝极具向心力的证明。作为皇帝，他应该"怀柔远人"，同化他们。[22] 归顺的土尔扈特就像回归的浪子，他们的贵族首领更被视为臣服于皇室魅力的生动例证。逃离与清朝匹敌的俄帝国而归顺大清，这和乾隆的地缘政治目标吻合，更与清朝自塑的多元文化形象完美融合，即儒学至圣之王、藏传佛教之保护者、蒙古血统之统治者合而为一。纪昀借用《西游记》读者耳熟能详的史诗和佛教寓言描述土尔扈特的艰辛跋涉：来自哈萨克的袭击者是"罗叉"，是开悟路上的魔鬼，而移民们的护身符则是西域王子"赞普"。穿过层层阻碍，他们最终抵达和谐的中土之地，这里由宽厚仁德的乾隆帝主宰。对纪昀来说，清王朝的统治可以无限扩展，毫无边界。他在承德再一次为此欢庆：

  益地图新启，钧天乐正鸣。殽烝雕俎列，酒醴羽觞盈。
  带砺崇封锡，衣冠异数荣。试看歌舞乐，真觉畏怀并。
  从此皇风畅，弥彰帝道亨。梯航遍陬澨，宾贶集寰瀛。[23]

优等文明的意识形态扩张至无人居住的世界，这听起来像是罗马、西班

[21] 纪昀，《纪文达公遗集》(上海：上海古籍出版社，2010)，页17b–19a。
[22] James A. Millward, "What Did the Qianlong Court Mean by Huairou Yuanren?," in Morris Rossabi, ed., *How Mongolia Matters: War, Law, and Society* (Leiden: Brill, 2017), pp. 19–34.
[23] 《纪文达公遗集》，页17b–19a。

牙、法国、英国等帝国时代的事情，但不仅仅如此。通过土尔扈特部归顺，纪昀看到了清朝无限拓展的可能，足以覆盖他笔下的"宾赆集寰瀛"。当时，人们无法预料到纪昀的颂赞恰恰就是清王朝生命力和扩张力的高峰：一两代人之后，出现了满族无法掌控的情况，对于中心权力的主张愈发空洞（如果纪昀意在拍马奉承，他也有这么做的理由：他曾受扬州盐税亏空案牵连被发配至乌鲁木齐两年，1771年刚刚返京，必定要向皇帝表示忠诚）。

　　本文所讨论的两首诗歌相似处甚多，不只与通古斯/卡尔梅克人相关。文学的世界性通常流淌在前帝国所铸造的脉络之中。恩斯特·罗伯特·库尔蒂斯（Ernst Robert Curtius）所叹息的"罗马尼亚"显然是对罗马参议院和教会的重新组合[24]，"法语国家组织"（la Francophonie）一词是对法国统治挥之不去的印记[25]，"全球英语"是英联邦的遗产[26]，歌德口中的"世界文学"（Weltliteratur）是在即将到来的全球贸易网背景下提出的建议[27]。除此之外，"汉文化圈"包含了韩国、日本、越南[28]；普希金的"方言"目录绘制了沙皇和苏联文化圈[29]。同时出现在两个文化圈的卡尔梅克游牧族，是帝国冲突下破碎的残留物，是帝国扩张的幸存者，而不是主导者。普希金和纪昀以高高在上之姿书写诗歌，以帝国臣民的身份探查卡尔梅克/土尔扈特人并和他们对话，期望得到对方认同并给予回音；文学作品（本文引述的两首诗歌）的创作就是对这种认同的期待，诗人变身卡尔梅克/土尔扈特的代理人，对普希金纪念碑和乾隆碑文作出回应。

　　随着边界关闭，帝国之间的空间缩小，诗人们相信，威武的王朝可以护佑诗词不朽，庇佑游牧族生存。然而，边界的关闭不仅是地理事件，也是智力事件。普希金和纪昀是具备批判性和独立思考能力的诗人，因此，他们把一切都押注在帝国权力上的行为才更加不同寻常，也更具讽刺意味。众所周知，诗歌和权力从不会永久相伴——向权力妥协，诗歌就变成了奉承和宣传，或者，

[24] E. R. Curtius, *Latin Literature and the European Middle Ages*, trans. Willard Trask(Princeton: Princeton University Press. 1953).

[25] Jean-Marc Moura, *Littératures francophones et théorie postcoloniale*(Paris: Presses Universitaires de France. 1999).

[26] David Crystal, *English as a Global Language* (Cambridge: Cambridge University Press. 2007）.

[27] Hendrik Birus, "Goethes Idee der Weltliteratur: Eine historische Vergegenwaärtigung," in Manfred Schmeling, ed., *Weltliteratur heute. Konzepte und Perspektiven* (Würzburg: Königshausen & Neumann. 1995) pp. 5–28.

[28] Peter Francis Kornicki, *Languages, Scripts, and Chinese Texts in East Asia* (Oxford: Oxford University Press, 2018).

[29] Bruce Grant, *In the Soviet House of Culture: A Century of Perestroikas* (Princeton: Princeton University Press. 1995).

诗人背叛帝王，坚守创作的荣耀，但诗人也就沦落到卡尔梅克人的境地。本文通过传统的比较方式，从两种语言的帝国历史出发，论述了卡尔梅克/土尔扈特人的故事，足以提醒我们，有必要为文学和思想保留一定空间，不必使其变为经济和政治竞争的工具。

李雪伊（深圳大学） 译

东亚文学史的比较研究：
一份研究宣言

伍德贝里（George Woodberry）在主编第一套《比较文学》杂志时曾提出："比较文学研究者理应充当新兴世界中的新公民。"这几乎是从柏拉图至歌德以来所有伟大学者所追求的梦想，这个理想国不存在种族冲突或者武力威胁，却存在至高的理性。[1] 未来人类的联合以及同质文明中所建立的国际性政权将通过文学明确与文化的共性来实现。以欧洲语言为载体的世界文学已夯实基础，伍德贝里预言东方古老的文学将被开发，这是世界文学史上的大事件。但这种乐观情绪被两次世界大战所击碎（用坚船利炮确定世界规则的游戏已经在人类历史上演无数次）。无论如何，在被定义的世界文学中，古老的东方文学一直享有重要的地位。

世界文学研究者常常引用歌德1837年的一句名言："民族文学已经式微，世界文学时代已来临。"[2] 或引用马克思和恩格斯在《共产党宣言》中所说的："资本主义通过对世界市场的开拓，来实现生产和消费的世界化，从而在大量的民族文学和当地世界文学中产生了世界文学。"[3] 此种理解将"世界文学"中的"世界"视为全球化的副产品，是哥伦布大航海时代以及随后欧洲国家在世界各地殖民而引发的政治经济网络世界。这是否准确反映了全球经济史仍存在争议，那些着眼于更早时期以亚洲和近东为贸易中心的历史时代的研究者认为，相比之下，欧洲殖民者中断世界史的时间仅400年而已。其他人则把"世界"称作"一般—特殊"的极点，世界文学与苏拉威西、俄罗斯、卡塔尔文学相对。在这一观点下，提升世界文学就等同于贬低地方文学，贬低特定的、不可翻译的、起源地及与时间相关的东西。一种批评理论认为这种世界文学批评是具体的，至少原则上如此。其他理论则认为世界文学的特殊性无法被假定的全球化所涵盖，因而未能实现批评的全球化使命。

我从全球化对立观点中总结经验，我们如何在"世界文学"中定义"世界"非常重要。什么是世界？我将以尼克拉斯·卢曼的理论为依据，以一种相对抽象的方式提出我的观点，我认为世界是由生活在其中的人可以达到的交流视野所决

---

[1] George Woodberry, "Editorial," *Journal of Comparative Literature*, 1: 3–9, 1903

[2] Johann Peter Eckermann, *Gespräche mit Goethe in den letzten Jahren seines Lebens 1823–1832* (Leipzig: Brockhaus, 1837), p.325;Damrosch, David, et al. eds., *The Princeton Sourcebook in Comparative Literature* (Princeton: Princeton University Press, 2009), p. 22.

[3] Karl Marx, and Friedrich Engels, "Manifesto of the Communist Party," *Selected Works in One Volume* (New York: International Publishers, 1968), pp. 35–63.

定的。例如，智慧的生物可能居住在宇宙的其他地方，但它们并未构成我们世界的一部分。同理，埋葬在基克拉迪奇群岛上的雕像即便为我们所知，但制作这些雕像的社会还没有被充分了解，因此无法成为我们世界的一部分。通过这种方式定义"世界"，我们打开了"世界"一词的大门，允许许多重叠或可能互不相关的世界存在，"世界文学"就是那个世界的文学，可以被世界的人类所使用。现在人们看到了关于"世界文学"的局限，这个局限通常被视为其相关性的标识。

当今全球化叙事想象的世界是由历史引领的世界，"我们"即为其受众。但是世界常常不是这么简单就能概括的。使"世界"这个词多元化，并不需要借助科幻小说或其他假设的维度。人类历史的世界充斥着对人类现状的冷漠与无视，而我们的世界其实是无法想象的。但人们不能仅用"不"来拒绝世界文学，用其他证据来进行反对总归更有效。作为对影响当前世界文学观念的几种偏见的纠正，我建议比较主义者应当参考1800年前亚洲的语言、文学、文化历史关系。

亚洲包含了几种以定义世界的术语建立起来的文本文化，积累了大量的文本档案以及翻译文本。1800年以前的亚洲受到欧洲的干涉相对较少。亚洲的比较文学史必须追溯到古代，追溯至今天的民族诞生之前。它将展示当下全球化之前，单一世界区域的世界性特征。

目前的亚洲地图对于设计比较研究并无多大益处，我们熟悉的国家、语言和民族都是在当下全球化进程中出现的，而全球化进程令"世界文学"研究的元叙事合理化。"国家"自然不能被视为理所当然的比较单位，因为国家文学史的先入之见倾向于让我们认为过去有预测现在的价值，因而更容易在历史中寻找坐标。国家历史具有积累性、目的性，因而对过往的历史审查、筛选。而兼容并包的比较研究项目需包括准国家和前国家叙事，这些内容通常被国家历史压制或兼并。民族国家的历史阴影容易主导历史叙事，这是由于历史学家总是代表统治者、朝代和国家写作。历史研究需要考古学来弥补国家历史有限的视野。例如，十七、十八世纪的中国被清帝国统治之前，中国地区中的独立王国或多或少地依附于大国而存在了很长时间。中华文明的发源地，当时的"中央地区"仅仅表现出部分的文化共享。"中央地区"的

[4] Stephen Hawking, *A Brief History of Time* (New York: Bantam, 1988), p. 92.
[5] Ge Zhaoguang, *Here in 'China' I Dwell – Reconstructing Historical Discourses of China for Our Time*, trans. Jesse Field and Qin Fang, (Leiden: Brill, 2017), p. 21, 23.

文化竞争对手在中国主流文化内外都留下了痕迹。语言学和考古学证据表明无论是沿着丝绸之路的商队路线，或者北部草原，抑或在气候温和的地区从事农业，或者在东南部的群岛上进行海外和短程贸易，都曾经发生过频繁的人口流动。古代操藏语的人曾经占据比现在的西藏面积大得多的地区。当藏传佛教的僧人将教义传播到新的区域时，他们所承载的传播内容，远远不止四圣谛。尽管传播中存在语言障碍，他们依然将工业、军事技术、管理艺术、音乐等传播到异地。

毫不奇怪，中国在亚洲文化史上扮演着重要角色，这很大程度上归功于中国人对"文"的创造。众所周知，"文"或"文章"一词不仅指"文学"，还指适用于家庭生活、政治秩序、视觉艺术品、伦理道德、自然世界观念等的原则。在某些文本中，它近乎等同于"中国"或"中国价值观"。

显然，国际性的研究项目无法延续对中国文化的特殊偏好。但"文章"的含义表明，研究范围不能局限于我们今天在西方所了解的"文学"。事实上，通过"文章"传播的内容远比抒情、想象或叙事性写作影响更加广泛。从广义上讲，文章的影响力很大程度上解释了文化。

中国文学系统内部的比较可以从中国人和外国人在不同历史时期，围绕文字和语言主题的研究中建立。中国国家的出现是与其文字传播同步进行的。首先让我们考虑，坐标于"事件"[4]的现代观察者是如何看待中国的书面语言的发展过程的：

> 中国中心一直是明确而稳定的，即便其边界在历史上有时是模糊而不稳定的。……与欧洲不同，中国的政治边界和文化空间从中心延伸到边缘。暂且将最古老的三个朝代囊括起来，自秦汉以来，中国一直享有"车同轨，书同文，行同伦"这一说法。欧洲观念中的"民族是人类历史后期的新现象"的观点在这里并不适用，在中国，一个民族在语言、道德、习俗和政治制度的影响下早就联合起来。[5]

这就是它寻找观察者，以洞悉哪里最终成为"中心"及其"不断变化的边界"的方式。但是，没人明确地知道，中国是何时从许多相互竞争的文化中建立了联合王国。如果没有足够的智慧回溯中国文明史的发展过程，我们倒是应该说，在前帝国时期，并没有一个统一的语言和文字系统覆盖中国文化区。根据中央政府为诸侯国撰写的文件，那些远离"中央"的地区，例如秦国或楚国（分别集中在今天的陕西省和湖北省）的人，说话和写作都"奇怪"。来自不同地区的书记员使用了"变体"字符（同样是一种时代错误），即便是誊写经典传世文本时也是如此。公元前221年后，中国第一位皇帝统一了文字，从此中国人开始"享受"文字标准化所带来的好处。中文通过官方书写系统进行传播，操中文的人在该书写传统中扮演主要的角色，在此过程中，中国人的文化和文脉得以传承。正如在早期，皇室常定期重修族谱以容纳更早期的外来族群一样，地域性的语言成为中文汉字的"方言"。那些包含异国情调的地名和词汇的文献，鲜少表明中国化过程剔除了中国以外的非标准要素。被中国征服、或受到中国文化影响的民族将中文上列为行政语言，以致他们本身早期的口语变得式微，或最终本土化，从而形成了越南、韩国和日本等国的习语或符号形式的文字。一些语言被同时记载下来，在中国的边缘地区，他们对汉字的不同反应表现出独特的文化适应风格。

佛教是亚洲主要的文化黏合剂之一，它通过中亚进入中国，长期以来挑战着中国文化精英的语言观和价值观。佛教早期的语言载体是多种多样的：帕提亚人复述最初用梵语或巴利语发表的布道词，这些布道词被用中文粗略地记录下来，然后由训练有素的抄写员润色。通过建立僧侣翻译委员会，训练优秀的多语种口译员，他们汇编了数以万计的佛教文本，在此过程中汉语成为亚洲佛教传播的主要媒介。（梵文和藏文文本通过更专门的渠道流通。）公元150年左右，佛教经中亚传入中国，给中国人带来了全新的、截然不同的先进文化体验。外国语言和文字——印度语、索格迪亚语、帕提亚语、契丹语——有时被认为和飞鸟走兽的语言具有相关性，有时被视为神奇的咒语。一些地区以多语种而著称：1900年首次发掘的敦煌石窟提供了丝绸之路上多语言、多民族和多宗教并存的直接证据。十世纪中亚地区许多语言已不复存在，或者与敦煌旅行者所知的文化和宗教有着较大的不同。

最近受到关注的国际"文学世界"是以"汉语"或"汉学"进行交流的"汉学圈",它指的是中国及其改编使用汉字的邻国,包括韩国、越南和日本。在工业现代化之前,这种文化超越了国界,在精英阶层,中国典籍的概念和模式能够畅通无阻地进行传播。但国际汉学模式密切反映了一种特殊国家叙事,即古代中华帝国及其周边的附属国的文化关联。撇开欧洲中心主义的中国中心主义对世界主义来说并没有多大好处。中国古代文化传统及其文化自足,对现代中国没有产生强大的渗透力。采用中文书写和接受中文文本的群体,还必须对比其他邻国如印度或近东的书写模式,参考他们语言艺术的形成模式。中国文学史可以包括中越、中日以及中韩文学,相比之下,满语、蒙古语、藏语、西夏语、崇德语、契丹语、缅甸语、泰国语、柬埔寨语、苗语、彝语和其他语言与汉语进行对话时,作为整体比较的差异因素就较为明显了。事实上,古代王朝的统治是承认异族语言和文化的重要性的。尽管许多世纪以来,东亚秩序是国王们声称天赐给他们的专制权力,但据记载,四世纪的一位中国君主曾提议,"远通殊方九译之俗"的人值得支持。(他这样说是为了回应一位佛教神职人员对其授法权威的挑战:统治者为此做出了重大的让步。)

尽管在中国产生并在儒家道德和历史中逐渐凸显的中国模式令其成为强大的政治文化中心,边缘地区政治合法性往往需要得到中央的批准,但在实践中,边缘地区又同时受到来自其他文化、政治和宗教的影响。中国文化阶层没有对来自外国的文化影响视而不见,尤其是受到佛法的影响很深,没有对其他非汉化地区的文化例如"游牧长笛"[6]或者"山歌"[7]充耳不闻。一些亚洲国家之间跨文化案例在经典之外的文献中广泛传播。季羡林先生指出,《潘查坦特拉寓言》随着佛教从印度传播到中国,而在那里它们遇到了《庄子》(公元前340年)。

梅维恒(Victor Mair)描述了《马穆加利·雅娜》的叙事模式——从佛经到世俗故事再到仪式歌剧,叙事运用佛教的地狱故事来调和僧侣和家庭宗教信仰的价值体系。根据朝鲜、日本和越南读者的期望,中国晚期帝国小说的情节被广泛借用到朝

[6] Robert A. Rorex, and Wen Fong, *Eighteen Songs of a Nomad Flute: The Story of Lady Wen-chi* (New York: Metropolitan Museum of Art, 1974).

[7] Yasushi Ōki, and Paolo Santangelo, *Shan'ge, the 'Mountain Songs': Love Songs in Ming China* (Leiden: Brill, 2011).

鲜、日本和越南的文学创作中，从而奠定各自国家经典中的主要作品基础。[8] 尽管中国文学元素较容易渗透进邻近地区的语言和文化中，但邻近地区语言文化的反向渗透却没那么容易。《源氏物语》与《飞龙之歌》直到二十世纪才被翻译成中文。中国皇家御制诗集里也常包含由朝鲜人、日本人或越南人写的汉诗，但总体没有什么特别的翻译需要。

[8] Emanuel Pastreich, *The Observable Mundane: Vernacular Chinese and the Emergence of a Literary Discourse on Popular Narrative in Edo Japan* (Seoul: Seoul National University Press, 2011). Sanh Thông Huỳnh, trans., *The Tale of Kiêu: A bilingual edition of Nguyen Du's Truyên Kiêu* (New Haven: Yale University Press, 1987).

因此，前现代亚洲文学空间并不是没有差别的空间，各种文本像不受约束的台球一样到处滚动。况且，文本信息会被过滤，传播会有阻碍，仅仅偶然遇到可连接的通道。其中，汉字和汉语体裁最有可能被移植到其他语言中。事实上，大乘佛教的佛经将汉语作为第二语言载体（也有人说是主导语言）。其他书写系统在传播中就更加受到限制，文学体裁也是如此。最初的藏族史诗《格萨尔王》，用蒙古语、突厥语、满语和其他语言进行了改编，在中国周边三方土地上都可以找到诗歌的书写体，但在中国文学传统中并不为人所熟知。这似乎表明，西藏宗教以外的文化成就并不受到重视，而且基于其边塞史诗可能对文学体裁产生恶劣的影响，更基于其早期写作顺服于等级与文明的准则，中国传统文学也不太可能接纳这种体裁。或者，如果将口述史诗仪式化、程式化也可视为是一种写作方式，那么格萨尔史诗在中国的隐身是被中国传统边缘化的另一个例子。这些体裁和主题传播的例子，以及反传播的障碍，指导我们如何解读泛亚洲地区现代化之前的文化地图。将它当作一个坐标系是远远不够的：就像航海图一样，它指示了水流、潮汐、浅滩、信标和其他允许或阻碍通行的标识。

伍德贝里在《世界文学家》中看到了"从柏拉图到歌德"梦想的实现，而由亚洲语言定义的世界经验图表则提供了一种不同的经验。受到欧洲文化影响之前的亚洲文学史表现一系列的世界秩序，每一种秩序都包含等级，每一种秩序都高举原则，这些原则源于扰乱所谓"轴心时代"的辩论。它提供不是一种而是多种选择，以取代当前关于什么构成全球文化的思考。仅仅描述它与当下文化沟通的模式的差异就是一个极大的挑战。让我们用确凿的证据取代"另一种思想体系的异域魅力……思考的绝对不可能"[9],有些人确实是这样做的,但也有人没有这样做。

吉灵娟(杭州师范大学)　译

---

[9] *Eighteen Songs of a Nomad Flute*, p. 14.

畸异主体——可渗透的边沿：类型学评论 *

* 原文载于 Olga V. Solovieva and Sho Konishi eds., *Japan's Russia: Challenging the East-West Paradigm* (Amherst, NY: Cambria Press, 2020). 题作 "Eccentric Subjects—Permeable Frontiers"，为该书序言。

就广义的地理而言,日本与俄国在它们所属的更大文化体里,都占据着某种边缘性的空间。部分出于自我意识,部分由于徘徊不去的帝国认知,日本的作者总是把亚洲看作有别于他们岛链的大陆。[1]对过去两百年日本报章中"亚洲人"和"我们亚洲人"之类表述出现的相对频度进行一下追踪,可能会是很有意思的语文学研究项目。俄国也一样,尽管通过语言、宗教及许多其他体系与欧洲相连,却经常自我呈现或被呈现为一个欧洲的他者。既不完全符合欧洲模型,也不完全符合亚洲模型,是俄国历史书写中一个经久不衰的主题。于是我们有了两个半局外人的国度,它们在穿越共有的咸水边界,或是争夺毗邻的大陆空间的控制权时,相遇了。文化诚然并非取决于国际政治格局,然而在这里,由地理上的自我想象所指明的处境似乎注定,不受"欧洲"(法?德?)或"亚洲"(中?印?)体系假想的稳定性所制约的俄日之间的对话,将会格外地紧张和难以预测。

此外,最开始的时候,尚未有先例来给两种文化提供令人满意的翻译和表现对方的方式,那时调处日本与俄国之间关系的,是少数独特而畸异的个人,如列夫·梅契尼科夫、彼得·克鲁泡特金、二叶亭四迷和幸德秋水。正如小西翔(Sho Konishi)的研究指出,是西伯利亚流放地的被放逐者和逃亡者创造出了日本和俄国的共同代表。并且在稍晚的时候,是投身于某种内在放逐的人们激活了直接的文化联结。托尔斯泰的晚期作品经加藤直士译介后,在其引领之下,"革命失败者们",无政府主义者、女权主义者和宗教改宗者,"寻找他们自己的,从灵魂深处涌出,而非外部世界以教会及其教条的名义强行灌输的宗教"[2]。重要的是,在1890年代的日本受到狂热追捧的那个托尔斯泰,是《我的宗教》《忏悔录》以及小说《复活》,那些让托尔斯泰伯爵被逐出教会的宗教性作品的作者。十九世纪的日本,《战争与和平》与《安娜·卡列尼娜》还只有节译,托尔斯泰的道德和宗教作品却立刻被翻译进来并找到了广大的读者群。

有关畸异个体和可渗透前沿的理论或许已经预言了托尔斯泰接受史的这种裂痕,因为他的主要小说作品,对于今天的世界文学标准所心心念

---

[1] 参见 Stephan Tanaka, *Japan's Orient: Rendering Pasts into History* (Berkelay: University of California Press, 1995).

[2] Sho Konishi, *Anarchist Modernity: Cooperatism and Japanese-Russian Intellectual Relations in Modern Japan* (Cambridge: Harvard University Press, 2013), p. 1.

念的"民族小说"样式的贡献，可比对于无政府主义知识分子偏爱的离中心式对话大多了。这些小说人格化了俄罗斯性，却并不那么俄罗斯；它们对外国人心怀疑虑；其中的角色说着夹杂法语或英语词汇的俄语，那多语混杂的特质在我看来有一种刻意的造作腔调。关于真实性，托尔斯泰晚期的宣言和理论著作有着相当不同的调子，它被剥离于"想象的共同体"，除非这共同体是想象成有待实现或乌托邦式的。

[3] Shigemi Inaga, ed., *Artistic Vagabondage and New Utopian Projects: Trasnational Poïetie Experiences in East-Asia Modernity (1905—1960)*（Tokyo: International Research Center for Japanese studies, 2011）.

托尔斯泰在他晚年所处的俄国的地位，与在日本完全不同。他被自己祖国的国家教会逐出，在日本就没有人会那样；甚至当地的东正教会，日本宗教图景的一个非正统部分，也不觉得有任何必要去谴责他。日本东正教的追随者，包括了小西增太郎、中井木菟麻吕这样的跨界灵魂，他们在《道德经》和其他一些中日遗产里的作品，发现了托尔斯泰式自立自足社群主义和无政府主义的古早的共鸣。并且，托尔斯泰与小西增太郎一起，将《道德经》译成了俄文。

我认为，这些畸异者对畸异者、探索者对探索者的连接，绝对是富有成效的文化交流一开始的典型方式。包括反自然主义诗人团体白桦社及其乌托邦式的新村运动在内的，日本的这一类型托尔斯泰主义，几年前稻贺繁美和他的同事曾以"艺术流浪者与新乌托邦计划"为总题作过精彩的描述。[3] 正是艺术流浪者、达摩流浪者发现了新的乌托邦，而为此他们先得不那么抱残守缺。

在本尼迪克特·安德森描述的想象的共同体里，"传统的发明"与统治身份由使用民族语言书写来调和，艺术流浪者与此不同，他们将注意力集中于有待建立的乌托邦和几乎得不到保障的社会关系。阶级、性别、种族、财富、国家对他们来说是问题，而不是答案。因此由某些俄国人和日本人，在一个各自社会都处于紧张和急剧变化的时期所构成的，不时被双方政府间的战争打断的异见社群，值得每一个对现成类型和规范开始不耐烦的人关注。它的延伸——进入中国，进入美洲和欧洲，尤其是进入俄国与日本的未来——始终是难以预测的，并且将继续如此。

有个问题经常被提起：跨文化交流是真的发生了，抑或只是一种彼此间投射虚幻图景的方式？埃兹拉·庞德真的在《神州集》里翻译了中国诗，还是他再造了已有的中国风？托尔斯泰通过据称的《道德经》翻译理解了老子，还是受制于书本的调处条件无法与外国对话者心有灵犀？小西增太郎正确理解了托尔斯泰吗？那些响应小西和托尔斯泰合作翻译的日本人，对这些译文作为跨文化对话文件的特质有没有正确的认识？上述问题中我们所说的"正确"到底是什么意思？正确的理解，只是去概括对于被认为合法保存了有关作品的文化正统的理解？翻译和其他形式的文化汲取总是处在调处之中，意识到这点是有益的，让我们不会因为认识论的疑心病不时发作，而排除那些由有意义的错误、拿不准的猜测、颠覆性的再诠释，以及有意无意的理解偏差所作出的贡献。错误是意义的纽带，一个错误若被某个遇到它的文化欣然接受并留存下去，它就成了一个新的文化事实。

理查德·艾尔曼编过一个奥斯卡·王尔德散文的出色选本——《身为艺术家的评论者》，里面有个错误间接地说明了这一点。1890年王尔德发表了一篇翟理斯（Herbert Giles）译中国哲学文本的评论，标题叫作"一位中国贤哲"。1968年艾尔曼重印这篇文章时，给这位贤哲加了个名字："孔子"。[4]并且其索引——如果你陷在错别字里难以自拔，你永远会喜欢一本书的索引——提供了无法超越的参考："庄子，见孔子。"这就有点像在说，"热，见冷"或"左，见右"。任何中国人都知道，而在1968年华兹生（Burton Watson）译本出版之后，英语世界的人不惮烦跑图书馆的话也应该知道，庄子（"庄夫子"，或庄周，约公元前369—前286）在中国哲学地图上距离孔子不能再远了：庄子经常欢快地戏仿那个固守礼仪的老夫子，嘲弄他的价值观和治世之道，编排故事让孔子陷于无解的处境并展示其彻底僵化了的无能为力状态。[5]

因此对这错误何必太当回事？当然，它说明理查德·艾尔曼对中国哲学了解不多。但那又如何？他从未自我标榜为这方面的专家。有关这琐细互动更能说明问题的，是当艾尔曼作为非专业

---

[4] Oscar Wilde, *The Artist as Critic: Critical Writings*, ed. Richard Ellman (New York: Random House, 1969; reprinted, Chicago: University of Chicago Press, 1982), pp. 223-230. 该文评论对象为 *Chuang Tzu: Mystic, Moralist, and Social Reformer*, Translated from the Chinese by Herbert A. Giles (London: Quaritch, 1889).

[5] 见 Burton Watson（华兹生），*Basic Writings of Chuang Tzu, Complete Writings of Chuang Tzu*. 另见 Victor H. Mair（梅维恒）trans., *Wandering on the Way*; 以及 Brook Ziporyn（任博克）trans., *Zhuangzi*. 中文经典版本有郭庆藩《庄子集释》。

人士抓住中国哲学一个差不多的信息片段，很自然地就联系上了孔子的大名。我想，如果你只知道一个"中国贤哲"，那必定是孔子；如果奥斯卡·王尔德说过关于某个中国思想家的话，那必定是孔子，中国的国家思想家，孔子学院等等就以他命名，就像德国有歌德学院、意大利有但丁协会一样。以此类推，如果大多数人写过关于 X——没有点名的中国哲学家——的话，赌孔子是比较保险的。不过，奥斯卡·王尔德不能算在内。

[6] *The Artist as Critic*, p. 223, p. 228.
[7] 参见艾尔曼一丝不苟又饱含同情的传记作品，《奥斯卡·王尔德传》。

神圣的王尔德无疑分得清庄子和孔子。他这样诠释庄子的思想："所有的治理形式都是错的。"（孔子则投身于不厌其烦地宣讲唯一正确的治理形式——由尊崇传统的圣君施行仁政。）之所以错，是因为"它们不科学，因为它们试图改变人的天然环境；它们不道德，因为通过扰乱个人，它们造就了最具侵略性的自私自利；它们愚昧，因为它们试图推行教化；它们具有自我毁灭性，因为它们制造了混乱"。王尔德总结道："很清楚，庄子是个非常危险的作者，在他死后大约两千年用英语出版他的著作，显然还是为时过早，而且会给许多纯然可敬而勤勉的人带来相当大的痛苦。"[6] 这里我们听到同类呼唤同类的声音，因为奥斯卡·王尔德也是一个危险的作者，他激起了很多维多利亚时代的人的痛苦和愤怒。在他对"一位中国贤哲"的阅读中，没有"我们 vs 他们"，没有假定某位中国贤哲会告诉我们"中国人相信"什么；毋宁说，王尔德在阅读中推断出大多数普通中国人可能相信什么的清晰图像，仅仅是因为庄子用如此尖刻的嘲讽把那些信仰给包起来了。

艾尔曼当然同样了解王尔德，所以为什么要把庄子和孔子的无奈混淆，看成将格莱斯顿与王尔德混为一谈？[7] 把某个领域（在这里是中国哲人们）的要害，假设为就是其中主要的、占多数的、本质的、规律性的、典范的、有影响力的、著名的事物，覆盖所有对象的典型，这在处理诸如奥斯卡·王尔德和庄子这样主动的畸异人物时，恰恰正好是错误的假设。关于文化认同和交互影响的日常理论，在一个反主流文化的典型上破产了，正如经常发生的那样。又哪有不包含反主流文化的文化？

作为一名比较文学和世界文学的教师，我对此再熟悉不过了。世界文学的选集，作为学习宗教、历史的文本，被已有的支配者所支配。一个薄薄的选集只能容纳有限的文本，通常是人们所说的，在所讨论地区的主体文化中那些主要的、核心的、最有"代表性"的文本。大学生被要求在这些"代表性"文本的基础上，撰写诸如"中国家庭""宗教在中国人生活中的角色""孔子与柏拉图"为题的论说文章。比较研究中"世界文学"模型最近的转向，也同样假设传播最广、接受最普遍的文本才是重要的文本。这假设就类似于民族国家作为由共同文化财产定义的"想象的共同体"而兴起的故事。[8]民族小说——通常是小说——或民族诗歌对一个民族国家的定义作用，不比强行使用代名词"我们"和"他们"的国民报纸弱。假想的世界文学联合国不会给无政府主义者代表席位，不比真实的联合国多。公认而且合法的代表主体由国家构成。最好的情况下这些国家通过民主方式治理，也就是说由多数决定，然而多数决定原则必然无法确保多元主义或少数利益得到有效代表。[9]

然而，庄子和奥斯卡·王尔德的碰撞，暗示着我们的选集编纂习惯有扭转作用。两个在他们各自的文化中都是对抗性的、边缘性的、充满争议的思想者，通过一篇书评相遇并达成了一致。也许会有人读了王尔德的书评，或得到翟理斯的译本，被吸纳进共享庄子对于人生目标和人生价值态度的团体。一场窃窃私语的游戏就此展开，对抗体面的阴谋逐渐升温。它能散布多远？一场王尔德与庄子之间的对话预示了某些大问题的答案，诸如：文化接触如何发生？文化如何变化？让起源于世界某一部分的理念在其他部分开花结果的流行病，也就是蔓延模式是什么样的？

我们可以把中心文化人物造成任何此类异花授粉的想法放到一边。那也许会发生，但即使发生也不会迫不及待。民族国家的国家教会和共识价值没必要通过接触其他领地来考验它们的普适性。实际上，在这样的接触中它们可失去的要比可获得的多得多。直觉上极有可能的情形，是文明边界的人和理念首先彼此相遇，随后他们的碰撞激发出最终会向中心传导的反应。你可以把这反应设想成将木柴投入壁炉的炉火：木柴与其他燃烧着的木柴接触后，由外向内延烧。或者，当我们更细致地看待，并且把人类交流网络的密集度与复杂度考虑进去，我们会发现存在着文化流体的对流模式，由此来自外部的热移向未受影

---

[8] 参见安德森，《想象的共同体》；以及霍布斯鲍姆、兰格，《传统的发明》。
[9] 见穆勒，《论自由》，第二章，关于尊重少数派意见"对人类精神幸福的必要性"。

响的较冷区块，热与冷的混合稳步趋向一个新的局部平衡。对于到蛮夷中去的想法，处于中心和正统地位的孔子相较于庄子的不同回应，为这模型的两造分别提供了证词。

子欲居九夷。或曰："陋，如之何！"子曰："君子居之，何陋之有？"[10]

宋人资章甫而适诸越，越人断发文身，无所用之。[11]

大概由于没能让他的道成为当时任何一个诸侯国的官方哲学，对此感到绝望的孔子威胁要住到非华夏的九夷，一些可以被称作未开化部族的人群中去。弟子们大惊失色，然而孔子斥责他们：他不是要去同流随俗，他是去那儿展示符合他传统的文化，并且总有一天会战胜蛮夷的野性——教化他们接受最好的中夏文化。庄子讲了一个相似的故事，寓意却正好相反。越人，另一个非华夏群体，他们对来自中夏的商人所推销的文化用品完全不感兴趣。他们甚至连需要用礼帽冠束的长发也没有。不用说，庄子不是从中发现了越人的不足。他是在嘲弄主流文化及其卫道士没有能力去想象一种不同的生活方式。把宋人的故事翻转一下你会有一个相反的结果，其中来自中夏的人也许会欣赏越人对礼仪服饰不感兴趣的态度。

我发现，文化交换首先发生在事物的边缘。这可以是地理意义的，而且那样的话很难让人惊讶，因为世间的各个民族文化通常是在边境和沿海一带遭遇他者，他们最有可能以海盗、贸易者、入侵者或移民的形式出现。由于边境地带往往是中国俗语所说的"天高皇帝远"的地方，生活在那儿的人们或许不那么因循守旧，对基于他们文化的标准、规范、集权模式的生活也不是那么热衷。他们在某个特定时刻遇到的陌生人，恐怕不会是他们遇到的第一批陌生人。咸水是心灵的补品。在十六世纪认识了葡萄牙人和荷兰人的同一个亚洲海港的居民，在更早的时代就已经遇到过波斯人、印度人、马来人和许多另外的探险者；其中一些陌生人留了下来并且修造庙宇，组建家庭，输入饮食习惯等等，让沿海居民代代相传的习俗有了一定程度的改变。[12]

[10]《论语·子罕》。
[11]《庄子·逍遥游》。
[12] 参见，例如，瑞德，《东南亚的贸易时代：1450—1680 年》。

[13] 参见，例如，Susan Whitfield and Sims-Williams, *The Silk Road: Trade, Travel, War and Faith* (London: The British Library, 2004).

[14] 参见谢和耐，《中国与基督教》；夏伯嘉，《利玛窦：紫禁城里的耶稣会士》。

[15] Pasquale d' Elia, ed., *Fonti Ricciane* (3 vols, Rome: Libreria dello stato, 1942—1949), 2: 65-68, 引自 Huan Saussy, *Great Walls of Discourse and Other Adventures in Cultural China* (Cambridge: Harvard University Asia Center, 2001), p. 25. 中译引自刘俊余、王玉川译，《利玛窦全集》(台北：光启出版社，1986)，页307。

维吾尔人和藏人的祖先，在中国的西域遇到说索格代亚纳语、唐古特语、和阗语等语言的人并与他们做生意。[13] 首都来的探子，经常被派去监视沿海和边地的民众，他们对这种文化渗透疑虑重重，并且认为会使这些民众成为不可靠的边疆守卫者。如果把民族文化看作由中心向外围辐射的统合力量，那么我想的确是这样。

传教士是一个中心派到另一个中心的人。1580年代刚到中国时，利玛窦把他的目标定在转变最上层的中国人——官员、学者和贵族，并且相信更低的阶层会随风影从。但对中国人来说，他什么也不是。他的学历不清不楚，他宣称的真理暧昧难明。他根本不可能从"正门"进入中国的精英文化。于是他转而采取迂回策略。他在士大夫中间找出心存不满、意有未平的人：科举失败而难登高位者，或身居高位却初志遭挫者，以及阴谋团体的成员。[14]

在这些人面前，利玛窦表现得不是像精英中一个"可敬而勤勉"的成员，而是畸异的半隐士，言谈中带着机锋，向古时候的道家贤哲靠拢。他把与中国上层生活争权夺利的疏离转化为一种优势：在他家里，人们可以齐聚作"清谈"，就像陷入政治动荡的六朝时期：在聚会中议论得失利弊或结党谋政都是被禁止的。如我们在当时的记述中所见，利玛窦的中国友人给他取了很多名号，把他比作庄子或《庄子》里的人物。

利玛窦的札记中记录了他和李贽一次其乐融融的文人集会，后者是离经叛道的鼓动者，没过多久就被明朝的政治检察官追迫至死。"利神父按中国习惯回拜时，有许多学术界的朋友在场，大家谈论的是宗教问题。李贽不愿与利神父争论，也不反驳他的主张，反而说天主教是真的。"[15] 他们都是当时的循规蹈矩社会的局外人，因此就像奥斯卡·王尔德和庄子，他们也能英雄所见略同。然而，几年过后，利玛窦将会利用他在中国社会的初始立足点，去接近把他当作未经认证的外国人而视若无睹的那些圈子。通过将自己及其事业与孔子、朝廷和道德正统相关联，利玛窦甩开了李贽那样的边缘人士和内在流放者。一个引人瞩目的畸异者身份让他达到了目的；现在他着力经营与中心的合作关系。这合作关系中，是孔子的利益还是天主教的利益在主导，有时是模糊不清的；不过那是另一个故事。[16]

使文化交换和更新成为可能的混杂，不是发生在哪一个的中心，而是在文化的边界。是局外人、畸异者、地位未定的人发现另一个文化——通常是另一个文化中的局外人文化——在对他们说话。那些对统治秩序不满的人愿意去冒险。呼应标题，是畸异主体创造了可渗透的边沿。

陆成（北京大学） 译

---

[16] 参见 Huan Saussy, *Translation as Citation Zhuang zi Inside Out* (Oxford: Oxford University Press, 2018），pp. 45–60.

附录

译渡、译创、译承：
苏源熙对话张慧文

苏 _ 苏源熙
张 _ 张慧文

引言：何为"译创"

苏：看看这三个词！——译渡、译创、译承——我们一致同意将它们作为我们讨论的起点。我认为它们具有一个共同的特征，那就是它们强调某种动态和交流的互动性。在传统意义上，以及大多数实际情形下，我们倾向于认为好的翻译不增不减，原文和译文都应传达相同的信息。在面对非常简单的文本时，这一理想可以实现。但是，当面临更深的文化背景、作者风格、历史关联，以及任何其他类型的复杂性介入之时，这种交流需要有一种更微妙的分析——而且可能是无限微妙的一种！如今，"译渡"（翻译）是一个我们所有读者都熟悉的概念，"译承"（收发）则可能是那些摆弄电子设备的人熟悉的概念。（收发器是一种既能接收信号又能发射信号的设备，譬如电话。）但"译创"对许多人来说，无疑是新奇的。我认为，这是你在批评与理论工作中创造的一个词。你能给它下一个核心定义吗？或者，能否给我们的对话举一个你最喜爱的例子？

张：谢谢你的提问！译创是我在应对跨文化对话问题时发展出来的一种方法。译创融合了四种相互关联的活动：缓读与慢读使我们更专注于语言和论证的细微差别，这些在阅读中容易被忽略；意译要求我们既要考虑文本的内容，又要考虑如何传递；文化阐释学将个人作品放置于一个全景式的背景之下；创意写作反复打磨着我们的诸多技能，并将之浓缩，为了新的听众。因此，一个译创者，将这四个角色集于一身：缓读者、意译者、文化批评家、创意作家。我最钟爱的一个例子是卡夫卡对道家思想的译创，请看下面这个并置：

并置：卡夫卡《箴言》第 109 条与《老子》第 47、48 章

你不必走出房子。守在你的桌边，倾听。倾听也不必，只需等待。等待也不必，完全地静笃和孤单。那世界将献身于你，彰一切所未显——她狂喜得无法自持，在你眼前，她蛇舞翩跹。（卡夫卡《箴言》109，张慧文译）

不出户知天下，不窥牖见天道，其出弥远，其知弥少。是以圣人不行而知，不见而名，不为而成。（《老子》第 47 章）

为学日益，为道日损，损之又损，以至于无为，无为而无不为。（《老子》第 48 章）

源熙，你对这个并置怎么看？

苏：对于卡夫卡，看来非"译创"不能读也。即便当他和那些他接近的文化——德国、捷克文学以及犹太民间故事的文本——互动时，他巧妙地改造了它们，使它们看起来原本是其他事物的寓言：这是他的想象力所致。人们把创造气氛的功劳归功于他，一种感觉和理解的框架——"卡夫卡式"——一种存在的模式，我将其定义为一种徒劳的努力带来的如梦之感。卡夫卡的人物 K 越是努力想进入城堡，就越是不可能。在《美国》里，卡尔·罗斯曼越是想遵守规则，成为一个尽职的工人，他偶然认识的朋友就越是损害他。最后，他随遇而安，加入了"俄克拉荷马自然剧场"，才找到了自己的人生目标。——或者，我们只能这样猜测，因为手稿在这里中断了。当卡夫卡遇见老子时，他发现了一直在寻觅的东西，即"用"的消极性，"无为而无不为"。

张：我完全赞同你对"卡夫卡式"的定义："一种徒劳的努力带来的如梦之感"！它给了我两个联想：《箴言》第 27 条："'阳'或'益'，已然赋

予我们；为'阴'或为'损'，尚有待于我们。"以及《箴言》第90条："两种可能：化约自身以至于无穷小，或本身是无穷小。前者乃实现或完满，亦即'无为'；后者乃初始或开端，亦即'为'。"卡夫卡的特定顺序在布罗德编辑的德文版以及穆尔·凯泽和威尔金斯的英译本里被弄反了。这些版本颠倒了"两种可能"的顺序，使得内嵌于《箴言》第90条里的悖谬几乎不可能解决，除非我们从道家的方向来接近它。除了《箴言》，卡夫卡还将这两种潜能的并置对应到他的寓言《皇帝的谕旨》里的信使和"从帝国的阳光下逃避到最遥远距离的影子"的对比上。信使"为"，因此是无穷大人群中的无穷小。影子"无为"，化约自身以至于无穷小，因此轻而易举地超越了不可超越的人群。

苏：或许因为卡夫卡在写作《箴言》第109条时对其他事件的思考（我没有查对日期，也没有把它和卡夫卡失败的感情生活相关联），他将寓言故事主人公和世界之间的关系赋予了情色：如果这个人只是坐着等待，最终世界将"献身于你，彰一切所未显"和"在你眼前，她蛇舞翩跹"。

张：是的，这对我来说深具挑战性。尼采和卡夫卡在德语中都使用了阴性名词，以创造一种用其他方式无法表达的暗喻。将他们的文字游戏翻译成英语和中文——这两种语言都是无性别的，对我这个"译创"者是个挑战，但也激活了我自己的语言创造。在尼采和卡夫卡之外，如何在有性别和无性别的语言之间遨游，这也是一个与"译创"相关的问题。抱歉打断你，请继续。

苏：在我看来，这种三重递进似乎是庄子的回响，卡夫卡可能在翻译中读到过他。"守在你的桌边，倾听。倾听也不必，只需等待。等待也不必，完全地静笃和孤单。"——一种趋于零度之"为"的渐进过程，这是一种必要条件，以使世界回应其此刻一无回应的同伴。我不禁觉察到，这似乎就是发生在卡夫卡这位作家身上的遭遇。在他生前，只为一小部分朋友和读者所知，对于成功，甚至对出版都顾虑重重。现在他是被全世界数百万乃至数以亿计的读者崇敬的作家,他给读者制造了内心的"痉挛",因而使读者产生一种特殊的满足感。——我说"特殊",是因为对这位作家来说,你不知道这种"痉挛"是来自愉悦还是来自痛苦。有些卡夫卡的故事我已经重读了几百遍,但我仍然无法确知他在我心中挑起了怎样的"痉挛"。这种"战栗与痉挛"("倏奭?"),就像《爱丽丝梦游仙境》里所言,将读者和作家绑入一种奇怪的交流里面,但或许这是最正常的互换,假如你用老子的眼睛来看——老子观察到,"天下神器,不可为也,为者败之,执者失之……是以圣人去甚"(《老子》第29章)。

"一种运动的起源"

张:莫非你对卡夫卡的反应映射了庄子在卡夫卡内心挑起的双向"痉挛"?是的,卡夫卡读过卫礼贤的《庄子》译本。他同时并行的诗学实践与哲学思考令我想起卫礼贤对《庄子》的批注:"他是一种运动的起源;只有那些从静态的字母中一跃而起、并在自身激发出他的文字里涌流的运动的人,才能理解他。"在此情形下,《箴言》第57条可视作卡夫卡与庄子的对话,经由卫礼贤,但又超越了卫礼贤:

语言,对于所有超越感官世界的事物,都只能以暗示的方式,而永远不能以定义的方式使用——甚至连模糊的定义都不行。因为语言和感官世界共振,只表述"占有"以及占有关系。

伟大的作家认识到,他们的母语因其现时的局限性所允许他们表达的事物与他们作为批判性与原创性的思想者所想要表达的事物之间,存在着巨大的空隙,为了弥合这一空隙,他们"活化"自己的语言,让读者"痉挛",产生出一种特殊的满足感。

卡夫卡和老子之间的共鸣并非巧合。有两段摘录证明了卡夫卡与老子确曾相遇。首先，卡夫卡1917年的日记，揭示了"译创"老子的动机，即反对"为"或"过于欧化"的翻译倾向：

> 一位"为"的朋友为我们提供了一份（或许过于欧化的）译稿，它是对于几张古老的中国手稿散页的翻译。这是一个断片。找到续篇的希望为零。

其次，卡夫卡在1921年与亚努奇关于道家思想的对话，揭示了卡夫卡自己的"译创"方法：

> 我对道家哲学的琢磨——尽管必须局限在译文所提供的可能性之中——是深入且漫长的……老子的箴言是硬实的坚果：每一颗都让我着魔，但最中心的内核我却无法穿透。我反复阅读，就像拿着五颜六色的玻璃球做游戏的小男孩，让它们从思想的一个角落滚到另一个角落，在此过程中却一无所获。事实上，透过这些箴言的彩色玻璃球，我只发现了自己的思想渠道的可怜的浅薄：它们根本无法涵养或吸纳老子的玻璃球。
>
> 真理永远是一个深渊。一个人必须像在游泳学校一样，敢于从狭窄的日常经验的颤抖的跳板上跳下，沉溺在深海里，然后笑着又挣扎着呼吸着上升到事物的表面，看到此刻那里从深海中穿出的双倍殷实的光。
>
> ——卡夫卡与亚努奇关于卫礼贤译本里的道家思想的对话，1921年；张慧文由德语译为英语

源熙，你对卡夫卡这些关于道家的评语怎么看？

苏： 卡夫卡担心为吸引公众眼球而制造的翻译（例如，在慕尼黑艺术杂志 *Die Aktion* 上刊登的译文）可能会对原作造假，以迎合目标语言。我也抱怨过他们！带着些许羡慕，因为我知道，给公众提供他们之所想，是一条致富路径。不懂中文的人通过编造《老子》或《易经》的伪译，迎

合对玄学、"东方的神秘"、"永恒的中国"诸如此类的口味，因而变得非常富有。尽管如此，卡夫卡并不认为学究性的翻译更好——那将是一个过于简化的解决方案。

我把这篇日记看成是一个卡夫卡故事的梗概，尽管它并非虚构作品。手稿散页的含义难以捉摸，因为它来自"那边"，正如卡夫卡的断片《关于寓言》所言："某种传奇性的、神秘莫测的'那边'，一些我们全然未知的事物。"它来自越过"长城"（意喻上、而非物质上的墙）的那边。正如他对亚努奇所说，"最中心的内核我却无法穿透"——这就是"过于欧化"的翻译风格对读者的屏蔽。当他试图破解这些"硬实的坚果"却失败时，它们就神秘地变成了半透明的玻璃球，他尽可以把这些玻璃球从这儿滚到那儿。但是，它们教给了他什么吗？不是这些中国断片里的信息，反而是那些坚硬小球外部的负面印象，这种印象通过尝试理解之失败向他揭示"自己的思想渠道的可怜的浅薄"，"我的思想模子的绝望的浅薄"（如果我可以从你的译文中进行重译，以强调具体的比喻）。思想模子，或者我们使用英语习惯用法——"思想模式"，通常是无意识的。模具是一个具体事物的负面形象（让我们想想制造塑料儿童玩具的金属模具），是该事物的一种确定的缺失，从中可以产生该事物的无数个副本。卡夫卡承认，他的"思想模具"不能复制老子的思想。然而，它们可以向他展示它们自己没有能力容纳这些思想，这已经是对有一天"涵养"（begrenzen）它们的可能性的一种预想。我认为这漂亮且巧妙地表达了何为翻译——为了达到这种理解，卡夫卡并不必懂中文，他只需是他自己。

张：我不想过早亮牌，但你很快就能看到一个斯堪的纳维亚的文化人物和卡夫卡不谋而合。像卡夫卡一样，他融汇了古老的道家思想，并通过创造性写作加以转达，而并非趋附于汉学翻译的传统。

苏：关于"断片"的确定的零散状态。——好吧。你期待什么呢？卡夫卡具有将他遭遇的一切转化为"卡夫卡"的天赋——他在公园里遇到的小女孩,他在报纸上读到的一个故事,墙上的一只昆虫。但是如果说将老子转化为卡夫卡,用以制造"卡夫卡",则是不完整和另类的。它不是我们如今所说的挪用。它是自我生成、自我引导、自我发现,但并非自私或自我中心的。它是开放的,就像一个数学公式,总是可以容纳新的整数。任何敏感于"卡夫卡式"特征的人都能认出它,或将之综合。这是这位来自布拉格的古怪犹太保险律师与世界分享的东西。我们为何不称它为"卡夫卡之道"?"道"是指一种方法,一条道路,一个向所有人开放的事物。

吾不知其名,字之曰道,强为之名曰大。大曰逝,逝曰远,远曰反。(《老子》第25章)

如果我可以冒险来引用《老子》这段话,我想这样解读:生活在一个固有而并非偶然的悖谬世界中的卡夫卡式敏感是"没有确定的名字(因为所有的名字都是隐喻和误导)的,但如果我们一定要给它一个名字,我们可以称之为'包罗万象'。包罗万象,因此难以捉摸;难以捉摸,因此遥不可及;遥不可及,因此我们可以在我们身上找到它"。

张:一语中的!卡夫卡的寓言《耐心的游戏》最恰切地展现了他是如何"把他遭遇的任何东西都转化为卡夫卡"。它还彰显了"生活在一个固有而并非偶然的悖谬世界中的卡夫卡式敏感"。

很久很久以前,有一种"耐心的游戏",这是一个廉价的简单玩具,比怀表大不了多少,没有任何出人意料的机械装置。在红褐色的木板面上,雕刻着几条蓝色的蜿蜒小径,它们都通向一个小洞。通过游戏者耐心的倾斜和摇动,蓝色玻璃球首先滚入其中一条小径,然后滚入小洞。一旦玻璃球滚入小洞,游戏就结束了;如果想重新开始,就必须把玻璃球从小洞里晃出来。这些都被一个坚固的玻璃穹顶所覆盖;游戏者可以把这个玩具揣进自己的口袋,随身携带,随时随地拿出来玩。

当这颗玻璃球被闲置时,她通常会出去转悠,背着手在高阶平地上游来荡去,着意避开那些深刻的小径。因为她认为在游戏时已经被这些小径折磨得够呛。所以在游戏外的时间她有权在自由的高阶平地上休息!她步履夸张、大摇大摆,声称自己绝不是为那些狭窄逼促的小径而生的。她的看法有那么点道理,因为小径确实只能很勉强地容纳她;但她的看法同时也没什么道理,因为事实上她这颗玻璃球正是依据小径的宽度度身定制的。然而小径当然不可能让她舒舒服服,因为如果舒舒服服,那还怎么能是"耐心的游戏"?

——《耐心的游戏》,1922 年,张慧文由德语译为英语

从卡夫卡对"为之译"或"过于欧化的翻译"的批评和他发明的"耐心的游戏"的对置里,我可以断言,通过译创,卡夫卡找到了"道的绵延"。我相信这与你作品中的诸多跨文化对话遥相呼应。你能分享一个例子吗?

苏: 如果让我选,我想应该是徐志摩翻译波德莱尔的"une étrange musique"时用了"异乐",如《翻译与死亡》一文的读者所知晓,这个词来自《庄子》。这是在两个截然不同的文本、不同的作家、不同的语言、不同的时代、不同的思想世界之间画出的一个绝妙的映射:由于存在着如此多的不同,要有非凡的勇气才能推想出一个映射,而且要有非凡的洞察力才能切到那个最合拍的映射。对于法国诗歌来说,腐烂尸体上的苍蝇是"怪异的",因为在波德莱尔之前,没有人选择过这个诗歌主题。这些恶心的昆虫正在创造一种对我们具有美感的东西——"音乐"——这一事实很奇怪,你必须是那种怪异的观察者(波德莱尔绝对是这样)才能听到它。庄子也是如此,顺应于某种音乐,这种音乐远远超出他那个时代的士人对"音乐"的美学规范。他的异乐包括嚎叫、叹息、嘶嘶声、风暴,以及苍蝇的嗡嗡声——因为它们正在进行令人厌恶但必要的工作。两位作家都在探索一种"丑的美学"(正如黑格尔的学生,黑格尔的最佳戏仿者卡尔·罗

森克朗茨所说），这使他们对自己所处的空间和时代感到"陌生"，而他们的"共同陌生性"（引用雅各布·埃德蒙关于中国和俄罗斯先锋派诗歌的佳作的标题）使他们相遇。我认为，在那篇讨论徐志摩翻译的文章中，我能够触及一些关于所有翻译的重要问题，以及我们应该怎样评判翻译。一句话：翻译的陌生性。

智力拼图和交叉小径

张：你关于"丑的美学"和"怪异"的评语让我想起现代挪威哲思诗人奥拉夫·H·豪格。以下是他关于诗歌和老子的只言片语。

> 年轻的抒情诗人希望诗歌能有更多的挪威感。它应该像冰凌悬挂，或像冰里的玫瑰闪烁光芒……另一些人写诗则是更寒冷的宁静——水晶、星星、石头、雪花（当雪下得很厚）。还有一些人写血与火……很少或根本没人用干草架、钉子、木屐、草炭、泥土、汗水来写诗——总之，用随处可得的事物来写诗，如同内什"做"画（艺术作品）的方式。
> ——豪格，1948年，张慧文从挪威语译为英语

> 老子的著作《道德经》非常奇异。他是中国智者中的巨人。自1900年以来，欧洲对中国著作的阅读大大增加，东方精神世界的总体影响也许是新欧洲文学的最佳酿酶。
> ——豪格，1953年11月12日，张慧文从挪威语译为英语

的确，关于译创，我的第二力证当属奥拉夫·H·豪格：

> 所有的写作都只是对以往写作的评语。看看那些教士们：他们对此心知肚明！
> 但帕斯卡尔、尼采、爱默生和埃克伦德也都知道这一招（好吧，尼

采和爱默生都是教士出身），因此他们巍然而立，稳如泰山。不要偏离"道"！老子刚巧也如是说。

这一点你曾经知晓。但是忘了。把楔子钉进树桩！打上你的标记！你已经到了这儿！迈出下一步！但要小心！

牢记那个原点！

——豪格，1975 年 4 月 14 日，张慧文从挪威语译为英语

苏：一些极具影响力的思想运动（如欧洲文艺复兴、新教改革、清代学术的考证倾向、五四运动）所造成的一个不幸后果是，我们倾向于将原文与注释分开，并认为后者意义和力量较小。正如怀特海所说，所有西方哲学都是"柏拉图的脚注"。我们都在从事批评和对批评者之批评，而这就是传统的创生方式。告诉我你读了什么文本，我就能预测你的思考可能会采取什么路径。（但不是绝对的。我从我的老师哈罗德·布鲁姆那里学到了寻找"clinamen"，即原子的随机偏离，以使新事物在一个非随机模型里萌生。）在我看来，豪格用他的"楔子"和"原点"准确地标记了这两个维度。

张：完全同意。豪格对以往作品的创造性批评本身就是译创。他将之描画为一种源于教士又超越教士的方法。

图 1：拼图 59　　　　图 2：拼图 57

苏：是的，但假如你从事教士这一行，你必须假装在神圣的文本中找到了你可能发明的东西……但是，请继续。

张：这一系列的祈使句——顺应真正的"道"，坚定而精确地打下个人标记，大胆又小心地向前迈进，不断地回向到"原点"，以之作为创造力永不枯竭的泉源——是一位现代作家取得成就的前提。这样做的好处是克服"影响的焦虑"（哈罗德·布鲁姆），像永恒的山峰一样稳稳站立。此外，与以欧洲为中心的起源相反，豪格的"原点"是东方与西方两个传统的融合。纵观他的日记，他频繁引用老子，认为老子不仅是古代西方哲人如赫拉克利特的同道，也是现代西方诗哲从埃克哈特到埃克伦德和维特根斯坦的同道。1956年至1959年期间，豪格创作了三种我称之为"智力拼图"的作品，每一幅拼图都切入了老子。

对豪格来说，"以往的作品"最迷人之处就是跨语言与跨文化的对话。因此，他对此类对话的批评即在元语言、元文化的层面对不同文学—哲学传统的各类拼图的复杂性和统一性的双重揭示。为了说明豪格如何实践他的译创，我们不妨看看他在1956年2月5日做的"智力拼图"——将苏菲和老子的语录进行拼接，再加以他自己的创造性批评：

当心为其所失而哭泣，灵魂却为其所得而欢笑。（苏菲）

为学日益，为道日损，损之又损，以至于无为。（老子）

故常无欲，以观其妙；常有欲，以观其徼。（老子）

即使仅凭你的手迹，我也能够洞悉你的性情。放弃一些刻意的笔锋和勾勒吧；那将显示出你恢复了一点活力，感觉更自由，不再过于拘泥于范本——那"隐现"在你眼前的范本。的确，这样做你的字可

图3：拼图56

能会稍稍歪斜，但也一样漂亮。

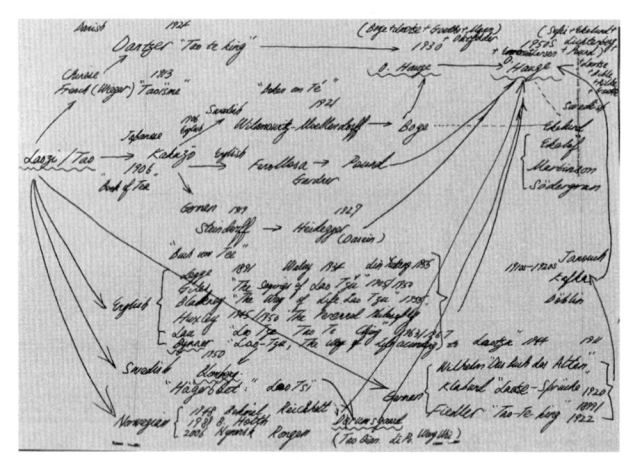

图 4 :《老子》地图

苏 : 不知道豪格为什么会选择布拉克尼（R. B. Blakney）的《老子》译本；也许是因为这个译本每一页的页底都有批语，读者可以借此思考对文本的应用。在我看来，将古代中国的诸子百家翻译成现代英语的一个陷阱就是将作品变成自助手册的倾向。两者确有相似之处：古代的大师们并不只是做纯粹的思考者或预测家，而是会参与到他们时代的事务里，经常直接被各国的统治者聘任，提供我们现今所言的"竞争力咨询"。(或者，即使他们并非如此，他们也会假装是如此，我怀疑孟子与梁惠王的对话等这些篇章都是虚构的。) 但是，这种相似性被巨大的差异所颠覆！老子并不关心给人以建议——比如说给一个美国中年男学者建议，此人不常去教堂，对工作和社会关系感到抑郁多虑；又或者给一个挪威诗人建议，此人像所有诗人一样，总是担心他是否还能写出下一行。尽管如此，老子给中国战国时代的人们的启示可以适用于种种巨大且难以预测的情况，甚至包括美国学者和挪威诗人的情况。自助，尽管这是我讨厌的一种文体，仍然适用于个人及其困境。

张 : 正是如此！那些以直击当下而又贯穿永恒的方式与个人对话的作者具有超越时空的特殊力量。这就是为什么尼采的《查拉图斯特拉》吸引了现代中国哲思诗人鲁迅，而《老子》则让现代挪威哲思诗人豪格着迷。布拉克尼的《老子》译本只是豪格研究的众多译本之一，在跨语言、跨大陆和跨时代的开拓者所创造的迷宫般的交叉小径上，豪格与《老子》多次相遇。

若想参透我的地图，细究所有的人名、书题、微妙的宗义以及它们之间错杂的关系，需要花上几个小时。现在我只分享两个要点：其一，老子通过几条不同的路径"找到"了豪格，这些路径打通了源于日本、法国、德国、丹麦、瑞典、挪威、英国和美国的各种对"道"的语言学、美学、哲学、宗教和历史的研究。其二，豪格对这些不同的路径都作出了一以贯之的回应。这是他探索那个"无解"的终极问题的方式，正如他引用哈拉尔德-霍夫丁的话："如果那个终极问题不存在，生活就没有价值；如果那个终极问题可以被解答，生活同样没有价值。"

正是在这些终极问题的诱惑下，豪格从1920年代开始制作"智力拼图"。在保存诗人档案的于尔维克豪格诗歌博物馆，我拍摄了以下证明他初期拼图实践的照片。早在1928年，豪格就在他的《斯宾诺莎伦理学》副本中收集了四张剪报，以呈现伊壁鸠鲁、歌德、克尔凯郭尔和乔治·艾略特提出的四个思想问题，然后收集了八个诗人哲学家的语录（阿诺德-班尼特、威廉-詹姆斯、霍夫丁［上文引用］、叔本华、欧根、罗素、柏格森和桑塔亚纳）作为对人类生活目的的跨文化勘探。

图5：拼图28a　　　　　　图6：拼图28b

将豪格1928年和1950年代的拼图相对照，我注意到了两个主要区别：其一，豪格的手迹已经从一种刻意美化的、敏感纤弱的、仿照欧洲启蒙经典的风格，蜕变为一种解脱束缚后成熟自信的风格，这与他1950年代通过对"道"的译创从欧洲教规中解放出来的精神相吻合。其二，在豪格1928年的拼图中没有出现的"老子"，在1950年代成为一个标志性人物。我观察到一系列现代译创者的成果都对豪格的这一转变做出了贡献，包括威廉·詹姆斯的《宗教经验的多样性》（1901）、莱昂内尔·吉尔斯的《老子箴言》（1912）、克里斯蒂安·施杰德鲁普的《单数宗教与复数宗教》（1926）和奥尔德斯·赫胥黎的《永恒哲学》（1945）。1960年，当豪格终于发现了将道家和《圣经》对置两端的鲁道夫·奥托的《神圣理念》（1917）时，他激动地评论道：

你缺失的碎片

你给自己制造了一个很好的人生观——或德语的"世界观"（Weltanschauung），如果你想用一个时髦的词——就像你看到孩子们把拼图的碎片拼起来，直到拼出一幅光鲜的画面。如果有一些碎片缺失，就很让人沮丧。但是，假如这些碎片也突然出现，那会多么惊喜！《神圣理念》中的鲁道夫·奥托就是这样一块重要的碎片：他表述了种种或许从未被明晰表述的思想。

——豪格，1960年3月4日，张慧文从挪威语译为英语

"旅行是傻瓜的天堂"

苏：在豪格的《老子》副本的同一页上，我们看到豪格将老子与卡夫卡和爱默生整合到一起，我认为，这表明了译创的宗旨。

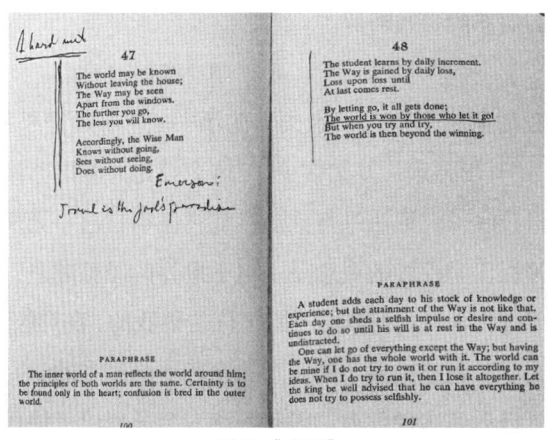

图 7：《老子》

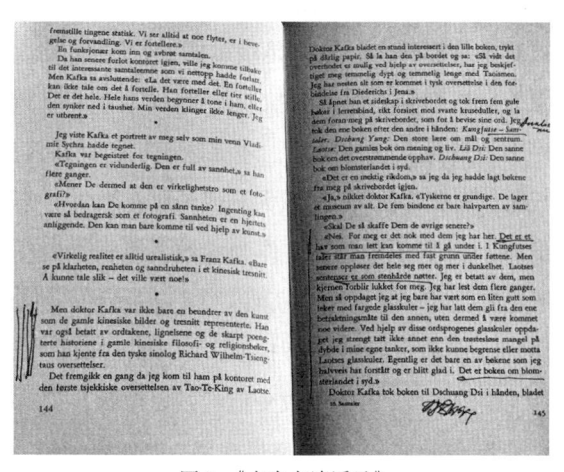

图 8：《卡夫卡谈话录》

拉尔夫·瓦尔多·爱默生（Ralph Waldo Emerson）可能是美国"自助派"的创造者，实则是一个过渡性人物。他最早是一位一神论教会的牧师，每周就指定的经文布道，但他扩大了取材范围，纳入孔子、奥义书，以及地质学和语言学等新科学。最终，他的文章——通常是作为对读者的讲话，但读者不是别人，就是他自己——成为一种文学，不再受讲道体裁的约束，而是畅所欲言，对如何生活给出建议。这确有必要性。当人们摆脱了专制和教会的规诫，他们开始自问，应该如何生活。爱默生满足了十九世纪美国的这种需求。他以《自立》和《经验》这样的文章开创了自助派；自助派进而又充斥了典型的美国书店，可能在很大程度上促成了我们病态的自我陶醉。

豪格用卓越的洞察力引用了卡夫卡的话——"一颗坚果",他回应了老子的观点:"其出弥远,其知弥少。"这个悖论并非以苏格拉底的精神提出——苏格拉底以辩证法进行推演,最终证明自己一无所知——而是以卢梭的精神提出。卢梭的观念是:对于世界的经验越多,我们内心的光越黯淡。或许作为诗人的豪格(除了你告诉我的,我对他真的毫无了解)觉得有必要保护他的灵感、他诗意的声音不受过多的学究及外部信息的侵扰。我可以看到这种诉求。因此,诗人会呈现出一种犹如硬实、顽抗的坚果一般的个性,宁愿在喧嚣的世俗世界里跳来蹦去,也不愿向其敞开心怀(被其击垮崩碎)。"旅行是傻瓜的天堂",豪格大致引用了爱默生的话。而爱默生则是在引用贺拉斯的话:"对所有受过教育的美国人而言,正是因为自身文化的匮乏,才痴迷于旅行,并将意大利、英国、埃及奉为圣地。而那些使英国、意大利或希腊在想象中变得可敬的人们,则像地球的轴一样坚守在原地。作为成熟的男子,责任就是我们的位置。灵魂不是旅行者;智者固守家园。"(《自立》)"Caelum, non animum, mutant qui trans mare current."(贺拉斯,Epistulae I.11:"通过跨越海洋,人们改变了他们的气候,但没有改变他们的思想状态。")有意无意之间,爱默生转入了老子的轨道,而豪格也在那一刻跟上了他。

张: 你说的正是!纵观豪格日记,他捕捉到不少在他看来爱默生"转入了老子的轨道"的时刻。例如,这一处:

到此为止

在哲学方面,我只能读到"前苏格拉底"。他们没有多少知识,又非强有力的思想者;但他们几乎随时都在"观看",并作一种我认为是神秘性的思考,比如巴门尼德,又比如赫拉克利特。赫拉克利特的德译本 *Büchlein* 是我的教义,我对哲学的阅读到此为止。一旦我翻开苏格拉底和柏拉图，我就头昏目眩。

我喜欢爱默生，但他也和前苏格拉底哲学家一样并非强有力的思想者，他也"观看"，并且几乎全部用图像言说。

老子也是这样一个作神秘性思考的畸人。

——豪格，1968年11月6日，张慧文从挪威语译为汉语

苏："智者固守家园"。不出户，知天下。但译者是一个不得不"改变气候"的人；如果你在翻译，你就并非真的"固守家园"，即使你是阿瑟·瓦利，而且从不离开大英博物馆周边。我想，译者必须成为他者，同时还必须是他或她自己。

"你已老成到足以做很多恶作剧"

张：阿瑟·瓦利正是豪格最欣赏的两位翻译家之一；另一位是埃兹拉·庞德。1978年的《挪威文学杂志》上，在扬·埃里克·沃尔德对他的访谈里，豪格透露了他经由瓦利和庞德与中国古诗的相遇。

——你从什么时候开始阅读中国古典诗人？

——二战后。尽管我之前在杂志上读过中国诗和日本诗，但直到读了庞德，我才豁然开朗，明白了什么是中国诗。后来我又弄到了瓦利、德鲁姆斯加德和其他翻译家的诗集。如果一个人不懂中文，他当然也不会知道什么是中国诗。我们所知道的中国诗，其实是庞德创造的……庞德，如你所知，无疑是一个天才。在1915年出版的薄薄一本《华夏集》中，他根据欧内斯特·费诺罗萨的笔记，将中国古诗重新创造为现代意象诗。

我感兴趣的不仅是豪格对庞德《华夏集》的欣赏，还有他如何受庞德译创李白的启发而进一步译创庞德。看看豪格的《华夏集》私人副本的扉页：

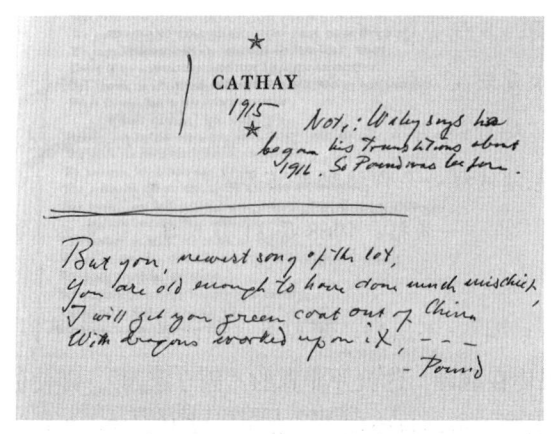

图 9：庞德《华夏集》序

"但是你，歌群中最年轻的谣曲，/ 你已老成到足以做很多恶作剧，/ 我将从中国给你弄来一件绿袍 / 上面绣着龙的图案。"在细察原初语境之前，我对豪格手写的"庞德诗"如此阐释：如果有一种文学遗产，其最年轻的谣曲却能"老成到足以做很多恶作剧"，那一定是中国古典诗歌。为了使这一内容找到相配的形式，（豪格译创的）庞德许诺将从中国寻回这些诗歌遗失的龙绣衣裳。

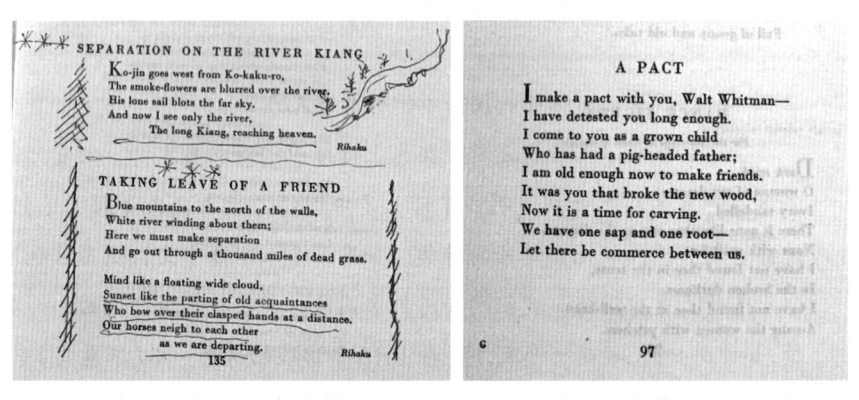

图 10：庞德《华夏集》李白　　　　　图 11：庞德《契约》

然而，在细察庞德的原初语境时，我却吃惊地发现：

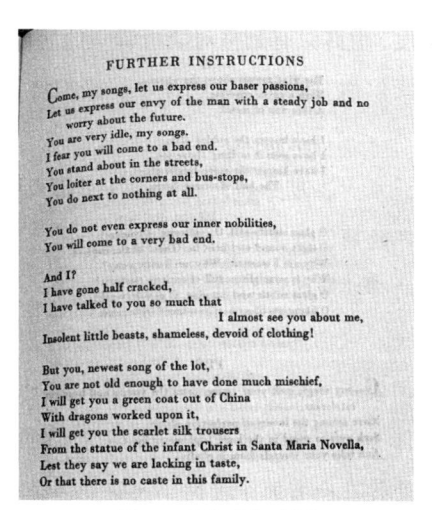

> **FURTHER INSTRUCTIONS**
>
> Come, my songs, let us express our baser passions,
> Let us express our envy of the man with a steady job and no
>   worry about the future.
> You are very idle, my songs.
> I fear you will come to a bad end.
> You stand about in the streets,
> You loiter at the corners and bus-stops,
> You do next to nothing at all.
>
> You do not even express our inner nobilities,
> You will come to a very bad end.
>
> And I?
> I have gone half cracked,
> I have talked to you so much that
>   I almost see you about me,
> Insolent little beasts, shameless, devoid of clothing!
>
> But you, newest song of the lot,
> You are not old enough to have done much mischief,
> I will get you a green coat out of China
> With dragons worked upon it,
> I will get you the scarlet silk trousers
> From the statue of the infant Christ in Santa Maria Novella,
> Lest they say we are lacking in taste,
> Or that there is no caste in this family.

图 12：庞德《华夏集》

在我看来，豪格从庞德与惠特曼的"契约"里提炼出一个片段——"我现在已老成到足以与你交友"，又从庞德的"继续教育"中提炼出另一片断——你"还没有老成到足以做很多恶作剧。我将从中国给你弄来一件绿袍"——并将这两个片段整合为庞德《华夏集》的箴言。豪格将这句箴言放在扉页使其成为本书的序言，也即他为庞德《华夏集》量身定制的历史和审美批评框架。这是豪格的奇思！在乌尔维克，我还拍了以下照片：

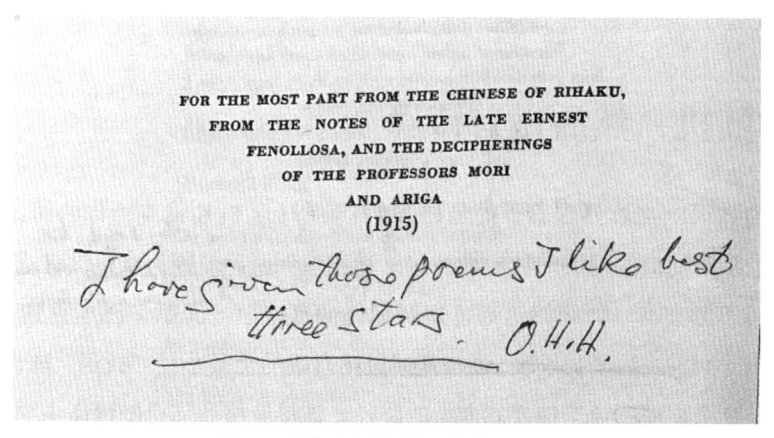

> FOR THE MOST PART FROM THE CHINESE OF RIHAKU,
> FROM THE NOTES OF THE LATE ERNEST
> FENOLLOSA, AND THE DECIPHERINGS
> OF THE PROFESSORS MORI
> AND ARIGA
> (1915)
>
> *I have given those poems I like best three stars. O.H.H.*

图 13：豪格对庞德《华夏集》的批注

这些照片显示了豪格对庞德《华夏集》研究的深度和力度，而这种热情澎湃的深度和力度，也许只有豪格对陆机诗学的研究可相比拟。事实上，在扬·埃里克·沃尔德对他的那次访谈中，豪格特别提到了陆机：

——中国诗，至少在庞德和瓦利的翻译中出现的中国诗，是我读过的最好的诗之一。的确，我真不知道有谁比古代中国诗人更好。

——中国诗的哪些地方让你喜欢？

——这很难说。它们简洁而自然——当然，它们也可以是冗长且复杂的，但如果你阅读中国文学史，就会发现，简洁的诗才是常青的，比如王维和李白的诗……有谁比陆机更能洞察诗学的秘密？

——陆机就是你在一首关于爱德华·蒙克与橡树的诗中提及的那个人吧？

——是的，陆机是一位生活在公元300年左右的将军，他在一次战役里失败了，被判处死刑。他在牢里坐了三年，等死——在此期间，他写了他的诗学，一篇奇妙的论说。这是一首关于如何写诗的诗。他说，写诗的第一步是要想象你独自一人在宇宙中，而宇宙又是如此神秘——这样，你就为你的诗思创造出空间。你应该沉入冥想，然后提起毛笔，试着在宣纸上涂几笔——也许这几笔就会成为一首诗。但他并未说这首诗应该是什么样。此后他就被斩首了。

"读陆机，然后做首诗"

张： 当我第一次读到这篇照亮豪格1971年关于陆机和蒙克诗作的访谈时，豪格对陆机的理解的精确性和深度让我感到困惑。因为豪格没有透露任何参考文本，而我知道都鲁姆斯加德的挪威语《文赋》译本直到1978年才问世。后来我发现，豪格是通过迷宫般的交叉小径"找到"陆机的，其复杂程度不亚于他找到老子的路径。连接豪格和陆机的两座主要桥梁是丹麦汉学家埃尔西—格拉恩的《汉语散文诗》（1956年）和美国诗人阿奇博尔德·麦克利什的《诗与经验》（1965年）。豪格在《诗与经验》

的私人副本上写满了批注。

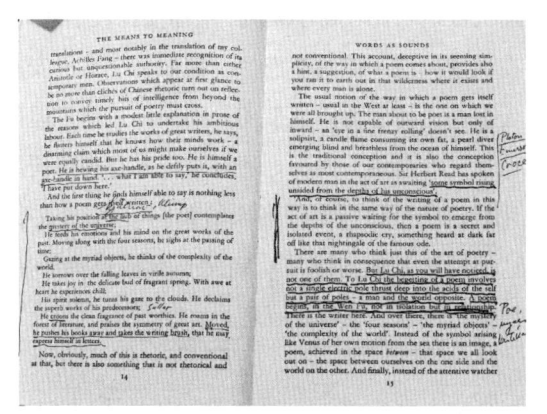

图 14：豪格对麦克利什《诗与经验》的批注

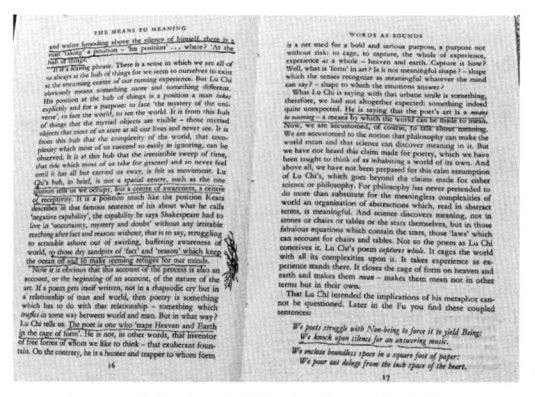

图 15：豪格对麦克利什《诗与经验》的批注

对照这些豪格批注的段落和 1978 年《挪威文学杂志》的访谈，我立即意识到麦克利什用英语对陆机的描述如何启发了豪格在新挪威语里对陆机的理解。源熙，我知道你最近教过关于陆机的课程，并对他非常钦佩——认为他关于写作是一种"做"（MAKING），而非"模仿"或"表达"之类的言说，具有真正的智慧。你能详细说明一下吗？

苏：亚里士多德、贺拉斯、朗吉努斯——他们试图说出文学作品在一般意义上是什么，对其本质作出定义，从而确定写作的规则、标准、规范必须是什么。所以他们很自然地融入学校的教学大纲。陆机致力于其他工作。他对作品的好坏肯定有自己的看法，而且并不吝于告诉我们，但他的主要兴趣是探索写作是一种什么样的经验。我认为没有人能够超越他。我很高兴看到陆机被纳入比较诗学研究，但即使比较学者具有良好的意图，也有可能存在误读，这一点时有发生。例如，宇文所安在翻译陆机时不断提及亚里士多德，仿佛两人从事的是同一项工作。但他们不是。陆机写的其实更像是一本自传，而不是通常对诗人心理的研究。但由于中文文本很少使用代词，所以需要译者来给我们指明，《文赋》的言说对象是"我"还是"他们"（其他的诗人）。此处的比较模糊了一个重要的区别，除非你非常细心，否则很难翻译清楚。

张：是的，我在比较《老子》第 47 章和它的三个译本时有同样的洞察。

不出户知天下
不窥牖见天道
其出弥远
其知弥少

Without leaving his door
He knows everything under heaven.
Without looking out of his window
He knows all the ways of heaven.
For the further one travels
The less one knows.

—Tr. Waley, 1934

不用离开门
他就知道太虚下的一切。
不用看窗外
他就知道太虚的一切道路。
因为人走得越远

他知道得就越少。

——特里·瓦利译，1934 年

The world may be known

Without leaving the house;

The Way may be seen

Apart from the windows.

The further you go,

The less you will know.

—Tr. Blakney, 1955

世界可以认识

而不用走出家门；

道路可以观察

而不用朝向窗外。

你走得越远

你将知道越少。

——布拉克尼译，1955 年

Without going out of the door, you can know the world.

Without looking out of the window, you can grasp the way of heaven.

The further you go, the less you know.

—Tr. from Chinese to Nynorsk by Ole Bjørn Rongen, 2006, tr. from Nynorsk to English by Huiwen Zhang, 2021

不走出门，你就能认识世界。

不看窗外，你就能把握天道。

你走得越远，你知道的就越少。

——奥勒·比约恩·罗根从中文译为新挪威语，2006 年；

张慧文从新挪威语译为英语，2021 年

张： 老子的文本没有代词，迫使英语和挪威语译者在"他""人""你"和被动结构之间做出选择。因此，每一种译文都带有译者个人精推细敲的不同的语气和内核。

或许这就是为什么豪格对陆机的接受如此矛盾，几乎是自相矛盾。一方面，豪格在陆机身上看到了一位知己，这位知己较之亚里士多德、贺拉斯和朗吉努斯更能言豪格所欲言。因为西方学术等级制或重写羊皮书的传统暗示后来的读者（包括豪格）：你们都是次经典一等的，永远无法真正理解经典！陆机则不然：他和豪格对谈仿佛两个同代人，并观照实用的、亲历的，同时又直切当下的话题。因此，能和陆机相遇，豪格感到非常荣幸！

　　你喜欢一个奉承你恭维你的女孩，因为虚荣和自负在今日盛行。但这不止于女孩，对你遇到的男士亦如此。
　　让我自负的不是亚里士多德和贺拉斯——而是陆机！
　　　　　　　　　　——豪格，1970 年，张慧文从新挪威语译为汉语

另一方面，豪格对陆机的崇拜并不妨碍他把陆机当作他的阿斯克拉登工具箱中的"废料"来"运用"，或者说，"踩着"陆机往上爬！阿斯克拉登是挪威民间传说中的理想人物，他看似愚蠢且游手好闲，却能在别人失败的地方取得成功。在豪格提到的《无人能及的公主》这则轶事里，阿斯克拉登收集了诸如一只死喜鹊、一个破罐子、两个山羊角和一个破鞋底等"废料"，在适当的时候创造性地运用它们来让"无人能及的公主"刮目相看。如此，他既赢得了公主，也获得了一半的王国。现在，请读读豪格日记中的这些引文，并谈谈你的想法。

　　陆机，而非亚里士多德。从陆机那里学到的东西比从亚里士多德那

里学到的要多得多。我就像阿斯克拉登一样,收集一切,绕着长长的弯路。

——豪格,1967年,张慧文译

理论,马拉美、波德莱尔——艾略特、庞德——拿来并运用他们每一个!不用管什么名人不名人,只管使用他们。像惠特曼一样言说!将岩石和山间小道踩在脚下往上爬!

——豪格,1968年,张慧文从新挪威语译为汉语

我们谈了一些关于诗学的教科书。亚里士多德、贺拉斯、朗吉努斯,自然还有陆机。我们触及诗歌的格律,格律是一种可以被有效应用的普遍规则。但要注意:格律并不"规则"你作为诗人的个性和突破,也即你对规则的创造性应用!

——豪格,1977年,张慧文从新挪威语译为汉语

苏:"你的个性和突破"——你瞧,豪格已认识到陆机谈论的是自己的个案,而非普遍标准。这并非说陆机的写作是纯粹的自我主义模式,而是陆机从自己作为一个作家的困斗出发,包括体现于《文赋》里的困斗,并暗示他的个人经验也适用于他者。总之,陆机发出了一个信号;它被一些读者捕捉到了,然后他们转发了这个信号,成为译承者。顺及,我的"语言学癖"迫使我必须弄清楚麦克利什读过的陆机译本,也即豪格从麦克利什那里了解的陆机。这个译本的译者是方志浵,埃兹拉·庞德的朋友,他在哈佛大学教书,对翻译的艺术自我要求非常严苛,严苛到很少发表文章。他的译本于1951年发表在《哈佛亚洲学报》上。方曾与麦克利什讨论过他翻译陆机的风格,所以麦克利什对这个译本很了解。我不怎么欣赏麦克利什的诗歌(他实际上更像是一个宣传家),但他有足够的敏感来认识陆机的佳处。

张:我也有这种"语言学癖";它迫使我必须找到被豪格研习的格拉恩的丹麦语版本(1956),以及多鲁姆斯加德晚出的挪威语版本(1978)。在对

二者进行比较时，我注意到了许多差异。在此仅举一个例子，"慨投篇而援笔，聊宣之乎斯文"中的"援笔"一词被格拉恩译为"一个人抓来自己的毛笔"，而被多鲁姆斯加德译为"诗人唤来自己的毛笔"。虽然"抓来"更接近原文的字面意，但"唤来"在诗人和他的写作工具之间创造了一种个人关联——一种亲密性。

现在让我们细读豪格的这首关于陆机的名作吧！

读陆机，然后做首诗

读陆机，然后做首诗。
他没说应该怎么做。
许多人从前都画了一棵橡树。
但橡树蒙克依然画了一棵。
——豪格，1971年，张慧文2022年从新挪威语译创为英文和中文

在译创时，我注意到豪格选择了"做"（lage）而非"写"，"怎么样"（korleis）而非"什么样"。我学到的第一个挪威语短语是 å lage mat，意思是烹饪一顿饭。动词"lage"有一种非常具体的感觉。

苏：如同德语中的"legen"或英语中的"lay down"，也即通过把某物放到人们眼前来使其成立？这个词根让我很惊喜，因为它说的不完全是创造，而是选择和布置。仔细想想，英语中说"make"一顿饭很荒谬，因为我们其实是把食材从它们的原语境挑出来，再以各种方式组合，然后把它们摆到食客面前。所以说"laying it down"也即放下来。同理，"Let it be laid down that"这个英文表达意指让我们先同意某种观点、理论或假设成立，然后从此继续。我猜想诗歌的衍生过程也是如此。

张：这太有启发性了！由此，"读陆机，然后做首诗"也可阐释为"读陆机，

然后摆出一首诗"或"读陆机，然后演出一首诗"；这三个动词间的微妙关联呼应了你对陆机诗学的观察。至于豪格选择"应该怎么样"，而非"应该什么样"，在我看来，是他在通过对陆机的译创暗示使一首诗独特而值得诗人"烹调"和读者"品味"的并不是一个闻所未闻的主题，而是诗人与一个特定主题的极具个人性的关系。如果诗人的观察来自一个特殊的视点，如果他以一种前人从未尝试的方式切近这一主题，或者如果他的表达带有无可置疑的个人标识，那么这位诗人独处一格的"怎么样"就能够使即使陈旧的主题也重新恢复活力。

我这一直觉性的观察在通过比较这首诗的1971年版（如上）与在豪格日记里发现的初稿时得到了强化和丰富。

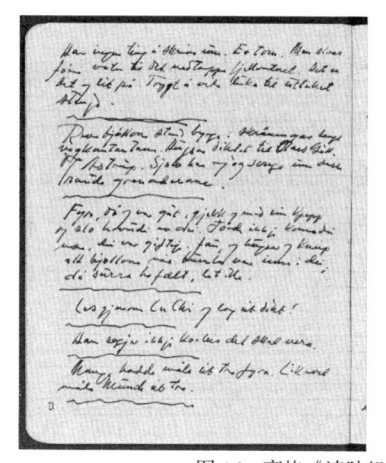

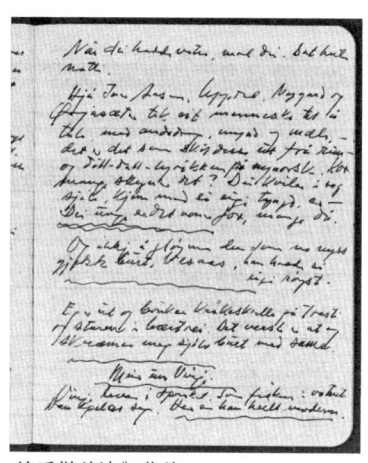

图16：豪格《读陆机，然后做首诗》草稿

一无可写之物，我空空如也。但是我相信河流会把水重新引入干涸的小潭。直到出口闸关闭让我安心。

指顶花（又称自由钟、洋地黄）在路边的斜坡上傲然挺立。我忆起克莱斯–吉尔的诗。还有阿斯特鲁普的画。我自己也曾为这些红色的掷弹兵而歌唱。

很久以前，当我还是小男孩，我拿着一根棍子，将它们的头敲下来。我不敢靠近它们，因为它们有毒。是的，记得我追随一只熊蜂，捏紧她所在的每一朵指顶花的花钟；此刻她发出激愤的嗡鸣。

通读陆机,然后做首诗!

他没说应该怎么做。

许多人从前都画了一棵树。但树蒙克依然画了一棵。

一有水,他们就磨。守在那里彻夜工作。

——豪格,1970 年 6 月 2 日;
张慧文从新挪威语译创为英文和中文,2022 年

你能看到,豪格正经历着"灵感枯竭",我们在英语中称之为"写作瓶颈"。恰在此时,豪格在陆机那里找到了慰藉,通过译创陆机诗学,将"做首诗!"的祈使令与让人宽心的、开放性的"怎么做"合二为一。如果说陷入"写作瓶颈"的诗人是"干涸的小潭",那么重新引来的水就不仅意味着一个新的"什么样",而更具决定性地意味着一个新的"怎么样"。由此,"蒙克画了一棵树",尽管"许多人从前都画了一棵树",因为他的"怎么画"是独一无二的蒙克式。也由此,人类历史上所有伟大的诗人、画家和艺术家——从米开朗基罗到庞德——只要经历过"灵感枯竭"而又超越了"灵感枯竭",就可以被理解为豪格草稿里最后一行中的"他们":"一有水,他们就磨。"审美创造是劳动,是不间断的研磨,因此说他们"守在那里彻夜工作"。

这两段关于指顶花的文字起初看并无关联;但经过仔细研读,我发现它们在语境和互文性上相关,表现在两个方面。

其一,当豪格创作他自己关于指顶花的诗《砾石坑里的自由钟》时,他完全了解并激赏吉尔关于指顶花的诗《西部的夏天》。但是,对于同一主题,豪格和吉尔的处理方式是如此迥异,以至于两首诗如今都成为挪威现代作品经典。

其二,与蒙克同时代的挪威画家尼古拉·阿斯特鲁普也将目光投向了指顶花,并找到了他特有的"怎么画"。

图 17：阿斯特鲁普的绘画

这里，我们看到豪格在吉尔、他自己和阿斯特鲁普之间关于指顶花的跨媒介译创，与豪格在陆机、他自己和蒙克之间关于橡树的跨媒介译创构成对称。这一对称又在豪格 1975 年诗作《致送我巴赫和亨德尔唱片的姑娘》中在王维、他自己、巴赫和亨德尔之间关于奏鸣曲的跨媒介译创中得到了延伸。这三幅拼贴画的集合说明了不同的艺术家如何能够并且应该创造出他们各个不同的"怎么做"。

熊蜂、小拇指汤姆、树屋和钟锤

张：再推进一步，即便是同一个艺术家，在他的一生中也可以对同一主题发展出不同的"怎么做"。看看下面这一序列，豪格的关键时刻：它们展示了一个诗人写指顶花的四种不同的方法。

图 18：《熊蜂》　　图 19：《小拇指汤姆》

```
LAUVHYTTOR OG SNØHUS

Det er ikkje mykje med
desse versi, berre
nokre ord, røysa saman
på slump.
Eg synest
likevel
det er gildt
å laga dei, då
har eg som eit hus
ei liti stund.
Eg kjem i hug lauvhyttone
me bygde
då me var små:
krjupa inn i dei, sitja
og lyda etter regnet,
vita seg einsam i villmarki,
kjenna dropane på nasen
og i håret —
Eller snøhusi i joli,
krjupa inn og
stengja etter seg med ein sekk,
kveikja ljos, vera der
i kalde kveldar.


LES LU CHI OG LAG EIT DIKT

Les Lu Chi og lag eit dikt.
Han segjer ikkje korleis det skal vera.
Mange hadde måla ei eik fyrr.
Likevel måla Munch ei eik.
```

图 20：《树屋和雪棚》

```
KOLV OG KLOKKE

Eg er kolven
i klokka,
den tunge
stille
kolv.

Rør meg ikkje,
lat ikkje
mine veike slag
mot malmen
slå togni
sund.

Fyrst når klokka
tek til å svinga,
skal eg slå,
svinga
og slå
mot den
djupe
malmen.
```

图 21：《钟锤和钟铃》

情景 1：很久以前，当我还是小男孩，我拿着一根棍子，将它们的头敲下来。我不敢靠近它们，因为它们有毒。是的，记得我追随一只熊蜂，捏紧她所在的每一朵指顶花的花钟；此刻她发出激愤的嗡鸣。

——豪格，1970 年日记，张慧文译

情景 2：总算到了夏天。我沿着山路走下去，看着山坡上漫布的指顶花。它们站立在白桦树和覆盆子灌木丛中，仿佛绿色的长矛森林，点缀着叮当作响的红色钟铃。自由钟！你是一朵骄傲的花，而且如此漂亮。——顺便提一句，今天我看到的一朵指顶花顶着一个巨大的钟铃，对称而且光滑，圆得完美，不是通常的不规则曲线。这个铃铛不像其他的铃铛那样垂下来，而是笔直地向上竖立。我一定得写一首关于指顶花的诗。但应该怎么写呢？理想情况下，诗人应该像童话中的"小拇指汤姆"那样大着胆子进入自由钟的森林冒险，然后藏身于一个钟铃，蹲在那里，随风摆他的秋千。

——豪格，1944 年日记，张慧文译

情景3：
树屋和雪棚

这些诗句没什么
了不起，不过是
几个词，随意掷到了
一起。
但我仍然
欣于做诗，
好让自己须臾间
有个小棚屋。
树屋——那些我们幼小时建造的树屋
浮现在我眼前：
爬进去，蹲下来
听雨，
笃信自己在荒野的孤独，
感受雨滴在鼻尖上、
头发里。
或是圣诞节时的雪棚，
爬进去
且用麻袋封住入口，
点燃一支蜡烛，在那里，
在寒冷的夜晚，
独处。

——豪格撰，张慧文译创

情景 4：

钟锤和钟铃

我是钟锤
在钟铃中，
沉重
静谧的
钟锤。
别碰我，——
别让我
对着青铜钟壁的
轻敲
将宁谧
敲成碎片。

直到钟铃
开始摇动，
我才开始轻敲，
摇动
轻敲
对着
深邃的
青铜。

——豪格撰，张慧文译创

在情景 1 里，自由钟的花钟不动，藏身其间的熊蜂出于激愤或恐惧而猛烈地飞动。

在情景2里,"小拇指汤姆"与熊蜂形成鲜明对比:他心甘情愿进入自由钟的花钟冒险,并藏身其间,在随风摇曳的花钟里摆他的秋千。

情景3与情景2相呼应,只是这一次第一人称叙述者——诗人——制作、创造了他自己的花钟,也即一个谦卑的树屋或雪棚,以便藏身其间,"笃信自己在荒野的孤独"。

图22:小拇指汤姆

情景4也即最后一种情景又有了新变化:诗人变身为钟锤,绝对地静止,"直到钟铃开始摇动"——他的读者开始回应他的诗——钟锤"才开始轻敲"。只有到此时,诗人和读者才组成二重奏,对着深邃的青铜,永远地"摇动、轻敲"。他们的共舞,以及这共舞的和谐就是诗。而诗人则是花钟里飞动的熊蜂和随花钟一起摇摆的小拇指汤姆的结合体。

从这个角度来看,豪格对翻译艺术的评价又展示出新的一面:

> 这样你就可以真正地"穿透"——因为从根本上说:翻译的艺术是近乎"爬进、钻入"原诗中,然后从内部观看。这样,所有的难题就近乎释然,近乎。
>
> ——张慧文译

至此,"爬进"或"钻入"一共出现了三次:如果情景2意味着诗人"钻入"一个由自然创造的主题,而情景3表明诗人"爬进"一首由自己创造的诗,那么豪格对翻译艺术的评论就意味着译创者爬进或钻入一首由他人创造的诗，以便用同样的天花妙笔在另一种语言中重新创造它！这从相反的方向与情景 4 唱和。

有意思的是，"爬进"或"钻入"也恰恰是《桃花源记》里的一个关键时刻。《桃花源记》是陶潜的一个乌托邦故事，而陶潜是豪格最欣赏的中国诗人之一。豪格最欣赏的另两位中国诗人——李白和王维，也都在他们的诗中不约而同地影射了这个故事。

晋太元中，武陵人捕鱼为业。缘溪行，忘路之远近。忽逢桃花林，夹岸数百步，中无杂树，芳草鲜美，落英缤纷。渔人甚异之。复前行，欲穷其林。林尽水源，便得一山，山有小口，仿佛若有光。便舍船，从口入。初极狭，才通人。复行数十步，豁然开朗。

结语：跳入深海、编织挂毯

苏：在我看来，豪格是在为陷入翻译者困境的人寻求解决方法："本土化"还是"陌生化"？是用你自己与原作没有亲密关联的声音说话，还是用另一种本地读者无法领会的声音说话？实际上，重要的并不是这些理论上的选择，而是要"爬进"或"钻入"主题，努力从内部体验它，然后你就能与未经此种体验的人分享这种体验。

"近乎""近乎""近乎"——豪格明白他在谈论一个理想，一个可能永远不会发生却又永远被渴求的状态。"爬进"或"钻入"听起来仿佛是卡夫卡"跳入"游泳池的一个更温和的"鼹鼠版"。在这里，我想借卡夫卡的话来为我们关于翻译的讨论收尾，尽管卡夫卡并非直接讨论翻译，而是他称之为"真理"的经验，而翻译只不过是这一大类经验中的一个分支。

真理永远是一个深渊。一个人必须像在游泳学校一样，敢于从狭窄的日常经验的颤抖的跳板上跳下，沉溺在深海里，然后笑着又挣扎着呼吸着上升到事物的表面，看到此刻那里从深海中穿出的双倍殷实的光。

——卡夫卡撰，张慧文译创

我喜欢你收攒在这里的"寓言"集：同一个"道"有不同的显影——啃不动的坚果、半透明的玻璃球、游泳池、封闭的房间、桃花源，以及深渊。

并且你也提示我关注豪格思考的另一组类比，他似乎着眼于两种写作态度：一种是"现代主义"，通过否弃过去来定义自身；另一种是"现代抒情诗"，并非否弃过去，而是与过去游戏——拼补它，延展它，修订它——就像我最欣赏的作家一直做的那样。

毛病出在哪儿？

现代主义诗歌就像喷洒激素后的田间杂草——化工的、非自然的生长，直向死亡的生长。

许多伟大的真理被抛弃了；它们站在我们身后注目，浅笑。现在，这种命运甚至威胁到所有真理中最伟大的真理。

风、兄弟和姐妹沿着山丘玩耍——他们手拉着手跳舞，骤停，互相耳语秘密，将丝巾抛向彼此的脖颈。

现代抒情诗：一幅将所有人都吸引来的挂毯；每个人都在编织自己的方格，从细部微调概观，由此不断延展、翻新挂毯的图案。

——豪格，1959年11月17日，张慧文译

张：确是如此！你在豪格的类比中洞穿的两种态度也出现在他关于"沙文化"类型（瑜弗兰）和"远古挂毯"类型（欧亚萨特）的日记中。

瑜弗兰（沙文化类型）

瑜弗兰（Ole Peter Arnulf Øverland）的诗就像沙地培养的植物。它们被给予人工配置的营养素——磷酸盐、钾和氮——然而奇怪的是，这些诗是没有可生长性的。这就是问题所在：诗是否在人工营养素外也需要它们自然的激素和微量元素？

诗

诗可以是如此多样。有些人希望它们像藤蔓，根深扎在泥炭中，吸收养分，树干上有枝条、花蕾和叶子，最后是美丽的花朵。诗就应该这样展开，自由而有机。你可以说这是欧亚萨特（Tore Ørjasæter）的理想。他很可能是从远古民间艺术中获得这一主题。那时人们通常培植"永恒的刺桐"。也许欧亚萨特脑海中浮现的便是远古挂毯中编织的"生命之树"。

——豪格，1948，张慧文译创

这超越时空的"宇宙挂毯"不仅是豪格对现代抒情诗的理想，也是我们对译创的理想。豪格用他的一幅幅智力拼图，把他的一个个方格编织进古老的挂毯中，进而创化了它的图案。我们也编织了我们自己的方格并将继续编织下去，以唤醒老子、卡夫卡和豪格等哲思诗人来和我们对话。现在，我们要请我们的读者加入，继续这一使命！

苏：我或许可以把这个比喻更推进一步：就像任何编织品或挂毯一样，艺术作品是由交叉点形成的，也就是经线与纬线的交汇点——一个稳定的、可预测的架构与一个由不可预测之物组成的混沌相结合。它们有一个正面（表）和一个反面（里），一层由鲜明主题和意象组成的"表"，然后是另一层由灵感、游戏、俗语、双关语、潜意识联想等组成的"里"。即使是看起来只是将不同事物对置在一起的拼贴画，如果是经过深思熟虑的，它所包含的思想意念之间也会产生经纬线。阅读，如果是真正的阅读，也会激活这许多种类的联系。而译创可以被视作更高境界的阅读：例如，一种对挪威语中所有常见的联系都保持敏感的阅读，乘以中文读者对汉语中各种联系的发现——那么一个宏大的可能性的领域就期待着我们去开掘。我以为这是诗人、译者和学者所要承担的一个卓越的使命，以共同打造一个可以包括无尽空间和时间的世界性议题。

陈均（北京大学） 张慧文（挪威卑尔根大学） 译

图书在版编目(CIP)数据

如之何:苏源熙自选集/(美)苏源熙著;吉灵娟编.— 南京:南京大学出版社,2023.2
(海外汉学研究新视野丛书/张宏生主编)
ISBN 978-7-305-26196-1

Ⅰ.①如… Ⅱ.①苏… ②吉… Ⅲ.①中国文学-古典文学研究-文集 Ⅳ.①I206.2-53

中国版本图书馆 CIP 数据核字(2022)第 201723 号

出版发行	南京大学出版社
社　　址	南京市汉口路 22 号　邮　编 210093
出 版 人	金鑫荣
丛 书 名	海外汉学研究新视野丛书
主　　编	张宏生
书　　名	**如之何:苏源熙自选集**
著　者	[美]苏源熙
编　者	吉灵娟
责任编辑	李晨远
校　　对	谭玉珍
书籍设计	瀚清堂 / 朱　涛
照　　排	南京紫藤制版印务中心
印　　刷	南京爱德印刷有限公司
开　　本	635×965　1/16　印张 17.75　字数 271 千
版　　次	2023 年 2 月第 1 版　2023 年 2 月第 1 次印刷
I S B N	978-7-305-26196-1
定　　价	78.00 元

网　　址:http://njupco.com
官方微博:http://weibo.com/njupco
官方微信号:njupress
销售咨询热线:(025)83594756

* 版权所有,侵权必究
* 凡购买南大版图书,如有印装质量问题,请与所购图书销售部门联系调换